-01-

让我爱你，暮暮朝朝

妾心如水／著

百花洲文艺出版社
BAIHUAZHOU LITERATURE AND ART PRESS

图书在版编目（CIP）数据

让我爱你，暮暮朝朝 / 妾心如水著. — 南昌：百花洲文艺出版社，2017.6
ISBN 978-7-5500-2275-1

Ⅰ.①让… Ⅱ.①妾… Ⅲ.①长篇小说－中国－当代
Ⅳ.①I247.5

中国版本图书馆CIP数据核字(2017)第132347号

出 版 者　百花洲文艺出版社
社　　址　江西省南昌市红谷滩世贸路898号博能中心A座20楼　邮编：330038
电　　话　0791-86895108（发行热线）　0791-86894790（编辑热线）
网　　址　http://www.bhzwy.com
E-mail　bhzwy0791@163.com

书　　名　让我爱你，暮暮朝朝
作　　者　妾心如水
出 版 人　姚雪雪
出 品 人　刘运东
责任编辑　李梦琦
特约编辑　廖晓霞
封面设计　刘　艳
经　　销　全国新华书店
印　　刷　长沙鸿发印务实业有限公司（长沙黄花工业园三号　邮编410137）
开　　本　880mm×1230mm　1/32
印　　张　9.5
字　　数　260千字
版　　次　2017年9月第1版
印　　次　2017年9月第1次印刷
定　　价　32.80元
书　　号　ISBN 978-7-5500-2275-1

赣版权登字：05-2016-339

目录

CONTENTS

目录

CONTENTS

/第一章 他的笑宛若冰雪遇火，春暖花开

R A N G W O A I N I M U M U Z H A O Z H A O

[1]

福布斯出了富豪榜以后，某杂志也跟着弄了一个国内十大女富豪榜。

新亿隆年初上市，现今的负责人，二十九岁的楚歌以身家 ×× 亿吊车尾排到第十。

虽然是吊车尾，但她年轻、漂亮、低调、神秘，如今又加上巨富，一时引得各方侧目。

不过在楚歌公司的公众账号下，有记性很好的网友一个一个数她的过去：

聚众 × 乱。

小三插足。

坑爹害兄。

卖身求荣。

曾经声败名劣的楚小姐，这是傍上大腿赚到钱，终于要洗白了吗？

楚歌一进办公室，就听到她的助理曼文一脸严肃地同人打电话：“这些言论的影响太恶劣了，他们这是赤裸裸地造谣，我要求立即删除那些不当的言论！”

“我们公司当然会发声明，但是你们……”

话还没说完，手机被人从后面拿走了，曼文回头，就见楚歌对着手机说了句：“我是楚歌，那些东西不用删，也不需要理。”然后挂掉，把手机塞回到曼文手里。

曼文呆住，喊了声“楚总”，末了才反应过来，跟在她后面气急败坏地说：“怎么不需要理，会影响公司形象的啊，楚总！”

楚歌很闲适地在自己办公桌前坐下，指了指杯子：“一杯白开水，谢谢。”

见曼文站在那儿还是一脸苦大愁深的样子，她安慰说：“发个声明就行了，记者那边，不要接受任何采访。放心，一点流言而已，影响不了大局。”

“是影响不了大局，可是很损害您的形象啊！”

楚歌反问：“我什么形象？”

曼文理直气壮：“年轻、漂亮、聪明、大气、善良、能干肯吃苦、博识有远见。”她一口气说了许多，算起来，在公司里，她也是楚歌的脑残粉了。

无他，遇到楚歌那会儿，正是曼文人生最艰难的时候，楚歌给她就业的机会，也相当于是给了她重生的机会，她陪着楚歌一步一步走过来，差不多是看着楚歌从负债累累，慢慢走到今天的。

所以，她特别不能容忍有人诋毁楚歌，而且，还是这么严重的诋毁！

楚歌听曼文这么夸自己，忍不住笑，笑得曼文都无奈了。

曼文问：“楚总，你看到那些，就不生气吗？”

楚歌摇头，说：“不生气啊，因为人家好像也没怎么说错。”

曼文再次呆住，她觉得自己像个傻蛋一样，张大了嘴：“什么？”

“嗯，聚众 × 乱、坑爹害兄、卖身求荣……这些，不算说错。”

曼文瞪大了眼睛，哪怕嘴里说的是如此劲爆的话，可面前的人仍淡淡地笑着，她笔直地坐在那儿，双手微微交握放在胸前，长发轻绾、眉眼清丽，身后是巨大的落地窗，阳光透过窗户照进来，薄薄地洒在她身上，让她看上去，干净漂亮，娴雅而温柔。

怎么样，也没有办法和网络里那个臭名昭著的楚歌联系到一起。

看到一向精明干练的助理难得露出呆傻的模样，楚歌又笑了，倾身过来将杯子往她手里一放：“好啦，逗你的。去帮我倒杯水吧，跟他们扯了一下午的皮，累惨了。”

曼文张嘴想说什么，最后还是没有说，转身去给她倒了一杯水。

见楚歌打开带回来的文件资料开始忙起来了，曼文知道刚刚的事已经到此为止，只好默默地退下去。

不过走到门口的时候，她到底还是停步回头："楚总，不管怎么样，我还是相信那些都是谣言，就算不是谣言，那也肯定是诬陷。"末了，她很认真地加了一句，"我知道，你不是那样的人。"

楚歌闻言微顿，抬起头来，只看到自己助理瘦削但坚定的背影。

不由得失笑。

忙完了手上的事，正好还有点时间，楚歌就开了电脑。

公司的微博账户下，最近一条留言评论量已经快十万了，相对于以往最多也不超过一百条的评论数，这还真是热闹得不能再热闹了。

她点开，前面一长串整齐的"×× 观光客到此一游"，后面的评论则有毒多了——

"你们老板是个卖 × 的呢，这样高调真的好吗？"

"楚歌是贱人，同意的赞我。"

"那么多亿，有多少是男人给的啊？特喵的，没想到二十九岁的老女人还这么贵！"

"这世界真不公平，就这么个抢人男友第三者插足道德败坏的妖艳贱货，居然也被炒成了白富美、人生赢家，三观炸裂！"

"不过是找对了金主而已，也好意思称人生赢家？我呸！"

"哇，又见'金猪'，楚贱的'金猪'是谁？求八！"

还有求偶的，诸如"本人一米八五，人帅活好，求老板看中"，后面还配了一张照片，果然是胸肌发达腹肌好看。

……

楚歌不急不徐慢慢地滑下去。

然后看到一个链接，她点了进去。

链接里面是本地的一个新闻网站，上面登了好几年前的一个旧闻，标题写着"百日整治行动，查获富家女聚众 × 乱窝"。

上面还有张配图，一个衣着凌乱头发乱蓬蓬的女孩被警察双手反扣从镜头前走过，背景图十分暗沉，所以被聚焦在灯光下的女孩特别显眼，也特别狼狈。

当年新闻刊登的时候，照片是打了马赛克的，但是现在，马赛克被拿掉了，所以楚歌有幸在几年后，再一次猝不及防地目睹了当年那个狼狈的自己。

灯光刺目地照过来，她抬起脸，目光茫然，却又满脸惊惶。

手机铃声在这时候突兀地响起来，楚歌却像没听到似的，目光一直盯着那张照片，直到铃响接近尾声，她才回过神来。

她拿过手机，屏幕上方闪烁着四个数字：3707。

这不是什么集团短号，这是杜先生私人号码的四个尾数。楚歌对他的感受一向复杂，曾有段时间不知道该怎么称呼他，于是换了新手机存电话号码的时候，干脆就存了这几个数字。

一直用到现在。

她按了接听键，电话里传来熟悉的声音。他的声音非常好听，磁性而温暖，只是淡淡的：“另外有事，今天的晚宴不用去了。”

楚歌微笑着说：“好的。”

她没有问他有什么事，会重要过那样一场重要的晚宴，只是很周到地叮嘱了一句：“这两天温差大，晚上注意多穿些衣裳。”

他仍旧淡淡地“哦”了一声，挂掉了电话。

因为这场晚宴，楚歌把之前的日程都做了调整，这会儿不用参加了，时间就空出来了。

正好，她也有些日子没回去了。

想到这儿，楚歌收起手机，把电脑关掉，然后内线通知曼文：“衣服不用让人送过来了。还有，我今天提早下班，到明天九点之前，没有什么重要的事，不要打扰我。”

她那个爱操心的助理对这样的吩咐显然感到很难过，电话里传出来的声音都是忧虑重重的。

显然她觉得，在这样的关口，杜先生取消原本的计划，是个非常不美妙的开端。

不过楚歌没安慰曼文，到如今，她不觉得离开那个男人，自己会过得比以前更惨。

相反，她只会更自由。

或许，这才是她不愿意去澄清那些所谓流言的最大的原因。

楚歌收拾东西，到车库开了平素很少开的雪佛兰回了家。

她家在距离市中心一个多小时车程的小镇上，那是她有钱以后买地自建的房子。小镇是个古镇，因为太小，所以旅游业并不算太发达，但是交通方便，环境不错，空气也很好。

自建的房子，当然也很宽阔，有一个很大的院子，楚歌让人在里面种了许多花草，还在后头开辟了一块地，兴致来了，会随手撒上一些菜种子，然后吃点自己种的菜。

楚歌的车就停在那块菜地旁，她一下车，就看到自己上次回来撒的萝卜种子发了芽，一畦矮墩墩绿油油的萝卜苗，看着特别喜人。

俯身看了好一会儿，她才从后院绕回去，未进门先听到了麻将声，楚妈妈跟几个邻居在客厅里搓麻将，看到女儿回来，很高兴，问："吃饭了吗？"

楚歌说："还没。"

楚妈妈就扬声吩咐："张阿姨，把今天买的那条鱼也做了吧，小歌回来了。"

楚歌则跟其他三个邻居打招呼，问她们："手气怎么样？"

其中一个跟楚妈妈坐对家的邻居说："臭得不行，输惨啦。"

楚歌了然，要不是有人手气太臭，估计这会儿牌局早散了。

楚妈妈爱打麻将，但是还算有些分寸，一般不会误过饭点。

看她们摸了一圈牌，楚歌就上楼去了，她没有进自己的房间，而是径直推开了隔壁的一扇门，那是她哥哥楚卿的房间。

这会儿，天光将暗，他安静地躺在床上，只留一盏壁灯微微亮着，有音乐低低地在房间里回旋，还有浅淡的桂花香，透过半开的窗，隐隐地漫进来。

他一身洁净，皮肤光滑，嘴唇润泽，除了人有些消瘦外，看起来，仿佛

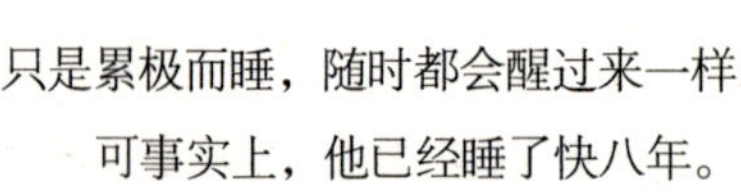

只是累极而睡，随时都会醒过来一样。

可事实上，他已经睡了快八年。

“楚小姐。”专门请来照顾楚卿的护士拿着一个杯子从洗手间里出来，看到站在门边的楚歌并不意外，笑着和她打招呼。

楚歌含笑回应，问：“我哥吃过饭了？”

“嗯，刚鼻饲了差不多一碗汤，还进了小半碗粥呢。”

“挺好。”楚歌嘉许地点头。

护士很有眼色地退了出去，房间里就只剩下楚家兄妹。

楚歌在楚卿的床边坐下，伸手握住了他放在被下的手。尽管被照顾得很好，但他还是不可抑制地瘦了下来，昔日强壮结实的身体，慢慢地、慢慢地变成了如今的瘦骨嶙峋。

楚歌从指尖到手臂，慢慢地帮他揉搓，和他说话。

“哥，公司生意很不错哦，尽管扯了蛮多皮，不过今天又签到了一个单。我说过，我要把我们家的生意，做成行内最好的，现在，我离这个目标不远了，哥哥，你高兴吗？”

“还有，我出名了，国内十大女富豪，我排第十，媒体赞我是白富美，说我是人生赢家。”她说到这里笑了起来，眼里却有泪珠滚下，打湿了他的衣裳，“不过也有很多人骂我，他们说我坑父害兄、品德败坏，根本连做人都不配……曼文说我应该澄清，可是我一点也不想澄清，因为我觉得他们骂得很对啊，如果不是我，你怎么会一睡这么久，到现在还不愿意醒来？八年，我已经等得够久啦，不知道，我还有没有耐心，再等你一个八年。”

楚歌以前，从来都觉得时间过得好快，眨眼之间就又是一年，可是这个八年，却令她觉得如此漫长，长过一生又一生，连回望都不敢。

[2]

“小歌——”楚妈妈终于散了牌局上来找她了。

楚歌揉揉眼睛，回过头来：“妈，你们打完了吗？”她有些不好意思，“我跟哥说话呢，没想到说着说着竟然睡着了。”抬头看了眼窗外，夜色已浓，连最后一点浅淡的天光都不见了。

楚妈妈走过来，隔得近了，自然也看到了女儿眼眶边微微的红肿，不由得叹了一口气："吃饭吧。"

她已经不想劝女儿了，作为母亲，她为儿子难过，但同时也为女儿痛心，可女儿自己放不下心理包袱，再劝也无用。

好在楚歌并不是个一味沉溺的人，她点头说："好。"起身下楼去吃饭。

晚餐十分丰盛，楚妈妈一个一个给她介绍："这鸡是隔壁邹阿姨从老家买来的，真正的土鸡，这段时间，你哥喝的鸡汤都是从那儿买的鸡。我感觉，喝了这种鸡汤后，他现在气色都好多了呢。"

楚歌说："嗯。"

然后又说那条鱼的来路，是附近清水河里的鱼，早上楚妈妈出去散步，看到有人卖就买了条回来，那河里的鱼，味道特别鲜美。

都是家常菜，煮饭的张阿姨手艺也不错，楚歌虽然胃口一般，但也吃了大半碗饭。

饭后楚歌陪楚妈妈在周围散步，听楚妈妈闲话了一会儿家常，然后楚妈妈就试探地说起："你邹阿姨说想给你做媒……小歌，你自己是什么打算？"

楚歌有点意外，看了妈妈一眼。

在周围邻居的眼里，他们楚家是比较可怜的一家人，而楚歌无疑是其中最可怜的一个：年纪轻轻，要照顾老人，还要照顾一个完全没有自理能力的植物人哥哥，负担之重，哪怕她确实长得还不错，传闻楚卿当年出事也得了一大笔赔偿金，但这些年，她也是乏人问津。

她忍不住笑："邹阿姨怎么突然想起这个了？"

"上次你回来，不是陪我去买东西了嘛，那个店子，就是那男的开的。"

楚歌偏头想了想，"哦"了一声，然后就没有然后了。

楚妈妈忍不住捅了她一下："怎么样，你倒是回个话呀。"

"不怎么样。"楚歌仍然笑。

楚妈妈其实是知道杜慕的，虽然她带着儿子隐居在小镇上，可到底没有

与世隔绝，隐约也听到了些传言，只是楚歌从不解释，她怕触到女儿痛脚，也就只能这么隐晦地来提醒女儿了。

这回楚歌仍然没解释，只说："妈你要是想要抱孙子，我给你抱一个回来。"气得楚妈妈擂了她一拳，自顾自走了，一晚上都不怎么理会她。

楚歌就只好好言好语哄她："妈，再等等，三十岁后，我会认认真真考虑这个事的。"

"那就是明年了，别哄我。"

楚歌说："不哄。"

因为过了明年，杜慕年纪也不小了，他说过，三十五岁，就是期限。

洗了澡以后，楚歌披了床薄毛毯来到了楚卿的房间，在护士的帮助下把他移到小床上，然后再推到外间的阳台上。

每次只要她回来，如果天气好，她都会推他到这阳台上来吹吹风，看看这个小镇的夜景。

"可惜蔷薇花都谢了。"

当初建这房子的时候，楚歌让人在房子周围种满了蔷薇，如今那些蔷薇顺着墙角四处攀长，像楚卿房间里的这个阳台上，就已经爬了满满一丛，春夏交界蔷薇花开最盛的时候，很是惊艳。

护士闻言，说："好在桂花开了。"

楚歌微微点头："也是。"凑到楚卿身边，搓了搓他的手，"桂花很香呢，哥，你闻到了吗？"

护士退出去，楚歌帮他搓了一会儿手脚，拿起一沓报纸，就着桂花的香气，给他念报纸上的新闻。

她念得很仔细，连广告也没放过，有时候念到有意思的广告词，她还会笑着跟楚卿说："太夸张了，这种牛也敢吹。"

楚卿从来没有回应她，他安安静静地躺在那儿，神色安详而平和。

夜里清寒，她倾身帮他掖了掖被子，将他严严实实地裹起来，看到他这个样子，她以为自己会哭，可最后，居然也只是笑了笑。

一份报纸念完，楚歌的电话响了。这个时候，会打她这个电话的人并不多，她起身去拿手机，看到屏幕上出现的是 3707。

她有些意外，接通后，那人说："你不在家。"

楚歌："……"

讲真，她以为他今晚不会过去了，甚至还暗戳戳地期待过，也许他以后都不会过去了呢。

过了一会儿，她才说："我回家了。"顿了顿，又补充，"我妈这边。"

"嗯。"他淡淡地说，"我让秦坤来接你。"

"不用了。"她轻轻叹了口气，努力微笑着，"太远了，我自己开车回去还快一些。"

这一回，他没再说什么，挂了电话。

楚歌收起手机，叹气，对楚卿说："你说我假装开到半路车子坏了怎么样？"一笑，"哎，那他肯定还是会让秦坤来接我的。"又一叹，"秦坤摊上他这样的老板也是倒霉。"

把护士叫进来，将楚卿挪回去，楚歌这才回房间换衣服。

楚妈妈在客厅里看电视，见她衣着整齐地下楼来，有些惊讶："这么晚了要走？"

楚歌说："是啊，有点事。"

"什么事就不能等到过夜？"

"其实是明天一大早就要处理。您知道的，我喜欢睡懒觉，未必起得来嘛，就干脆晚上过去了。"

楚妈妈看着她。

楚歌笑眯眯地也回望着她。

她的态度太坦荡了，楚妈妈看不出真还是假，只好泄了气，说："那路上小心，开慢一点。"

楚歌说："好。"

回城有很大一段山路，不过路况不错，她也没什么好担心的。

结果不知道是乌鸦嘴还是什么的，她的车当真在路上抛了锚，转弯的时候，车子前胎突然爆胎，还好她速度慢，方向盘也一向握得牢，车子滑行了一段后，半只轮胎溜进了路旁的浅沟里。

楚歌下车转了一圈，发现以自己的能力无法处理，只好又爬上了车。

看看时间，开了半小时，正好在半路，不上不下的位置。

家里肯定是不能惊扰的，那个男人貌似耐心也不是很多，可楚歌还是只能给他打电话："我的车坏了……"

他静了一下，然后说："发个位置给我。"

楚歌就把位置发给他。

这条路到晚上车并不多，不过就算有过路车楚歌也未必敢招呼。四周黑黢黢的，山和树的影子投在车灯前，就像是张牙舞爪的怪兽。

楚歌努力把脑海里的那些恐怖传闻都遗忘掉，开着车载收音机，在手机上刷八卦。

天涯上关于她的那个帖子已经盖了很高的楼，许多所谓的同学、朋友，甚至不知道从哪里冒出来的邻居都在爆料，说她以前根本不读书，只爱玩，是个没什么脑子的蠢货。

还说她专门抢别人的男朋友，以此来证明自己的魅力。

那人言之凿凿地说："要不是会勾引人，就顶恒的太子爷会看上她？别开玩笑了！而且就算人家看上她了，也不过是包养的一只金丝雀而已。"

然后有人很不客气地指出："楼主你逻辑有问题啊，如果楚歌真是你说的那样不学无术，光靠男人包养，新亿隆能有今天的成绩？再说了，她和杜慕两个，年纪相当又男未婚女未嫁的，在一起，算什么包养不包养啊？难不成男人有钱一点，谈的女朋友就都是包养的？"

这人话里话外对楚歌很是维护，在一众骂楚歌的人里面真可谓是清流中的清流。楚歌看看 ID，明白了，原来是熟人。

曼文。

曼文那个号还是很早以前，楚歌帮她注册的呢。

溜达了一圈，发现也就她一个人在舌战群儒，楚歌不由得有些无奈——其实对这种事，无视最好，越掐吃瓜群众只会越兴奋。

果然，就有人另外开了一帖，跟福尔摩斯似的，一本正经地探讨着，楚歌和杜慕之间到底是男女朋友多一些，还是包养与被包养的成分更多一点。

事实上，杜慕是个非常低调的人，外界关于他的新闻非常之少，但少并不代表没有，这不，那个楼主就硬是挖了一些出来。

然后经过抽丝剥茧，楼主得出结论："杜慕并不爱楚歌。至少，这个男人并没有想要娶她，否则的话，哪怕再低调，关于他们的传闻，肯定不会仅仅只存在于 ×× 晚宴、×× 沙龙或者是某一个会议这样的公开场合之下。他们更像是因为某种利益而走到一起，只不过，楚歌这边好理解，毕竟背靠大树好乘凉嘛，不傍上金大腿，就凭亿隆原来那条件，她能有今日的作为？但是杜慕身为财势雄厚的顶恒太子爷，他图什么呀，这么个名声臭上天的女人，要说多漂亮，其实也没多漂亮嘛。"

楚歌看到这一段，也不得不赞一句：网上有高人！

正看得津津有味，前方来车，楚歌抬头看了一眼，没当回事，低头继续刷八卦，一行字没刷完，想想不对，赶紧将手机收了起来。

那辆车已经在她面前停下，楚歌看清从主驾上下来的人之后，忍不住头皮都要炸了，赶紧打开车门迎上去："你怎么来了？"

"那你觉得谁会来？"夜色里，他逆着光站在她面前，看不清楚表情，唯有声音，冷冷淡淡的，听着似乎还有点不耐烦。

楚歌给噎了一下，说："让秦坤来就好了啊，这么晚，也不安全。"

他嫌她："啰唆。"目光在她身上一扫，又说，"上车。"

看他又要往主驾那边过去，楚歌连忙拦住他："我来开吧。这边的路，我熟悉一些。"

他看了她一眼，也没跟她争，自己转身上了副驾驶座。

楚歌回自己车里拿东西，锁好车门，摆好路障后才上了车。一上去，就听到杜慕给秦坤打电话，先报了位置，告诉他这里有辆车，然后说："不用修了，直接卖掉。"

楚歌："没开几回呢。"

“所以？”

楚歌忍不住打了个哆嗦，认真道：“卖掉吧，没开几回就爆胎，实在太烂了！”

这时候迎面过来一辆车，车灯照进来，打在楚歌身边人的脸上，照见一张极俊朗的面孔，墨黑的眉、深邃的眼，鼻梁挺拔，唇薄如刻。

他那双眼本来是极为清冷淡漠的，这会儿，听见她这么说，却在灯下划过一丝淡淡的笑意，像是冰雪遇火，将里头的冷意悉数消融，花开春暖。

[3]

杜慕眼里的笑意，楚歌没有看到，正在倒车呢，而且这会儿，她也还有些晕乎着——杜先生是很少碰车的，没想到这会儿，他会亲自开车过来接她。

在这样的时候，没给理由取消了原本应该要她陪着出席的晚宴，跟着，深夜里忽然找她，现在又来接她……怎么看都有些诡异，该不会跟那断头饭似的，这是他给她的最后的补偿吧？

楚歌车子倒过来了，一边驶上正路，一边偷偷看了他一眼。

他身姿笔挺地坐在那儿，目不斜视望着前方，或许已经洗过澡了，没有穿正装，很难见地穿了条牛仔裤，配着浅灰色的 POLO 衫。

显然，他并没有把夜里温差大要多穿点衣服的叮嘱听入耳里。

车厢里有些暗，外面的灯光下，只能隐约看到他侧脸的轮廓。

眉骨明显，薄唇紧抿。

“看什么？”他明明没有看她，却还是注意到了她的视线。

楚歌笑，干脆扭过头去正大光明地看了他一眼，说：“怎么自己开车过来了？”

“很奇怪？”

“嗯，有点受宠若惊哪。”

“秦坤已经回去了，不好再叫他。”他解释，完了还对她的“受宠若惊”论给了三个字评价，“想太多。”

楚歌：“……”

总觉得他那句“想太多”里别有意味，但是又觉得，他应该没那么神，知道她之前在想什么。

事实证明，杜先生还是很神的。

回到两人的窝以后楚歌又去洗了一个澡，出来后发现杜慕也已经重新洗过了，宽大的卧室里，光线明亮，他穿着睡袍坐在床边，正低头看着手机。

睡袍没有系带子，所以很清楚就可以看见他紧实的胸肌、麦色的皮肤，就像可口的面包皮一样。

听到门响他抬起头，看了她一眼。

楚歌走到他面前。

他放下手机，双臂一伸，握住她的腰，同时单腿劈开她的腿，让她跨坐到自己大腿上。

楚歌赶紧伸手搂住了他的脖子。

这样的姿势不可谓不暧昧，可或许是光线太明亮，也或许是他们在一起太久了，所以楚歌并没有觉得气氛多暧昧。相反，这样直面他那双深沉幽黑的眼睛时，她还是会莫名地有些紧张。

“你最近很闲？”他单臂环着他，另一只手顺着她的脊背缓缓抚摸，摸得她有些发毛。

她摇头：“不闲啊，这两天都在和宏日谈判，忙死了。”

“是吗？”他似笑非笑地看了她一眼，松手把一部手机拿到她面前。

上面正好是天涯那个八杜慕到底爱不爱她的帖子，而他给她看的，就是她之前在车上用小号发出去的回复：有理有据，无法反驳。

楚歌：“……”

这是巧合吧？杜慕这样的人，怎么会知道她在天涯的号？！

不是不是，像他这样的人，怎么也会无聊到逛天涯刷八卦？！

楚歌觉得很是不可思议，不过拿过手机后，她才发现，妈的，这部手机是她的！而她登录以后，因为杜慕来得太快，完全忘记要退出。

嗷！

让她嘴贱，让她保证说她在他面前完全没秘密，所以手机从来不加密……

还好，那会儿她没有脑残到回复别的更劲爆的内容！

捧着手机低头很认真地看了一遍，楚歌严肃地说：“明天我就和曼文说，让她安排把这个帖子置顶放到大热门。”

“置顶？”

“嗯。”她点头，以更加严肃的语气保证，“热度肯定会盖过我之前的那个帖子的，您放心。”她一副“我明白我懂”的样子，恳切地说，“现在关于我的传闻太糟糕，您跟我撇清楚一些是对的……嗷！”

话没说完，她就被杜慕出其不意地咬了一口。

楚歌捂着脸，很无辜地看着他。

杜慕站起来，那只抚在她后背上的手转为托住她的臀，将她放在床上，没等她反应过来，高大的身躯已经压了上来。

“明天把那些垃圾都清掉。”他不再听她胡说八道，长指挑开她的衣服，直接命令说，“所有！全部！”他说着把自己的睡袍也扔掉，赤裸温热的身体密实地跟她的贴在一起，“我很讨厌被人质疑眼光有问题，所以，做干净一点。”

说完，他目光清淡地看着她，修长有力的手指，却强势地探入了她的身下，猛地一刺。

那突然的侵袭，让楚歌疼得一缩，下意识地想要推开他。他并不容她有半点躲闪，长腿用力地压住她的身体，手指不断地在里面侵袭，由快到慢，由轻到重，不断地揉捏。

楚歌感觉自己整个人都要被他搅散揉碎了，用力地攀住他的肩膀。

“杜先生，”她哀哀地叫他，“我疼。”

“那记住了吗？”他俯身轻轻咬着她的唇，问。

“记住了。”

“什么？”

“我是你的，所有！全部！哪怕你不要！”

他的动作这才缓和下来，抽出手指，改为细致而温柔的安抚。唇齿自脖子往下，细细地舔吻着她。

在一起实在太久了，他了解她身上所有的敏感点，也很清楚她的喜好和习惯，她厌恶粗鲁的结合，却对这样温柔的缠绵无法抵抗，没一会儿，她就像一汪极致的春水，瘫软在他的身下。

最后，她总会迷幻在他的温柔里，沉醉于他给的最极致的欢愉当中，直到，他给她雷霆一击。

他用力地抱着她，身下不停，耳边，却听到他一字一句地说："不要再卖蠢，楚歌，这是我对你，最后的容忍。"

尽管头一天睡得很晚，但第二天，楚歌还是很早就醒了。

那会儿天才蒙蒙亮，杜慕睡在她旁边，比起白日里的清冷淡漠，他睡着的样子显然要可爱多了，就连唇角的线条，似乎也没有那样冷硬，而是有了微微的弧度，看着就觉得舒适安宁。

只是楚歌见得多了也并不觉得稀奇，她毫不留念地起身，捡起扔在地上的睡衣去洗了个澡，然后进了厨房。

她有时候为表贤惠也会动手做些吃的，但是做早餐，这是第一次。

所以杜慕醒来看到桌上还算丰富的早餐，微微挑了挑眉。

楚歌正站在桌前捏着筷子试吃，见他出来了，连忙放下筷子迎上去。

"我们还是出去吃吧。"她倒是不掩饰，"太久没有做吃的了，味道好像怪怪的。"

"无所谓。"杜慕低头卷着袖子，脚还是往餐桌那边走了过去，拉开了一张凳子坐下来。

楚歌只好把碗筷摆到他面前。

她做了比萨，煮了两颗鸡蛋，炒了两个菜，熬了粥，还打了豆浆。

只是，比萨是甜的，菜过于咸，粥嘛，跟饭已经没有区别，至于豆浆……也不知道她到底在里面放了什么，一股说不出来的味，唯一正常的大约就是那两颗鸡蛋了，可是敲开一看，蛋煮得不够熟，外面的蛋白一咬破，金色的蛋黄流得满手都是。

楚歌把脸藏在碗后面，不敢看他。

杜慕不动声色地把流"油"的鸡蛋吃完，拿过毛巾擦了擦手："怎么突

然想起做早餐了？”

楚歌放下碗，双手搁在腿上，老老实实又可怜兮兮的：“求原谅……可是，好像弄砸了。”

“嗯。”他淡淡地应，重新拿起筷子，把碗里的东西三两下都吃了个精光。

最后，还把杯子里的豆浆都喝完了。

楚歌看着他，忍不住咽了口口水。

杜慕像是没有感受到她的“景仰”似的，擦了擦嘴，说：“我会出国一趟，一个星期左右。”

楚歌：“哦。”

他抬头，一脸忍耐：“在我回来之前，垃圾能清理完吗？”

啊……楚歌下意识想的是，他还真大方，居然给她这么长时间，等听清他说的是什么的时候，忍不住抽了抽嘴角。

昨晚上太紧张，完全没有注意到他的用词，垃圾……说起来，还蛮形象的，那些流言蜚语，于他来说，不就是垃圾嘛，抬抬手，也就没有了。

所以他才不满意。

楚歌说：“一定能。”

他没再说什么，站起来准备出门。

楚歌跟在他身后，问他：“你什么时候出发？要我帮你准备行李吗？”

他回了她两个字：“不用。”然后门就在她面前关上了。

楚歌站在门后面，微笑，微笑，过了好一会儿，才用力吁出一口气，面无表情地回到餐桌前。

坐着发了好一会儿呆，她起身收拾桌子，末了，终究是抵不过好奇，用筷子夹起一小块比萨放进嘴里，顿时整张脸都皱到了一起。

“呸！呸！”她转身吐掉，喝了一大杯白开水，才将嘴里那股怪味冲干净，自己都忍不住叹，“太难吃了！”

可是这么难吃，他竟然也能吃得下去。

楚歌不想去深思那么难吃的东西为什么杜慕还要坚持吃完，没有人会打扰自己了，她回头又睡了一觉。

再醒来已经快十一点了。

曼文是个好下属，一个上午，都没有惊动她。

楚歌到公司，第一件事就是把曼文叫进来："通知公关部，针对网上的那些传闻发个声明，还有，所有事情到今天为止，不要再有新的'新闻'出来了。"她盯着曼文的眼睛，"明白我的意思吗？"

曼文听到这话，立即转忧为喜，点头说："明白了！我马上安排下去。"

楚歌有些怀疑曼文是不是真的明白了，不过她也懒得说，曼文的能力，虽不会做到完美，但也肯定不会弄砸，就挥了挥手。

曼文转身，又回过头来："楚总，是杜先生的意思吧？"

"嗯？"

曼文嘻嘻一笑："嘿，昨晚秦坤的电话打到我这里来了，一晚上就能让你改变主意的，除了杜先生，也没有其他人啦。"

"所以？"

"所以，杜先生是真的很喜欢你的呀，他才不会看到你对自己名声那样不在意。"

楚歌看着自己属下，实在忍不住，问："曼文，你多大了？"

"嗯？"曼文略意外，不过她还是回答了她，"三十二了呀。"

"三十二，还相信爱和喜欢这些东西。"楚歌叹了口气，"沈曼文小姐，你知道为什么到现在，你还坐在助理的位置上吗？"

"一点也不想知道！"

"可是我想要告诉你啊。"楚歌敲了敲桌子，说得很是语重心长，"这就是原因，所以你要认清错误，奋发图强。"

曼文："……"

/ 第二章

跟风 818 那些年我们家老板和杜先生撒下的狗粮

RANGWOAINIMUMUZHAOZHAO

[1]

“三十二很老了吗？”曼文气哼哼地回到自己的座位上。

她的小秘书好奇地凑过头来：“怎么了，曼姐，老板给你气受了啊？”不应该啊，自己上司深得老板喜欢，经常只看到她对老板叫板，还没见过老板给她气受呢。

曼文哼一哼，傲娇地说：“才不！”吩咐小秘书，微微笑着，“通知公关部开会，老板已经认清错误，要奋发图强，大杀四方了。”

小秘书：“……”

完全听不懂啊，怎么办？不过通知公关部她是懂的。于是她打电话下去，要公关部全员准备开会。

曼文主持。她把楚歌的意思贯彻了下去，当然是很深入，很彻底。

“今天之内，要把媒体通稿砸下去，一个星期后，我要在网上彻底看不到这次事件的任何一点负面影响。”

公关部的人说：“这会不会有点难啊？”

曼文微笑，跟着楚歌久了，她有很多小动作也和楚歌神似了起来：“所以，这不才养着你们吗？”目光在周围扫了一圈，“养兵千日用兵一时，我知道你们肯定有办法的，还有，不要怕花钱，虽然是第十，但好歹也是女富豪嘛！”

基调定下了，既然不怕花钱，事情当然就好办了。何况新亿隆公关部是楚歌自己组建的，人才也是她一个个挖出来培养的，所以，能力也是有的。

于是当天下午，楚歌去外地谈事，休息的空当刷新闻的时候不但看到了自己公司发的义正词严、正气十足的声明，还看到了已经火爆网络的公关软文“人生只有白和黑吗？818我知道的白富美女神炼成记”，以及“资深前员工，跟风818那些年我们家老板和杜先生撒下的狗粮”。

后面那个帖子她只看了一段，就忍不住打电话给曼文：“什么乱七八糟的，都谁写的啊？！”

曼文正组织人在网上发帖删帖制造新的舆论攻势，闻言报告说：“阿飞写的。没想到公关部人才多啊，连写小说的都有呢。”末了，还喜滋滋地跟她邀功，“现在网络上都说这是年度最大反转，楚总您新得了个封号叫‘荆棘女王’，喜欢吗？咱们新亿隆经过这次的事是名声大涨啊，估计明天开市，股票都要跟着涨三涨！”

楚歌：“……”她无语了好一会儿，才实在按捺不住冲着电话吼，“涨，涨你个头啊！我们是踏踏实实的实业派，不是三流小演员在炒绯闻求名气喂！立即停止这些无聊的炒作，都是些什么鬼，删掉删掉，立马给我删掉！”

她自己看着都肉麻堵心胃不适好吗？！

挂掉电话后，楚歌只觉得一阵脱力，身边活着的都是一群不能理解自己的人，真是让人好辛苦。

她其实能明白公关部那些人的套路，以传闻对传闻，真真假假，让人难辨清，最后事实是什么，谁关心啊？只看哪样狗血就信哪样了。

但是拿杜慕炒作……只能说无知者无畏，公关部的人，包括曼文，都好狗胆！

不知道杜慕去国外出发了没有，楚歌捧着脸想了一阵，给他打电话。

他竟然接了，只是不知道是在哪里，周围非常安静。

他问她：“什么事？”声音听不出多少情绪。

楚歌说：“没什么，就是跟你说一下，垃圾都清扫得差不多了。”

“所以你是要求表扬吗？”

楚歌：“……”

在他面前，她脸皮算是厚的了，听到这话，还是忍不住老脸红了红。

“不是。”她咳了咳，“是这样的，底下的人在清扫垃圾的过程中，有了点点误伤。”

他沉默，等着听后续。

楚歌只好把帖子的事稍微提了一下，然后说：“我已经跟他们说了，立即改正，但是估计影响还是造成了……”

“知道了。”他打断她，声音比起之前，冷了起码百多度，隔着电波都让楚歌觉得冷，“一个星期后，洗干净在家里等我。”说罢，“砰”的一声，挂了电话。

楚歌：“……”

用这样杀意森森的语气说出这种暧昧的话，哪怕认识了他快八年，楚歌还是觉得，不明白。

他这是什么意思？

杜先生其实就是字面上的意思，他还没走，杜家老宅子的大客厅里，此时小辈们都还在。

他接了电话回到客厅，就听到他那个小侄女靠在老爷子身边，绘声绘色地对着手机正在念：“……那天的天气特别冷，车子坏在半路，连暖气都没有，打电话找了好几个附近的修车公司，都没有人肯来。当时我觉得我们两个肯定要冻死在那路上了，结果到凌晨的时候，前面突然来了车，我和老板跑下去拦，车子停在我们面前，杜先生走了下来。我们老板当时就傻了，站在那儿没有动，倒是杜先生走到她面前，问她：‘害怕吗？’老板说：‘怕。’杜先生一伸手，我们老板就靠倒在了他怀里。哎呀，那时候天是黑的，外面还下着蒙蒙小雨，北风呼啦啦地吹在脸上，就跟刀子在割一样，可是看到他们两个人，明明也没有什么动人的情话，就是让人觉得好暖好暖。后来我才知道，我们老板当时根本没有想过要麻烦杜先生，是杜先生觉得不对，问到老板送货的地址，然后一路找过来的。”

小侄女念到这里，抬头正好看到清清冷冷立在门口的杜慕，不由得缩了缩脖子，倒是杜慕的堂兄笑着说：“没想到，我们家的杜先生还有这样深情的一面呢。”

杜慕根本不接他的茬儿，低头看了眼时间，走过去，和老爷子说：“爷爷，我得走了。”平静得仿佛刚刚他们念的东西完全和他无关一样。

老爷子看一眼他，吩咐：“你们都自己玩去，我和阿慕说两句话。”

众人都知道他要说的是什么，所以十分乖觉地退了下去。

杜慕知道一时也走不了，就干脆在旁边坐下来。

老爷子看着他：“阿娴也在那边，得空了去看看她。”也是完全就不提楚歌的事。

杜慕点头：“好。”

他这么爽快，老爷子倒是不放心了，问：“怎么，被人利用了一把，终于肯死心了？”

杜慕笑笑，站起来：“真要走了。”

杜老爷子挥挥手：“去吧，去吧。”

行李都是准备好的，所以杜慕直接出了门，外面秦坤等着他，见他出来，及时地拉开了车门。

杜慕上车就靠在座位上闭目养神，车子开出了好一段后才问：“网上怎么说？”

“关注点都在您和她的感情上，之前的事，倒是没有什么人提了。”

杜慕睁开眼睛，微微坐直了身体：“给我。”

虽是没头没脑的话，但秦坤还是明白了他的意思，将车停到路边，开了随行电脑，把那个帖子调出来给他看。

还是精减版本的，他修长的手指在屏幕上慢慢滑动，衣袖堆叠在小臂上，劲瘦的手腕上，戴着一块表。

阳光透过车窗照进来，打在表盘上，微微有些刺目。

杜慕偏头躲了躲，秦坤正好抬头，后视镜里，年轻老板的脸依旧淡漠，那双眼睛，如染寒霜，却其实是，难辨喜怒。

第二天楚歌一进办公室，曼文就收到了消息，她急急忙忙赶过来，试图

据理力争：“楚总，我觉得效果很好，您不能……”

楚歌只有两个字：“删掉！”

“不是，您得讲点理，我们辛苦了这么久……”

“沈曼文。”楚歌很少连名带姓叫她，而且用的还是这样严肃的语气，“我记得我以前告诉过你，不管是公司还是我的任何事都不要把他扯进来，至少，我们不能主动做这个事。”

外面的揣测她管不着，但是她自己，一直是这么要求的。

曼文张了张嘴。

楚歌神情很冷漠，也是这时，她才摆出了一点老板的姿态，用命令的语气不容置疑地说：“我不管你们用什么办法，尽量消除影响。”

在曼文快要走出那道门的时候，她又加了一句：“下不为例，曼文。”

曼文闻言微微一僵，转过身来：“我是不是弄砸了？”

看来是真的意识到自己错在哪儿了，楚歌心一软，摇了摇头：“不至于。只不过……会让我多欠一份人情而已，也是我自己没有说明白。下去吧，把事情收漂亮一点，记住，流言永远只是流言，不需要太较真。”

曼文体味了一下她话里的意思，说：“我知道了。对不起，楚总。”

楚歌笑笑，摇了摇手指，低头继续签手上的文件。

没一会儿，曼文又走进来：“楚总，外面有位小姐说想要见您。”

“有没有预约？”

“没有。”曼文不是冒失的人，一般没有预约的客人，她完全能够打发掉，只是这一位不一样，“她说她姓林。”

楚歌的笔微微一顿，她抬起头来，呢喃似的重复了一句：“姓林？”

“是的，林安雅，她说她是您的好朋友。”

好朋友啊，楚歌笑。那笑容落在曼文眼里，竟有种千帆过尽的凄凉。

听到这个名字后，楚歌罕见地失神了好一会儿，才说：“让她进来吧。”

声音寒凉，很是淡漠。

[2]

楚歌想了想，收了文件起身站到办公桌前等着安雅。

林安雅。

她们确实是多年的好朋友，但也有八年多没有见过面了。

办公室的门很快被推开。

“小歌！”一个红衣似火的女孩子风一样卷了进来，炮弹一样扑到楚歌身上，将楚歌抱得紧紧的。

尽管早有提防，楚歌还是被她推得往后仰了仰，腾出一只手撑在桌子上，方才站稳了。

门边引着安雅过来的曼文露出惊讶的神色，楚歌冲她使了个眼色，她点点头，关上房门退了出去。

“嘤嘤……我可想你啦！”过了好一会儿，安雅才放开她，拉着她的手上下打量，“小歌，你真的一点也没变哎。”

楚歌笑，这才有空看面前的女孩子，白衣红裙，大红色的长外套，看起来，耀眼而夺目。

她说：“你也没变啊。”事实上，林安雅较之八年前更漂亮了，八年前，她们都还只是青涩的孩子，而现在，她已如一枚成熟的果实，浑身上下都是诱人的甜香。

安雅踮起脚在她脸上亲了一口：“MUA，我就喜欢你这样说实话的妹子。”

做这些动作，她毫无生疏感，仿佛她们之间，并没有隔着八年多的光阴，也没有隔着那许多的……龃龉和艰难。

楚歌握住了她的手，忍不住问她：“安雅，你什么时候回来的？”

“今天上午。我一到就来看你了，够意思吧？”安雅皱皱精致的鼻子，微笑地看着她，“小歌，厉害了呀，富豪榜第十哦。”

“这你也信？”她失笑，将安雅引到沙发前坐下，“要喝点什么吗？”

“你！”

楚歌从冰箱里拿出一瓶饮料扔给她。

安雅接过，仍然目光灼灼地看着她。

“看什么？”

“看你？”

楚歌张开手："怎么样？"

"嗯，我得收回之前的话，小歌，你其实是变了的。"

"哦？"

"变得有气势啦，老板的气势哦，小歌，我很高兴。"

安雅是认真的，她在很认真地为楚歌而感到高兴。

楚歌笑一笑，岔开了话题："这次回来多久？"

"不走啦。我其实很早就说要回来了，但是他们一直都不让。说实话，"她抱怨说，"如果不是我跟我爸长得很像，我会忍不住怀疑自己是不是他们亲生的，把我一放逐就放了那么久。"

"放逐？"

"不然呢，你以为真是让我去留学啊？有出国留学，连家都不让回的嘛！"

楚歌只是笑，看着她。

办公室里叽叽呱呱的都是安雅清脆的声音："说起来真是好笑，我是前两年才知道我妈他们为什么一定要把我拘在国外的，就是因为那年我帮着我姐请人调查了唐致远。小歌，唐致远你还记得吧？当年还是你帮我从那个野种头上弄到头发的呢，可惜我们拼了老命，我姑姑还不肯认那结果，我回来后才知道，我姑姑去世以后，唐致远还把那野种接回了家，我姐因为这个也是一直在国外不肯回来，鸠占鹊巢，真的是气死我了！回头这么一看，好像就我俩枉做了坏人。"

"安雅。"楚歌眼睛胀胀的，她觉得自己的声音有点飘，"我爸爸走了，还有，我哥也成植物人了。"

"嗯，我知道。"安雅放低声音，她走过来，再次用力抱住了楚歌，"我看到新闻了，所以那天，我妈不准我回来，但我拼命也想要回来。那时候我就想，如果见了你，我一定要好好抱抱你。"她搂着她，在楚歌耳边说，"对不起，你最难过的时候，我没有在你身边。"

楚歌："……"她用力闭了闭眼睛，突然觉得有点累，同时也有点难以名状的凄凉。

她们都曾是被家人宠在手心里的宝贝，但是现在，她已千疮百孔，心如破絮，安雅却一直还是那个被家人保护得好好的，活得恣意又任性的女孩。

也是她最好的朋友，会为她真心难过的朋友。

楚歌笑了一下，她没有办法回应安雅说“都过去了”，所以只能默默地笑一笑，然后拉开安雅，问：“在国外，最想家里的什么？”

安雅毫不犹豫：“吃的。”

“那走吧，我请你吃你想吃的。”

这个城市的大街小巷，楚歌和安雅都曾经走遍，那时候她们无忧无虑，不愁钱也不用去考虑前程，空余的时间，除了玩也就是吃。

八年变迁，很多地方都已经面目全非，但总还有一些老店，顽强地继续存在着，或笑傲于江湖，或泯然于众生。

楚歌问安雅：“想吃什么？”

安雅说：“想把我们以前走的路都走一遍。”

楚歌于是开着车带她到处转悠，每一家她们曾经喜欢的都吃上一两样，安雅说：“味道还是没有变啊。”

楚歌却只是笑，对她来说，味道其实早就不一样了，但是，有人愿意念旧，她也不会去拒绝。

那天吃得很饱很饱才回家，安雅本来是想要跟楚歌一起回去的，她想去看看楚卿和楚妈妈。

楚歌摇头说：“太晚了，而且我和他们也没住一起。”

“那你是……哦，杜先生！”安雅一下就明白了，尽管楚歌不怎么想提，但也似乎并没有不高兴，甚至还坏笑着打趣说，“是不是怕我打扰了你跟他过二人世界？”她叹气，“怎么你们一个两个都喜欢他呀？冷冰冰的家伙，长得再好也不好玩。”

楚歌没有说话，只是看着她。

安雅就举手做投降状：“OK，我不说了，放心，不管你跟谁在一起我都没意见，开心就好。”

网上的八卦，她也是一个不落都看完了的，但是她坚信，楚歌曾经遭遇

的那些苦难是巧合，她也坚信，现在的楚歌，尽管找了个看起来没什么人情味的男朋友，但是楚歌有钱也有权，所以一定过得很幸福很快乐，就像网上说的，她最好的朋友，已经是人生大赢家了。

楚歌没有解释，她说："晚安。"打开了车门。

安雅皱皱秀气的鼻子，带着心照不宣的笑意下车走了。

楚歌没有走，她熄了车，在林家宽阔的大门外站了好久。无星无月又寒风刺骨的晚上，看着那道熟悉的大铁门，让她一下又想起了那一年的自己。

那一年，她身败名裂、家破父亡。

她走投无路，跑到林家来求助。还记得那天下着很大的雨，街上一个行人都没有，她深一脚浅一脚地走过来，林家当时正在宴客，外头凄风苦雨，他们家却是高朋满座，歌舞升平。

她甚至连林家的门都没能进。

雨伞被风吹走了，她跌坐在泥泞里，绝望如蚁，噬骨吞肉。

也是那时候，她又再次遇到了杜慕，她几乎是爬过去，求他帮忙，带她进林家。

大雨滂沱里，男人打开车窗，坐在车内就那样看着她，看着她抠在他车身上的、污渍斑驳的手指和已经没有办法流出泪的眼。

他英俊的面孔，比十月的雨水还要冷漠寒凉。

"我可以帮你，不止进到林家。"他居高临下地看着大雨里狼狈不堪的她，淡淡地问，"但是你能给我什么？"

楚歌很少会回忆过去，因为已经没有什么能让她感到愉快的东西了。

和安雅的重逢，让她感到格外疲惫。

她以为自己会渴望回到一个只属于她自己的空间，可没想到，她最后还是把车开去了杜慕为她置下的那套房子。

因为经常过来，这房子，比她自己那儿更有人气。

她开了暖气，舒舒服服地洗了一个澡，出来以后拿起手机，上面有两个未接来电，都是安雅的。

大概是看她没有接电话，安雅就给她发了一条信息，说："小歌，今天我很高兴。”

楚歌笑笑，随手把那条短信删除了，然后在通讯录里看到了另一个号码，3707。

那里有他给她发的一条信息，很久以前了，他要她搬过来住，然后给了她房间的密码。

他不过来，楚歌从来不去问他的动向，这么多年，她默契地扮演着他曾经要求她应该扮演的那个角色，可是今晚，莫名地，她忽然有点想做些什么。

于是对着手机，她敲下了三个字：想你了。

没有回应。

一分钟、十分钟，一个晚上。

半夜里，楚歌丢开手机睡去，迷迷糊糊她想，生活真的从来就不是童话，不是你愿意付出，对方就会给你回应。

更多的时候，现实残酷得让你无路可走，连眼泪都不能有。

而那个时候，隔着大半个地球的另一端，杜慕刚刚接受完检查。

他的主治医生 Peyton 从检查室里走出来：“恭喜你，Allen，理论上来说，你的病已经痊愈了。根据我这么多年的临床病例，像你这样的情况，遗传的几率也并不高。”

杜慕挑挑眉，清冷的脸上划过一丝笑意，他伸手握住了 Peyton 的手：“谢谢你，Peyton。”

“不用谢。”Peyton 医生用蹩脚的中文说着，然后又转为英文，问，“那你的大鸟一直都还好？”

杜慕额角微抽：“挺好的。”

Peyton 点头：“看来你的女伴做得很好。”

杜慕笑笑，这个话题，他完全不想跟外面的人讨论，哪怕这个人，是他的医生也一样。

Peyton 难得看到一向沉着冷静的 Allen 露出这样的表情，忍不住大笑，伸手拍了拍他的肩：“Good Luck，guy！”

外面等着的秦坤，比杜慕本人还要紧张，待得杜慕出来，他一蹦从椅子上站了起来。

“杜总？”他轻声询问。

杜慕淡淡一笑。

其实只看他的表情就知道结果还不错，但秦坤还是忍不住问了：“是好了吗？”

杜慕点了点头。

“太好了！”秦坤忍不住双手一击，“董事长要是知道，肯定也会很高兴的。”

对此，杜慕没有否认。

这么多年了，老爷子因为他这个病，也一直都悬着心。

秦坤拿出手机，准备给老爷子汇报这个好消息，突然，他想起来，说：“刚刚你还没出来的时候，楚小姐给您发信息了。”

杜慕的手机是有屏保的，不过楚歌发的是信息，所以当时屏幕上还是弹出了她的名字。

杜慕伸出手。

秦坤忙把他的手机递过去。

看完信息，杜慕问：“发生什么事了吗？”

秦坤困惑地：“没有啊……哦，对了，楚小姐昨天和宏日签订了正式的合作合约。”

这是早就定下的事，而且宏日而已，杜慕知道楚歌的目标，签下宏日，离她所希望的还有不小距离。

她已不是最初那个签上一两个单就高兴得手足无措的小女孩了。

“选两个 schedule 取消，三天后回国。”最后，杜慕这么吩咐。

秦坤莫名，却还是说：“好。”

两人回到杜慕在这边的别墅，还未下车，就见原本等在屋外的一个年轻女孩，犹如蝴蝶似的翩然飞了过来。

“阿慕！”

看清楚来人，感受到车内的气场，秦坤头皮发麻，赶紧声明：“我没有通知林小姐。”虽然老爷子是这么吩咐来着，但是，他不敢啊！

杜慕没说话，沉默一会儿后，走下了车子。

“阿慕。”女孩已经走到了面前，站在离他三步远的距离，笑望着他。

[3]

楚歌早上起来，看看手机没有任何回音，将之丢到一边就洗漱去了。

之后一整天都非常忙，晚上还有一个晚宴，所以她差不多接着有两天没去公司，之后因为听到一个传闻，她才在那天快下班的时候赶到办公室，然后把产品研发部的负责人叫过来，问他：“我们新产品的研发情况怎么样？”

她这几年，在研发这一块投入的资金非常大，所以对此的期待也是很高的，而前些日子，研发部报告说，已经小有成效了。

“正在测试，半个月后，我们会提交测试报告。”

“很好。”楚歌笑，这大概是她这阵子以来，听到的最好的消息了，“加油干，测试报告出来后，大家都吃肉。”

研发部负责人笑呵呵地走了，曼文跟着进来：“楚总。”

“嗯，什么事？”楚歌在看新数据的研发资料，头也没抬地问。

曼文没说话。

她抬起头：“怎么了？”

曼文的能力一直都很不错，大后方把得牢牢的，能让她觉得为难的时候还真是不多。

她很快就猜到了。

“和杜先生有关？”她抚额，“可别告诉我，网上又出什么大反转了。”

曼文一看就知道自己老板这两天根本没空刷八卦，不禁有些后悔自己多事——她看到新闻，本来是怕老板难过，所以想趁着要下班了，来安慰安慰老板的呢。

谁知老板根本还不知道。

不过这事已经出来了，楚歌知道也是迟早的事，曼文就说：“和你没太

大关系，就是杜先生，那什么，有点他的新闻出来了。”

“这可真难得。”楚歌闻言笑。

可不是难得，杜家人都很低调，尤其是杜慕，千年都难得上一回新闻，所以上次八她的那个楼主，才抱怨说找这些东西不容易。

楚歌伸出手：“看看，是什么方面的。”

曼文犹豫了一会儿，从自己手机上调出了那个新闻。

楚歌接过去，看了一会儿，又把手机还给曼文。

她神情很平静，这种平静曼文分得清楚，她是真的一点都不在意。

“楚总，据说这女的可是恒盛的千金哦，背景雄厚。这次他们在国外遇上，两人门户相当又男才女貌……”

“曼文，”楚歌都要无奈了，“我请你来，可不是让你关心我的私事的。”

“可是我现在已经下班了。”她的下属反应也不慢，朝她亮了亮手表，很快地回说，“我只是想关心关心我朋友的幸福。”

楚歌看着她，忍不住笑了：“OK！”她投降，“我会跟杜先生联系，问问他到底什么情况。”

其实才怪。

她才不会和他联系，尤其是为了这种事。

曼文却是松了一口气：“就应该这样。”拿出老大姐的款儿谆谆告诫，“女人嘛，该软的时候就应该软些，自尊和面子那些东西，在爱的人面前，其实都可以暂时放一放。这是我的经验之谈，楚总，您没有经历过，所以不知道，里子才是比什么都重要的。”

楚歌挑眉，笑应说：“好。”

曼文还要再说什么，楚歌办公室的门猛地被推开。

安雅闯了进来，跟在她后面的，还有秘书室的小秘书。

小秘书哭丧着脸，看着自己的上司和老板：“楚总、沈助，是林小姐……”

“下去吧。”楚歌微笑。

曼文沉着脸出去了，楚歌也没管她，看着安雅：“你怎么过来了，不是说这两天要见很多同学朋友，没空理我吗？”

“这不是都见完了嘛。”安雅大大咧咧地嘟着嘴，“小歌你就不能给我弄个特权嘛，每次来见你还要问有没有预约，没有连通报都不给，太讨厌了。”

楚歌似笑非笑：“不是给你了？我的电话啊，谁让你过来不打我电话的。”

“忘记了嘛。”安雅撒娇，走过来趴在她的椅子后背上，“今晚有空吧？”

楚歌收起面前的文件，任她推着自己左摇右晃，笑说：“什么事？”

“想约你出去玩呀，天天上班下班的，你不闷吗？”

“你想玩什么？”

“吃饭喝酒唱歌，哪怕轧马路，也是一种乐趣。要不，去看一出‘野种受难记’，怎么样？”

楚歌微顿：“野种……受难记？”

“对，唐文安，我姑父在外面的私生子。他现在长大了。”安雅搂着她的脖子，在她耳边说，“怎么样，你难道不想去看看，当年你帮忙揪出来的那个小野种，现在成什么模样了？”

楚歌闻言，眼里划过一道光。她沉默片刻，才缓缓地点了点头，笑着说：“好啊。”

安雅说去看“野种”，当然不是真的跑去围观他，而是一群人一起，吃饭喝酒吹吹牛皮。

安雅说那些人都是小朋友，其实并不算，他们只能算是一帮不事生产的二世祖，年龄其实都不小了，只是就跟当年的她们一样，人生除了吃喝玩乐，大概也没有其他的了。

现在再跟他们走在一起，楚歌感觉自己简直就像个异类。

那一帮人都是朋克风，就连安雅，穿的也是皮衣短裙，一双闪亮铆钉的长靴子，看起来又帅又痞。

而楚歌是被安雅从办公室里直接拉过去的，她身上穿的还是下午去政府办事时的装束：长发轻绾，白衣黑裤，外罩一件黑色的西装外套——满满都是职业感，真的是说不出来的违和。

她一出现，那帮人就“哦哦”地怪叫了起来，被安雅一个一个拍回去：“干吗呢干吗呢，讨打是吧？跟你们说，这是我最好的姐们，都叫姐姐！”

稀稀拉拉的“姐姐”声响起来，一个留着点小胡子的男人嬉皮笑脸地凑上来，说：“安安，我也要叫姐姐吗？”

安雅瞪他：“你特殊？”

小胡子赶紧说：“不特殊。”冲着楚歌恭恭敬敬地叫了一声，“姐姐好。”

楚歌笑笑：“你好。”

大概是怕给楚歌带来什么麻烦，安雅并没有跟那些人介绍她的名字，倒是小胡子，帮着把那些人都拉出来在楚歌面前遛了一圈。

把这些人都说完了，他最后才拉出一个缩在角落里的男孩子，趴在他肩上，挤眉弄眼地说：“这位可不得了，唐文安，大名鼎鼎的恒盛太子爷，恒盛，小歌姐姐应该听说过吧？”

楚歌颔首，没有理他话里的嘲讽，只是看着面前的人。

他还很年轻，脸上有着明显未脱的稚气，皮肤白皙，戴一副黑框眼镜，是个清秀沉默的孩子样。

楚歌不禁想起自己第一次在金顶山庄见到他。那时候的唐文安才十一二岁，生得很是漂亮，唇红齿白，浓眉毛大眼睛，他站在假山旁边玩玩具，嘴里“呜呜”喊着快跑，已初初具有了少年人生机勃勃的俊朗。

而现在，他只是个拘谨的富家子罢了，扔在人堆里，沉默肯受气是他唯一的特色。

他被小胡子压得直不起腰，却连点反抗都没有，后来小胡子他们又撺掇着他喝酒，还给他塞了一个女人，他笨拙地在他们的起哄下跟那个女孩接吻，激动得眼眶发红，酒水流得到处都是，打湿了他的衣服。

“我跟我姐居然就因为这么个货在国外待了几年，呵，真是……好丢脸。”安雅将头靠在楚歌肩上，有些无趣地说。

楚歌没说话，伸手在她脸上轻轻刮了刮。

这些人玩得都很疯，半夜里把车开到眉山脚下说要飙车，一群人挤对着唐文安要他跟他们比赛，唐文安不肯，整个人都恨不能缩到车子底下去了。

楚歌坐在安雅的车里看热闹，夜风很凉，但因为天气好，头顶上星星满布，郊区的夜空总是比城市要美妙。

“不，我不去！”

那边传来一阵喧哗。

楚歌把目光投过去，这才发现唐文安已经被他们拖出车外了，他拼命地抠着车门，不愿意下车。

“妈的，怎么㞞成这样？”终于有人忍不住，撕下了“亲切”的外表，踢了他一脚。

“飙车你不敢，坐我们的车你也不愿意，信不过哥们？”

“说你是恒盛太子爷你还真以为自己是啊？别笑死人了，你亲爹都是入赘的，创下的家业，和你有毛关系！”

“所以说私生子就是私生子嘛，能上得了什么台面？”

楚歌注意到这话说出来后，唐文安抓在车门上的手很用力，指节泛着森森的白。

她盯着看了一会儿，转过头：“安雅，我们两个来一场怎么样？”

安雅拄着下巴正看戏看得起劲，闻言微微一愣，很快眼里泛起兴味。

“终于按捺不住了？”安雅伸了个懒腰，“行啊，比一场呗。”她说着使劲地在喇叭上按了一下，“我给你找个车。”

安雅把自己要和楚歌赛车的事一说，那些人都疯了，嗷嗷叫着说：“开我的车，开我的车！”

楚歌随手挑了一辆银色的试了试性能，然后走下车子，一边解下围巾，脱掉外套，一边向被冷落在人群之外的唐文安走去。

他仍然趴在地上，头埋在臂弯深处，双手死死抠着车门，看起来又沮丧又难过。

她随手将外套和围巾往手臂上一搭，只手撑在车顶上，问：“喂，你信我吗？”

他顿了顿，才有些惊讶地抬起头来。

车灯聚拢在这一处，光线刺目，她逆光站在最明亮的地方，替他挡下了最刺眼的那一抹光线。

“什……什么？”

“赛车，我带你。你信我吗？”

他微微张嘴仰望着她，几乎呆掉。

周围的人也有些呆滞，安雅走过来，她皱着眉：“小歌？”

楚歌回头一笑：“赌点彩头吧，安雅。”她从袋子里拿出一张卡，“输了，这张卡里的钱都归你们；赢了，”她俯身牵起唐文安的手，将他拉到自己身边，“这个小朋友，不要再欺负他了。”

安雅望着她，脸上虽仍在笑，可是眼神里有怒气：“给我个理由，小歌。”

“理由就是，安雅，我只想和你赛一回车。”

安雅看着她，又看看唐文安，像是想到了什么，脸上的笑意终于慢慢绽开，点头说：“好，那我也叫个人！”

她点了小胡子跟她上车，转身，往自己车上走去，长发在身后飞扬，优美得像一只暗夜的蝴蝶。

/ 第三章

“送瓜求子”，楚歌你是在暗示我吗

R A N G W O A I N I M U M U Z H A O Z H A O

[1]

上车以后，唐文安还有些呆呆的。

楚歌松开安全带，倾身过去。

他的脸一下就红了，浑身僵直着不敢动。

楚歌忍不住笑：“想什么呢，脸红成这样？”摇摇头帮他把安全带扯出来，系的时候，她问，“怕吗？”

唐文安低头看着她，她低敛着眉目替他整理安全带调整座位，他们都叫她“姐姐”，事实上她还很年轻，没有化什么妆的脸上，皮肤有种惊人的通透，长睫如羽，鼻梁挺秀，是那种精致而不带有半点攻击性的漂亮，温和得像一捧水。

不知道为什么，他突然觉得心头有点热，那种从灵魂深处散发出来的让人战栗的温暖感，令他几乎没有深思，就脱口说道：“不怕。”

她抬起头，冲他一笑：“是吗？不过我已经很多年没有跟人飙过车了，也许一上山就会撞成烂泥。”

“那我也……也不怕。”

她微微颔首，笑着说了一个字“好”，回身坐直，替自己绑好了安全带。

然后她降下车窗，另一头，安雅也已经准备好了，冲着这边比了个手势。

她回了安雅一个笑容，又把车窗关好。

唐文安看着她的动作，有些痴痴地问：“为什么要帮我？”

她抿了抿唇，灯光下，眼睛里像是映了漫天星光，他以为她不会回答他，

但是在车子发动的时候，他听到她说：“没有帮你，我只是在帮我自己。”

油门轰响，在外面人的示意下，一银一红两辆车子就像离弦的箭一般往山顶冲去，只留下瞬间残影。

楚歌其实没有说谎，她的确已经好久没有飙过车了，不要说飙车，就是车速稍微快一点都很少。

杜慕虽然还年轻，但是他所有的习惯都像个老年人，一切都只讲究一个字：稳。

楚歌飙车的时间，只可以追溯到八年以前，那时候无知无畏，总以为自己有好几条命，可以让她快意江湖，任性胡为。

眉山，也曾经是她放肆撒野的地方。

这里地势不错，有好几个急转弯，山路陡长，是飙车族们的最爱。安雅很显然在国外也经常玩这个，所以即便同样是八年多未来，但她不管是起势还是转弯，都做得非常流畅漂亮，车子就像条灵蛇，后尾一摆，就潇洒地冲过了第一个弯道。

楚歌的车子却差点冲下山道，看着几乎近在脚下的黑色丛林还有深不见底的悬崖，唐文安忍不住低低地叫了一声。

楚歌转头看了他一眼，笑了笑，镇定地刹车、回倒、出发，车子冲过弯道，再次快速地冲了上去。

轮胎在地面磨擦出刺耳的声音，唐文安咬着牙，伸手抓住车顶的把手，眼睛死死地瞪着前方，疾驰的车速和随时随地猝不及防像是要撞上来的山与石头，让他就像是陷在一场险象环生的恐怖逃亡中。

那是唐文安十九年人生里，从来没有过的疯狂，天堂和地狱，那个女人带着他走了一趟又一趟，心脏像是要被强制抽离似的又胀又痛，可是在他转头看到那张年轻漂亮的面孔，看到她镇定冷漠的眉眼时，忽然就觉得哪怕赴死也是一件美好的事。

风声在耳边吼叫着吹过，带着要割裂一切的残暴，可是它们最终在唐文安眼里，都变得无声无形。

这一夜的前半段，充满了讥笑和耻辱，可最后的时刻，却是那样疯狂，又那样刺激。

“我输了。”耳边响起这一声的时候，唐文安还死死地抠着把手坐在那儿。闻声，他茫然地回过头去，看到车外林安雅灿烂至极的笑容，她说，“小歌，你还是那样厉害。”

楚歌伸手和她击了个掌，解了安全带。

头上一痛，唐文安被拍得低下了头，小胡子凑上来：“喂，还坐在这干什么？吓傻了吧？尿裤子了？我看看。”

听到他这话，有好几个人凑上来起哄着要扒唐文安的裤子，唐文安缩在座位上，绷着僵直的手臂试图去阻拦他们。

“咳咳！”安雅咳了咳，那些人就都消停了，她抱臂似笑非笑地看着他们，“当我和小歌姐姐的赌注不算数是吧？”

楚歌仍然微笑着，提着衣服，站在安雅旁边淡淡地看着众人，等人都聚过来后，她将手上的卡往小胡子方向一弹：“修车的费用。”

被安雅一手抓住了，她很不满：“我们没有钱？”

楚歌说：“一码归一码。”

她之前落后太多，所以最后冲刺的时候，是把汽车当飞车，直接从上面冲上来的，虽说这辆经过改造后的车子性能不错，但她毕竟太久没有飙车了，因此计算上还是出了点偏差，车子损毁得有点严重。

安雅明白了她的意思。这回安雅没有再拦，只是哼一声：“还是那样不要命！”伸手把卡往后面一丢，扔了句，“都回家回家！”挽着楚歌的手就往前走了。

等到两人都上车以后，安雅看着楚歌：“为什么要帮他？”

这一次，她直白多了。

楚歌沉默了一会儿，说：“因为他姓唐。”

在安雅开口之前，她又说：“哪怕他看起来懦弱又无用，哪怕全世界都知道他是私生子，可他还是姓唐，他是唐致远的儿子。安雅，别忘了那八年。”

安雅冷笑：“你以为我怕他？”

楚歌没说话，只是看着她，目光温柔而平和。

安雅这才渐渐平静了下来。

“你有没有想过，如果今天晚上真的让他们激得他参与飙车，或者哪怕只是带着他一起参加，会出什么事吗？可能唐文安不死，也得是伤残。别告诉我只是坐他们的车不会出事，你比我更清楚这种事情有多危险，一帮酒后飙车的家伙，出了事以后，你觉得，唐致远最恨的会是谁？以前我也觉得唐致远没什么大不了的，你们林家一个入赘的女婿而已，再厉害也有限。可现在，我早已不这么想了。没有能力，他不会让你姑姑改变主意，临死还接受了这个孩子；没有能力，他也不会迫得你父母将你远送国外，一送就是八年；没有能力，当年……”

楚歌说着抿了抿唇，目光划过一丝冷意，没有再说下去，停了一会儿后，才幽幽地再度开口：“安雅，你不能……总傻傻地做别人手里的枪。”

“什么意思？”

楚歌不想再说了。

安雅却是不肯放过她，摇着她的胳膊：“小歌，你给我说清楚，什么叫我‘傻傻地做别人手里的枪’？”安雅仍是过去的性子，胡搅蛮缠也要得到一个结果。

楚歌说：“你知道我的意思。”

安雅红着眼睛，那样子，如果不是楚歌曾经是她最好的朋友，也许她都会打她了：“可是我姐她才不会害我！”

楚歌笑了笑。安雅终于愿意承认了，她今天晚上带她来，其实就是她那个堂姐的授意。

不过，她不是在国外吗？柔情蜜意里，还能做下这些事？

楚歌都不得不佩服她了。

楚歌看着安雅：“是啊，她不会害你，她只会让你出头，自己躲在后面，事成，得便宜的总是她，事败，于她也没有任何的损失，她仍然是那个高高在上又干干净净被自己父亲疼在心里宠在手上的娇娇女。可是，安雅，你会怎样，你想过吗？”

安雅抖着嘴唇：“你太阴暗了，小歌。”她好像对楚歌这样的变化有点不能置信，“我把你当成最好的朋友，你不能因为你们都喜欢……”

“闭嘴！”楚歌粗鲁地打断她。

“林安雅！”楚歌一字一句地说，“你可以不信，但是别攀扯上其他人，今天的话，我只说这一次，信不信是你的事，不管怎么样，我希望你，永远也别后悔。”说完就下了车，冲到另一辆准备发动的车子面前，“我和你一起走。”她冷淡地命令。

那也是个年轻的男孩子，不知道是被楚歌的气势惊到还是别的，默默地停下车打开了车门。

车子渐渐驶远，楚歌没有回头，她其实并不想说出这一切，有什么意思呢？语言总是苍白无力的，唯有现实才格外残酷。

安雅她总有一天，会知道真相，也会认清楚事实。

她不愿意做那个坏人。

可是今天晚上的一切，总难免让她想起以前，想起那个寒冷的雨夜里，她揣着一颗火热的心，却被人彻底打入了地狱。

那次争吵之后好些天，安雅都没有再跟楚歌联系。

楚歌倒是安安然然地继续忙她的事情，这天下午的时候，她还抽空去了一趟黄金街。

黄金街上不卖黄金，卖的都是真真假假的古董还有玉器、瓷器，她打算定做一套礼物，规格可以不高，但设计一定要新颖独特。

跟店里的设计师讨论了半日，出来的时候，她在柜台上看到了一个小白玉葫芦，圆滚滚的，看起来十分可爱。

她让人拿出来，握在手里，玉质通透，触手温润滑腻。

“这是新疆的羊脂玉，这种颜色的白玉一般是很难得的，葫芦也叫‘福禄’，寓意人畜兴旺、五谷丰收、福寿绵延，楚小姐福缘不错，今日我们才摆上来，您就看中了。”

楚歌对其他的都不感兴趣，唯那一句“福寿绵延”击中了她。

她想，买回去给楚卿挂着应该还不错。葫芦不大，质地也温润，更难得的是，她很喜欢。

而楚卿，也一定会喜欢的。

楚歌付了钱，走出来才发现天色已经不早了，她开车往小镇赶，还没出城就接到秦坤的电话：“杜先生回来了，他现在过去。”

楚歌只好掉头。

她到楼下的时候，杜慕他们也才到，三人在电梯口遇见，杜慕扫了一眼，秦坤忙问：“那杜总，我先回去了？”

杜慕点头，秦坤就把杜慕的行李箱递给走过来的楚歌：“楚小姐，辛苦你了。”

楚歌说：“不辛苦。”

她推着箱子，跟在杜慕后面上了电梯。

她不会过问杜慕的去向，但是他回来了，她还是会表示一下关怀。

电梯里，楚歌问：“事情都还顺利吗？”

其实是一直以来的习惯，不过这次有点特殊——杜慕去国外，可是惹了绯闻的。

于是，她见到他的第一时间问出这话就有点变了味道。

楚歌是在接收到杜慕有些奇异的视线时，才后知后觉地记起这件事，不由得囧了，赶紧补救似的又加了一句：“呃，我没有别的意思。”说完，她特想甩自己一耳光，心虚让她的智商都受到了严重的挑战。

杜慕“嗯”了一声，显然还是误会了。

楚歌只好闭紧了嘴。

进屋以后，杜慕去洗澡，楚歌帮忙整理他带回来的箱子，箱子一打开，除了归置得井井有条的衣服，还有一个很显眼的精致华美的礼物盒。

楚歌看着那个盒子，有点呆。

杜慕拿了衣服要进浴室，转头一眼瞥到，慢悠悠地说了句：“送你的。”

楚歌：“……”

好惊悚！

这么多年了，杜慕从来没有送过她礼物，哦，这样说也不对，他以前还是送过她一辆车的，不过那时候她极度缺钱，有一天实在忍不住，将它卖掉了。

她卖了，杜慕也没说什么，只是自那以后，就再没有送过她什么东西了。

现在突然地送她礼物……她打开来，叹了口气，里面是一条 Buccellati 祖母绿镶钻项链，六颗小祖母绿拱卫着中间一颗大祖母绿，以钻石镶嵌，链子中间铺以黄金颗粒，奢华耀目晃人眼。

以杜先生的手笔，这玩意儿价钱肯定不便宜，再卖掉应该比车子值钱多了……如果这是分手费，他还真是一点也不小气。

楚歌没有试戴的欲望，她现在对这些珠宝首饰也就那么喜欢，把项链放盒子里收好，就开始给他收拾衣服了。

她这边弄好，杜慕也已经洗好了澡。天气还是有些冷的，他出来居然没有穿衣服，就在下面围了一条浴巾，宽阔结实的肩膀，肌肉紧致的胸部，还有笔直修长的双腿，灯光下，都泛着诱人的色泽。

楚歌只看了一眼，就收回目光，然后面无表情地跑去把暖气打开。

杜慕在床边坐下，他头发还滴着水，柔软的黑发柔顺地贴在一向清冷英俊的面孔上，竟意外地让整个面部线条都柔和了几分。

楚歌走过去，把已经空了的箱子拖走，没有去洗澡，而是坐到他面前，等着他和她摊牌。

杜慕看她那样子，问："有话要说？"

所以，这是让她先提条件吧？楚歌想了想，拿过自己的包，翻找的时候，顺手把刚刚入手的玉葫芦放在了旁边。

杜慕看到拿起来："这是什么？"

楚歌抬头看了一眼："玉葫芦。"说完继续翻。

杜慕打开盒子，拿着玉葫芦把玩了一番，递给她："给我戴上。"

楚歌："……"

她张了张嘴，最后还是什么都没说，抿抿唇，侧身过去把玉葫芦戴到了他的脖子上。

"葫芦也叫'福禄'，能纳福增祥、去除灾厄。"戴好后，杜慕低头看了一会儿，摸着这颗小玉葫芦慢悠悠地开口。他这人家学渊源，比起不学无术中成长起来的楚歌，简直堪称是"百科全书"，所以会知道小玉葫芦的寓意一点也不奇怪，但是，他接下来的话，却让楚歌整个人都有点不好了。

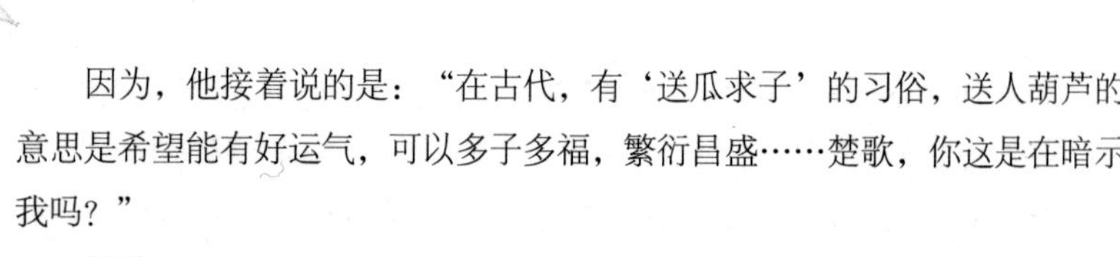

因为，他接着说的是：“在古代，有‘送瓜求子’的习俗，送人葫芦的意思是希望能有好运气，可以多子多福，繁衍昌盛……楚歌，你这是在暗示我吗？”

楚歌：“……”

[2]

楚歌在包里搜索的手顿在那里，几秒钟后，她抬起头看着他，神色认真地说：“我想这肯定是个误会。”

杜慕神色玄妙地“哦”了一声。

楚歌突然好想骂人，在这种要 Say goodbye 的时候让他误会……面子上真是有点过不去。

于是，她很认真地考虑，竹杠要不要敲狠一点。

杜慕却伸脚踢了踢她，说：“去洗澡。”

这是要，最后再来一发？楚歌歪头看着他，突然就没那么天真了。她将包里的东西又重新收好，然后起身拿衣服洗澡。

当时唯一的庆幸是，还好……敲竹杠的话以及分手表演还没来得及做。

等她洗了澡出来，杜慕就那样湿着头发靠坐在床头，手里还握着脖子上的那个葫芦吊坠，一脸深沉的模样。

楚歌有些头皮发麻，她很怕他脸上露出那样的神情，那比他的冷漠还要让她害怕。

她停下脚，转身去外间客厅拿了吹风机过来：“我帮你吹吹头发吧。”

他没拒绝，只是调整了一下坐姿，将脚放下来，坐在了床边上，以大马金刀的姿势正对着她。

她插好插头，回身见他这样沉默了片刻，才委婉地说：“不好吹呢。”

“哦。”他淡淡地应，长腿一伸一缩，手臂一捞，将她捞到了面前，让她站在了他的双腿间。

楚歌：“……”

她淡定地开了吹风机给他吹头发，然后没一会儿，她就觉得了不对。

他原本握着她腰的手，移进了她的睡衣里面。

这时候，她好后悔，为什么要穿睡衣……不过，就算穿别的也没有用吧，他如果想，都不会不方便。

杜慕的目标很明确，双手伸进了睡衣后，就直攻本垒，跟揉面团似的揉捏了一会儿后，掀开她的衣服，直接含住了其中一粒。

……

楚歌有些忍耐地唤了声："杜先生。"

"嗯？"他含糊地应，舌尖轻轻卷起那一粒红梅，抬起眼睛望着她。

与平日的清冷淡漠不一样，壁上橘黄的灯光下，他的神色很平和，就连眸间的冷意也淡去了不少，而且让楚歌更难堪的是，正做着某种不适宜动作的男人，居然在这个时候，让她莫名其妙地，觉得有一点点萌。

灯光惑人！

等到他的头发完全吹干，楚歌也已经被剥干净了，衣扣完全解开，裤子堆在脚下，感觉到头发差不多的时候，他抬手将吹风机拿走，扔在一边，抱住她，就那样倒在了床上。

楚歌没有试图挣扎，不知道是不是有几天没有见到他的原因，她竟然也有点想他。

她格外柔顺，他也很是温柔，很细致地吻她，从她的下巴往下，吻得密不透风，蜜意绵绵。

楚歌感觉自己整个人都被他亲软掉了。

那天晚上他像是饿极了，十分罕见地连着要了她两回，到最后甚至都有些失控。

最顶峰的时候，他用力地抱着她，在她耳边说："会给你孩子的……再等等。"

楚歌都没有听清，她实在是累到了，连清洗都没有，就神志昏昏地睡了过去。

好不容易睡着，半夜里楚歌又被他弄醒了，那时候她困得要死，迷迷糊糊地反手一巴掌拍到了他脸上，"啪"的一声，响亮极了。

身后陡然安静了下来，楚歌也几乎是刹那间清醒，然后……没法有然后，她缩到被子里，果断地继续装睡。

身后传来一阵磨牙声，好在，他没有继续骚扰她。

不过早上的时候，楚歌才有一点动静，就被整个翻了转来，跟煎鱼似的前前后后让他折腾了遍。

至此，楚歌终于可以确认，杜先生在国外那个绯闻还真的只是绯闻。

她累得跟只狗似的，杜先生却精神焕发地起了床。

他站在衣柜前面换衣服，也不怕羞，就那么扯掉浴巾一件一件往身上套，楚歌趴在床上看着他，突然就跟醍醐灌顶似的，想起了夜里他说的那句话，不由得毛骨悚然，一下就蹦了起来。

杜慕抬头，自镜子里面望着她，她拥被坐在床上，颊畔生霞，唇如海棠，圆润的肩头露在被外，乌发如云铺在背后，眼里蒙蒙的，似还带着之前的潮意。

杜慕咽了咽喉咙，扣着袖上的扣子，不动声色地问："怎么？"

"你……"接触到他冷凌凌的视线，楚歌就觉得应该是自己听错了，于是原本要说的话就变成了，"今天晚上还会过来吗？"

她是没觉得这话有问题，不过听在杜慕耳朵里那就完全变了味，他挑挑眉，转过身来看着她。

楚歌轻轻咳了一下，说："我今天晚上要回家一趟。"

杜先生："……"原来是误会了，不过他能肯定，床上那个看似无辜又柔顺的女人是故意的。

他也没在意，拿起外套穿上，问了句："什么事？"

楚歌说："我妈生日，我想回去好好陪她一下。"

杜慕过了会儿，才说："我今天有点忙。"

楚歌"哦"了一声，心想你不忙才奇怪吧？嘴里却做贤惠状叮嘱道："记得准时吃饭。"

这种假贤惠，杜慕一眼就看破，完全不给任何回应，拎起衣服就出去了。

楚歌等他走后，才施施然地起床去公司，毫无意外晚了很多。她本来是打算早些回去的，但是那天一天事情都很多，然后曼文也和她说："今天阿姨生日？到时候我和你一起过去，明天周末，我正好过去度假了，楚总你不会不愿意吧？"

楚歌明白曼文的意思，去度假是假，其实也是想要让她妈妈的生日过热闹一些。

她没有拒绝，只是这样一来，势必不能早回了，于是等她们到家的时候，已经快六点了。

天色已有些暗，楚歌她们一下车就闻到了屋子里传来的浓郁的饭菜香味。

曼文深吸一口气："饿了。"

"饿了就快拿东西进屋。"楚歌从后备厢里拎出几个盒子递给她。

两人大包小包扛回家，楚歌手上还捧了一束鲜花，花很大，有点遮挡视线，所以她一时没有注意过来帮忙开门接东西的是个陌生男人。

直到他把花也拎了过去，楚歌这才看清楚，不由得有些愣怔。

"你好。"男人微笑着和她打招呼。他留着利落的平头，个子不算高，但长得很结实。

"你好……呃，谢谢你。"楚歌没有问他是谁，压着疑惑进了屋。

楚妈妈从厨房里出来，跟她一起的，还有邹阿姨。

楚歌就大概猜到了男人的身份。果然，楚妈妈后来拉着她小声地说："就是上回跟你说的那个人……你邹阿姨晓得你今天回来，硬带人过来了，我也不好说什么。"

楚歌"哦"了一声，没所谓地说："没事，人多还热闹些。"她把曼文介绍给家里的客人，还拉着曼文，很客气地跟那个男人聊了几句。

快开饭的时候，楚歌上楼上去接楚卿。

曼文说："我和你一起。"一溜烟地跟着她跑了。

到了楼上后，曼文先看了看楚卿，叹了句："气色挺好的。"

楚歌"嗯"了一声。

曼文看楚歌一眼。楚歌从护士手里拿过外套，很熟练地帮楚卿换了，然后三人一起，将人移到了特制的轮椅上。

之后楚歌便让护士先下去，曼文等人走后才说："你妈妈……不知道你和杜先生的事？”

楚歌说：“知道吧。”

曼文有些无语。

楚歌忍不住笑：“皇帝不急太监急，真不知道你在愁些什么。”

她推着轮椅往外面走，曼文忙过去帮忙：“我就是觉得这样不好，杜先生要是知道了……”人家本来在国外就遇到了真白富美，自家老板这样做，不是更把人往外推了吗？

楚歌按下电梯，回头看她一眼：“他怎么会知道？”

他从来就不过来，这里的人谁会和他说？再说了，她也没打算跟底下那个男人有什么，一起见个面吃餐饭，在她而言，真不是什么大事。

下楼以后，这个话题自然不会再继续，正好菜要上桌了，曼文很乖觉地帮忙端菜，楚歌则打了热水帮着楚卿洗手擦脸。

一双手从旁边伸过来，帮她扶住了盆子。

楚歌抬头看了一眼，笑着说：“谢谢。”然后给楚卿介绍，“哥，这是何先生，就住在这镇上，今天是过来给妈庆生的。”

那个男人也是个很上道的人，他微微俯身，和楚卿打招呼：“您好，楚先生。”眼神里也没有多少异样，还说，“你们兄妹两个长得很像。”

楚歌点头：“很多人都这么说。”

何先生笑了起来，问：“有个哥哥是不是很幸福？”

“嗯。”楚歌也笑，“我哥他，很宠我。”

何先生闻言，鼓起勇气：“你很好，如果是我，也愿意宠着你。”

楚歌这次没有立时接他的话，她低头帮楚卿擦着脸，就像是没有听到，过了好一会儿，才轻声说：“何先生……”

话没说完，家里的门铃响了，曼文跑出来：“我去开门。”

站在餐桌边的楚妈妈则惊讶地抬起头来，问楚歌一句：“小歌你还请了别人吗？”

楚歌自然是没有叫别人，这些年，昔日的亲戚朋友，他们几乎都没有来往，而考虑到楚卿的状况，这样的时候，楚妈妈一般也不会叫外人过来。

邹阿姨跟何先生，实在是两个例外。

曼文用毛巾擦了擦手，转过身去看着门口。

这时候，门也打开了，曼文立在那儿，看起来有点僵，嘴里讷讷地喊着：“杜……杜先生？”

楚歌：“……”

[3]

楚歌有点不能置信，下意识地起身。

一个熟悉的身影走了进来。

的确是杜慕。

楚歌顾不得惊讶，迎上前去：“你怎么来了？”

杜慕脸上的表情仍然淡淡的，看了一眼屋里的人，没有说什么，把手上的东西递给她，自己只捧了一束花。

楚妈妈这时候也迎了过来，看到他，很是惊讶。

传面传杜慕和自己女儿的事这么多年，但是楚妈妈，这还是第二次见到杜慕，上一次还是几年前呢，在楚歌的公司里，他和好些人一起，匆忙间惊鸿一见。

楚妈妈搓着手：“杜先生。”

“叫我阿慕就好。”他很客气地说，把花递过去，“祝您生日快乐。”

“谢谢，你太客气了。”楚妈妈有些不自然，但是，他能来，她还是很高兴的。因为这说明，那些传闻，不仅仅只是传闻。只是一转头，看到身后的邹阿姨跟何先生，她又头痛了。

邹阿姨也已经走过来了，她看着杜慕，即使再没有见识，也能感觉得出，面前的男人，和他们不是一个层面上的人。

邹阿姨忍不住狐疑地问：“这位是？”

“是我女儿的朋友。”楚妈妈其实也不知道怎么解释，所以没敢说是女儿的男朋友，放下花，赶紧招呼众人，“先吃饭吧，不然菜都凉了。”

楚歌带着杜慕走到了楚卿面前。

何先生还站在那儿，见到两人过来，他默默地让了让位置，不过楚歌并没有无视他，给两人作了介绍。

何先生也是看过网上八卦的，只是楚家人生活低调，网上曝出的也只有楚歌以前的照片，而那时的她跟现在差距实在太大，所以他完全没有把身家××亿的新亿隆的漂亮老板和面前的女孩联系起来。

直到这位杜先生来到。

而且，他的名字还叫“阿慕”。

何先生神色微变，倒是杜慕在知道何先生只是邻居后脸色稍缓，楚歌一直担心他会目中无人，但是还好，他冲着何先生笑了笑，微微颔首：“你好。”

何先生收回奔腾的思绪，便也回了他一个笑容，说：“您好。”

两个男人没有什么交谈的欲望，便有致一同地看向楚歌，她正俯身在跟楚卿说话：“哥哥，今天家里很热闹，杜先生也过来了。”

说罢，她招呼护士过来把楚卿推去餐桌，回身对杜慕说：“吃饭了，要不先洗个手？”

尽管没有介绍杜慕的具体身份，可她和他说话时，眉眼温柔、声音柔和，整个人都透着一股子熟稔的亲昵。

杜先生很满意，“嗯”了一声，跟着她去洗手。

楚歌在旁边一直陪着他，等他洗完手，递了一条干毛巾过去。

他接过来，垂眸一边慢条斯理地擦拭，一边说：“以后要是想热闹，和我说。”

楚歌就知道，他是看出什么来了，只好解释：“是我妈妈的朋友，我也是第一次见。”

他没再说话，只是意味深长地看了她一眼，跟着她一起去吃饭。

杜慕自然坐在楚歌旁边，而楚卿就坐在她的另一边。

何先生在他们的对面，看到那两人一个温文尔雅清俊非凡，一个明眸皓齿眉目如画，再想想两人的身家，只觉得心都灰完了。

但是基本的礼貌还在，吃到半酣的时候他站起来给楚歌敬酒：“认识你很高兴，能请你喝一杯吗？”

楚歌还没说话，边上的杜慕冷飕飕地说：“她不喝酒。”

“没关系，她喝茶就行。”

“她也不喝茶。”

何先生僵在那儿，事实上，整个桌上的人都有点尴尬。

楚歌在心里叹口气，在桌子底下握了一下杜慕的手，拿过自己面前的那一杯白开水：“我的确不喝茶也不喝酒，就以水代酒好不好？谢谢你今天能过来。”

她说完，一仰脖子，将一杯水都喝下去，气氛这才稍微缓和了一点。

邹阿姨跟何先生吃完饭就走了，楚妈妈带着楚歌送他们出来。

何先生去开车的时候，邹阿姨看着楚歌说：“那个杜先生是你男朋友吧？”她说得不太客气，内心里，或许还有一点责怪的意思在里面。

楚歌说：“不是。”

邹阿姨明显不相信，但是车来了，她也只好上车去了。

何先生一直都保持着恰当的风度，这会儿，他降下车窗，很有礼貌地告别，同时邀请她：“我在边上还有一个农庄，明天是周末，你的朋友要是在这边玩的话，可以跟阿姨你们一起过来玩，那里风景还不错。”

楚歌笑着说：“好。”接过了他递来的名片。

车子慢慢开走，楚妈妈看着他们离开，有些可惜地说：“何先生是个蛮不错的人。”

楚歌说：“是的。”

楚妈妈看一眼她，说：“杜先生也很不错，只是……”后面的话她没有说，但是楚歌明白她的意思。

杜慕于楚歌，不管是财势还是地位，都相差太大了。

只是楚妈妈不知道，杜慕跟她并不是男女朋友的关系，他们之间只是一场交易，他现在对她所有的好，不过是因为，交易进行得很顺利，他觉得，她应该得到一些补偿吧？

她能感觉得到，他们的关系快要结束了，也是时候，要结束了。

只是这些话，楚歌不会和她说，她挽起楚妈妈的手往回走，笑着说：“妈，人家还在家里呢。”

晚上杜慕并没打算回去，清好东西后，曼文和楚妈妈坐在楚卿旁边拆礼物，杜慕还在倒时差，看起来很困，楚歌就领他上楼去休息。

楚家人口少，但房间挺多，楚歌把他安排在二楼最里面的那一间，那儿光线好，房间大，是家里格局最好的客房了。

杜慕站在门口看了一眼就不动了，问她：“你住哪一间？”

“那里。”楚歌伸手一指。

杜慕转身，推开了她的房门，意思简直不言而喻。

楚歌跟在他后面，试图劝他：“这张床有点窄。”

他看着她：“今晚不热。”解下外套丢在一边，问，“浴室在哪里？”

男人只穿了一件白衬衣，哪怕眉眼再清冷，可依旧是唇红齿白明媚得不像话。

楚歌忽然就不想再劝，带着他去了浴室，顺便还给他找了一套楚卿的衣服，原本他们两个的身量差不多，只是楚卿现在太瘦，他的衣服，杜慕都穿不下。

没办法，等他洗完后，楚歌只能说：“我帮你洗了吧，也许明天就干了。实在不行，秦坤来接你的时候，让他给你带套衣服。”

他没有拒绝，接过她的浴巾围上，就那么大剌剌地走了出去。

之后他睡觉，楚歌下楼去给他洗衣服，等她忙完，楚妈妈已经把所有礼物都拆完了，客厅的沙发上堆了一堆，而楚妈妈正和曼文对着一个盒子在发呆。

见她好了，楚妈妈忙不迭地招手让她过去，然后迫不及待地把那盒子递到她面前：“杜先生送的，小歌，会不会太贵重了？”

楚歌探头看一眼，见是一套翡翠玉饰，翠绿的颜色，躺在盒子里，就跟一汪水一样。

即便不用拿出来看，她也知道，这玩意儿不便宜。

看包装盒，是买自本地有名的一家首饰店，大约是白天里才去买的。

她送他一个玉葫芦，他就还了她这么一套玉饰，说起来，还是她赚了。

楚歌将盒子盖上，笑着说："送你的就收了吧，他不喜欢推来推去。"

曼文这时候也在说："我也是这么跟阿姨说的，有礼收，尽管收。"

就连曼文，也给楚妈妈买了一件五位数的呢子大衣，不管颜色还是款式，看起来比楚歌送的那件都还好看。

所以，尽管来的人不多，但是楚妈妈收的礼物并不少。

楚歌跟曼文撺掇着楚妈妈将该试的都试了一遍，兴尽了方才散去。

那个时候，杜慕早已睡得熟了。

楚歌洗完澡后上床，怕吵醒他，就掀了被子打算只睡一个角落，谁知他长手一捞，就将她捞过去了。

"吵醒你了？"

"没有。"他将脸在她颈窝里蹭了蹭，接着又睡着了。

小镇的夜晚特别安静安宁，杜慕感觉自己那一觉睡得格外香甜舒适，在朦胧的桂花香气里醒来，身边另一半的位置早就空了，他抱在怀里的不过是一只枕头。

他坐起来，将枕头放到一边，看见他的衣服就挂在床边的衣架上，昨夜里楚歌帮忙洗的内衣裤也都干了，整整齐齐地码在床边。

他拿过来穿好，拉开窗帘想呼吸一下外面新鲜的空气，抬头却看到了屋后的楚歌。

蒙蒙薄雾里，畏冷的她穿得棉嘟嘟的，正蹲在地里跟着家里的阿姨间萝卜苗，她弄得很慢却认真，细长白嫩的手指往地里轻轻一插，连泥带土就拔起了一棵。

雾气将她的头发都打湿了，漉漉地贴在鬓角，让她一下小了好几岁，素来沉静娴雅的面孔，仿佛也染了一点天真。

杜慕忍不住微微笑了一下。

早上吃过早饭后，秦坤来接他。

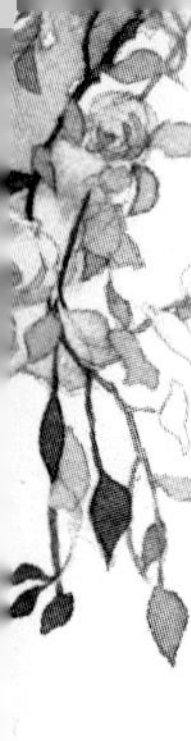

楚歌并没有跟他一起回城，她把他送上车，说：“曼文想在周边逛一逛，我陪她走走。”

杜慕“嗯”了一声，说：“把晚上空出来，五点钟，秦坤来接你。”

他没有说是什么事，楚歌也没问，这么多年，她习惯听从他的一切安排，只是等他走后，她才问曼文：“这两天有什么重要的活动吗？”

曼文拿起手机翻了翻，说：“有个学术上的会议，好几个大经济学家会过来，算不算？”

学术上的会议，杜慕不会和她一起出席，而且他也没有特意要她好好打扮，估计也不是个特别正式的场合。

楚歌就把这事丢到了一边，白天推着楚卿，带着楚妈妈和曼文在周边好好玩了玩，他们自然没有去何先生的农庄，倒是去了一个水库钓鱼玩。

楚妈妈在边上跟人打麻将，楚歌和曼文推着楚卿悠闲地钓鱼聊天，因为出了一点太阳的缘故，白日里也不显得冷，楚歌将头轻轻靠在楚卿的膝上，河水映出他们的倒影，楚卿的样子看起来那样安宁，让她依稀生出了一点，他其实是完好的错觉。

五点钟，秦坤准时过来接楚歌，曼文打算明天再回去，所以楚歌换了衣服后，一个人上了秦坤的车。

路上她问：“去哪里？”

秦坤说：“金顶山庄。”

楚歌感觉心脏像是被谁狠狠撞了一下，面无表情地转过头，外面的风景急速掠去，只觉得世事就像变幻的旗帜，可是兜兜转转，有些人与事，总会再相遇。

在金顶山庄，她第一次帮人抓奸，也是在那里，她第一次遇见了杜慕。

她人生最大的绝望和最后的希望，都是在那里开始的。

/ 第四章

因为我喜欢他呀，我喜欢听他的话

[1]

秦坤的车子开得很快，但因为是周末，他们在进城的时候还是被堵住了。

到达金顶山庄的时候已经快八点了。

这是一个私人的温泉山庄，非贵宾卡持有人不会接待，楚歌以前要来，还得安雅想尽了办法，但是现在，她也已经有这里的卡了。

秦坤将她直接领了进去，在最里面一幢小排的别墅面前停下来，他敲开其中一扇门，一个一身黑衣的男人过来开门。

“楚小姐到了。”

男人点头，把门推开了一些。

楚歌走进去，屋里头很暖，地上铺了厚厚的地毯，行走在其上，一点声音都没有。

楚歌听到了麻将声，还有人说话的声音。

转进去，就可以看见里面支了一桌牌局，四个男人坐在桌上，旁边围了三个女人，只杜慕的身边空荡荡的，唯他一人。

他背对她而坐，也没回头，懒洋洋地朝她伸了伸手：“过来。”

楚歌走过去，在他身边的位置上坐下，他搂着她的腰，说：“你摸。”

桌上剩余的麻将子已经不多，楚歌伸手拿起一张，她自己都还没看清，杜慕就已经将面前的牌推倒了：“清一色，自摸。”

“你女人手气不错嘛。”其余的人一边推牌算子一边说，“一来就给你摸了这么大一个牌，还想不想我们吃饭了？”

杜慕“嗯”了一声。

便有人笑骂：“嘚瑟！”

楚歌这才跟那些人打招呼——他们都是杜慕的朋友，经常会陪着他跟他们一起玩，所以算起来都很熟了。

只是轮到坐在杜慕对面的人的时候，楚歌心脏猛地一缩，连手指也不由得蜷缩起来。

对面坐着两个人，一男一女，男的温和儒雅、朗朗大方，女的……八年多过去，她依然明艳照人，漂亮得不像是个真人。

林安和与林敏娴。

安雅的哥哥，以及安雅最推崇的堂姐。

看到楚歌望过来，林敏娴微微一笑，林安和则很平静地为她介绍：“楚歌，这是敏娴，我堂妹，她刚刚从国外回来。”

仿佛这就是她们的第一次见面一样。

楚歌笑，点了点头，然后对林敏娴说：“你好。”

林敏娴回她：“你好。”

旁边人见她们这么和气，多少都有点失望——他们可都等着这两个传说中的“女朋友”唱台大戏呢，居然就这么草草收场？

杜慕一个叫尤宇的朋友“啧”了一声，推倒牌局，说：“吃饭吧，等到这时候，我都快饿扁了。”

楚歌这才知道，这些人都还没吃饭，就等着她一个。

她很有些受宠若惊，席上专门道了歉。

尤宇起哄说：“那就罚酒三杯啊，每次吃饭你们两个都不喝酒，忒没意思了。”还撺掇楚歌，“你哄他，让他喝一点。跟你说，他以前很能喝的，而且喝了酒的杜先生老有意思了，不信你试试。”

楚歌做出老老实实的样子：“我不敢。”眼睛眨啊眨地看向尤宇，“尤先生要不你试试呗。”

尤宇不说自己试不试，只拍着桌：“你真是太没用了！这么听他的话干什么呀？”

楚歌看一眼杜慕，他神色淡淡地端着杯子在喝水，便一笑说："因为我喜欢他呀，我喜欢听他的话。"

她感到身边的人似乎呛了一下，握着杯子的手微微抖了抖。

楚歌还是笑眯眯的。

尤宇捂脸，不看他们，和其他人说："真是虐瞎单身狗！"

楚歌又笑，就他们这样的，也好意思说自己是单身狗，身边陪着的女伴，差不多跟换衣服似的，恨不能一日一换，单身在哪里呢？

不过，这是他们的私事，楚歌管不着，反正到最后，她和杜慕还是都没有喝一滴酒。

这一餐饭吃了很久，男人们信马由缰，谈天谈地谈政治谈商圈，女人大多都是陪客，只有林敏娴，会时不时地跟他们辩几句。她声音温柔，说话也不紧不慢，便是歪理，让人听着也如沐春风。

楚歌以前听他们聊这些感觉像是在听天书，几年熏陶下来，才渐渐能跟得上一些节奏。但她从不插话，很自觉地当她安安分分的花瓶。

坐得久了，也会很累，楚歌起身去外面吹了吹风。

金顶山庄的风景很美，只是这晚没有什么星月，远远望过去，也只能见到群山幢幢，反倒近处，四季鲜花次第开放，温泉水缓缓流淌，让人如至春日。

没多久，身后就多了一个人。

"小歌。"

声音亲切柔和，温柔得仿佛能滴出水。

楚歌转身，静静地看着面前的人。

夜晚的风吹起她的衣角，越加显得她身姿轻盈，端庄静婉，娉娉婷婷站在那里，就连廊下的灯光都仿佛亮了许多。

"怎么，不认识我了吗？"林敏娴问。

楚歌垂下眼睛。

"对不起。"林敏娴慢慢走过来，拉起她的手，"刚刚在里面，我不好和你多说话，你不怪我吧？"

楚歌摇摇头。

“没想到你就是阿慕的新女朋友。”

林敏娴的笑容很是明媚，不过话却说得有点诛心，杜慕什么时候有过其他的女朋友吗？这么长时间了，他身边貌似也就她楚歌一个“绯闻”女友，旧得不能再旧了。

如果楚歌真的爱杜慕爱惨了，心里肯定会有点隔阂，不过好在，她也没有太在意，事实上，从林敏娴出现以来，她就已经对其他任何人与事都不在意了。

她的整个注意力都放在林敏娴身上，血液里像有一把火在熊熊燃烧着，将她都快要熬干了。

即便这样，楚歌还是能笑出来，她听到自己用最亲昵的声音说：“阿娴姐姐，这些年，你还好吗？”她说着，甚至还能流出泪来，眼泪一串一串地往下掉，“我哥哥他……成植物人了，到现在还没有醒过来。”

即便泪眼模糊，即便是真的很伤心很愤怒，可是楚歌还是能够看到，在她提到楚卿时，林敏娴脸上一闪而过的扭曲。

她好想问她，你痛吗？那样设计陷害你曾经爱过的男人，林敏娴，你会心痛吗？

“这是怎么了，怎么哭了啊？”

是尤宇的女伴，不知道什么时候，也走出来了。

她的声音有些大，于是屋内的人没多久也跟着哗啦啦走了出来，看到楚歌眼泪婆娑地和林敏娴手拉手的样子，一群人都有些看不懂，傻在了那里。

杜慕走过来，目光在她还有着明显泪痕的脸上一扫，问：“怎么了？”

林敏娴见他连看都不看自己一眼，不由得咬牙，抢先开口说：“她眼里飞进了小虫子，我跟她说不能揉，就使劲哭，也许就能哭出来了。”

“是这样？”

楚歌默默地点了点头。

他扯过楚歌，站到更亮一点的灯下，捏住她的下巴强迫她仰起头来。

“哪只眼睛？”他几乎是贴着她的眼睛轻声说，说话时呼吸的气息喷在她脸上，酥酥麻麻的痒。

楚歌心情难言，随便指了只眼睛。

他掰着她的眼皮，说："还真有。"一本正经地吹了吹。

论装模作样，人人都是高手，就是楚歌自己，现在也已经能够做到，把厌恶和痛恨藏进心里，以微笑示人，看起来，无辜而天真。

楚歌被他吹得眼睛都睁不开了，身体一扭，扑进他怀里，双手揽住他的腰："我眼睛疼，走不动路了怎么办？"

她很怕他会推开她，这种拼演技的时候，如果他不配合，那就真的丢死人了。

好在杜慕没有动，静了一会儿后突然打横抱起她："我先送她去房里。"这话是跟其他人说的。

尤宇挥了挥手，一副"快走快走别搞事情"的样子。

楚歌缩在他怀里，回头望的时候看到那些人都进了屋，只有林敏娴还站在原地，灯光昏黄，将她的影子拉得很长。

她看不清林敏娴的表情，但是，她能感觉到林敏娴的目光，一直一直，都停留在她身上。

"好了，可以下来了吗？"一进屋，杜慕就说。

楚歌没有动，双手将他的脖子揽得更紧了。

她问他："你生气吗？"

杜慕没说话，将她放在了榻榻米上。

楚歌拉住他的衣角。

他回身，看着她。

楚歌知道，这是他在等着她解释的意思。

抽了抽鼻子，楚歌老老实实地交代："我跟她提起了我哥，我就是觉得难受，为什么，我哥到现在还只能躺在床上，像个活死人一样，她却活得好好的。"

本来是不难过的，可这会儿，在他面前这么一说，她忽然就觉得很伤心很伤心，眼泪一下又冒了出来。她哽咽着说："杜先生，别和她好，这世界上，你可以娶任何人，喜欢任何人，就是不要娶她，不要喜欢她好不好？”她仰起脸，泪眼模糊地看着他，像个孩子，又固执又可笑。

杜慕终于坐了下来，伸出手指，替她拭了拭眼泪。

“所以，”房间里温暖如春，但他的声音却特别寒凉，就连指尖，也是冷的，“楚歌，我只是工具是吗？你所谓的喜欢，也都只是想要刺激她？”

楚歌忍不住心尖微微一缩。她一下就清醒了过来，就着原来的姿势摇头说：“不是的。我是想要刺激她，但我也喜欢你。杜先生，你都不知道，我有多喜欢你。可是，我只是你的一味药而已，我害怕，有一天，药失效了，而你，也不要我了。”

她从来没有对他表白过，他也从来没有对她表示过他对她的喜欢。

他们一开始，相遇是意外，在一起，也不过是一场交易。

他给她以庇护，她还他以忠诚，老老实实做他身边的一盆花、一碗药。

至于爱不爱，谁在乎呢？

[2]

楚歌都不知道，怎么就突然到了这一步，还跟他示起爱来了。

她原本只是想着不要让他误会自己，不要惹恼他。

她不知道他对她的“示爱”会怎么想，于是只能更加可怜兮兮地看着他。

有好一会儿，杜慕都没有说话，他就那么看着她，手指无意识地在她的脸上摩挲，眼神幽深，神色难辨。

然后，他放开她，站了起来。

楚歌死死地拽着他的那一片衣袖，弱弱地唤：“杜先生。”

他轻轻吸了一口气，转过身来：“本来我打算去跟他们说一声，既然这样，如你所愿。”

他一边说，一边自顾自地开始解扣子。他解得很快，衣服也脱得很快，没一会儿，就只剩下一条内裤。

全身只有一点遮挡的他，看起来诱人……而可怕。

楚歌忍不住往后缩了缩，到这时她才发现，她手里还拽着他的衣服。

杜先生俯身，握住她的那只手，然后一把拖过她。

“你……”

“闭嘴！”他轻声呵斥，手脚利落地三下两下将她也扒了个光。

楚歌：“……”

她都不知道该用什么表情面对他了，如果她敢的话，她肯定会跟他号一句：“我到底哪句话戳中您 G 点了啊？怎么一言不合就要开啪？”

说实话，她一点也不想做，心情糟糕透了，如果不是怕得罪他，她真想赶走他，然后一个人待着，安安静静的。

可是很显然，杜慕并不想要轻易放过她。

他将她抱进里面的温泉池，池水很热，烫得她忍不住打了个哆嗦，他从后面抱住她，嘴唇轻轻在她颈窝里舔了舔：“把那句话再说一遍。”

“对……对不起……嗷！”

他一口咬在她的肩上，而后再伸舌轻轻舔弄，诱哄一样地说：“说。”

楚歌沉默。

他的手指往下，轻轻在她最秘密的地方徘徊，他的动作轻缓而温柔，却又隐隐带着几分迫人之意。楚歌终于耐不住，回头吻了吻他，在他耳朵边轻声说：“杜先生，我喜欢你。”

她不敢挑战他的耐性，所以说得温柔又缠绵。

他将她抵在池边，腾出手抱住她的头，加深了那一个吻。

随之他放开她，用力地抵进她的身体，一边抚弄着她一边命令：“再说。”

“我喜欢你。”

“说！”

“我喜欢你。”

“……”

“我喜欢你，杜先生。”

她转身来搂住他，男人的头发都湿透了，眼睛也是红的，灼灼明亮，像映了一池碎光，只瞧着就已目眩神迷。

而他紧紧地搂着她，抱得那么用力那么狠，像是要把她揉进他的心里。

长夜漫漫，仿佛永远都没有尽头，她一直说一直说，她不知道他这么做的用意，也不想去猜，心里只觉又酸又软，说得多了，自己都分不清，到底

是真心还是假意。

事实上，哪怕再无情，哪怕只是药，哪怕一次又一次提醒自己，可是，怎么能够不沉迷?

又怎么能够不着迷?

池水温热，他的身体比池水更烫，烫得她语难成句，烫得她在那一瞬间忘记了现实冰冷，未来无望，而只唯愿，此刻即永恒。

自此以后，血肉相连，噬骨交缠。

那天夜里楚歌也不知道什么时候睡着的。

倦极而眠，竟然还做了梦，梦里似乎又回到了那一天的夜里，很冷很冷的一个秋日雨夜，安雅说："我姐她还真可怜，就她那性格，等我姑姑死后，肯定就由得他们揉圆搓扁了……小歌，我们一起帮帮她吧。"

楚歌说："好啊。"

她义无反顾地跟着安雅出发，走之前还给楚卿发信息："哥，我知道怎么帮你追回阿娴姐姐了，等着我哈。"

她们来到了金顶山庄，安雅拖住了大的，楚歌就跟着小的走到了花园里。唐文安仍是小时候的样子，鼓着腮帮子一个人玩遥控汽车，红色的小车在石子路上横冲直撞。

楚歌走过来，车子就撞到了她脚上，她"哎"了一声，捂着脚："你的车撞到我啦。"

唐文安偏头看着她，他长得和唐致远并不像，秀秀气气的，满脸天真，规规矩矩地向她道歉："对不起。"

楚歌突然就骗不下去，把车子捡起来递给他："不要在路上玩，撞到人了怎么办？"

那么小的小车子，撞到人也不会痛，但他没有说什么，"哦"了一声，接过车子准备走。

楚歌又叫住他："你头上沾了脏东西了，我帮你弄下来好不好？"

虽然她的语气并不凶，但他好像真的被她吓到了，老老实实地在原地站定了让她弄。

几根头发而已，拔出来只有微微的痛。他揉揉头，还和她说：“谢谢你，姐姐。”抬头看她的时候，眼睛特别特别亮。

楚歌想要说些什么，正准备开口的时候唐致远他们来了，他自是认得她的，也看到了她的动作，她脸色一变，扭头就跑。

金顶山庄就像个大迷宫，她在里面，怎么也走不出去。

唐致远势力大，随便编个理由，就调动了山庄里的保安都来寻她。

楚歌以为自己逃不过去了，结果，却误打误撞，跑进了杜慕的温泉池里。

梦境并不连续，好像是一眨眼，她就到了他面前。他刚从温泉池里出来，浑身上下就只裹了一条浴巾，见到突然闯进来的她，也没有太讶异，只是肃眉冷眼地说了一个字：“滚！”气势十足。

楚歌那时候却是无知无畏，她扑倒了他，外面有人进来，她用力将他拉进汤房里，死死地挂在他身上，捂着他的嘴说：“对不起……我不是故意的。”

天气并不冷，但她却是冻得瑟瑟发抖。

场景一下就变了，她躺在一张宽大的沙发床上，房间里光线昏暗，烟雾迷离，杜慕已经不见了，取而代之的是几个陌生的男孩子，他们包围着她，不知道有多少双手在她身上放肆。

她嘶声：“滚开！”

没有人理她。

而不管她有多抗拒，却没有一点点推拒的力气。

“滚！”她用尽力气吼叫着，可喉咙像是被什么堵住似的，一个字都发不出。

她想，那肯定是个梦，可梦境残破，她却怎么也走不出来。

直到她被人用力抱住，她才惊醒过来。

醒过来，仍旧在金顶山庄的温泉房里，杜慕睡在她身边，正目光沉沉地望着她。

他的目光像是一盆清凌凌的雪水，一下就让她清醒了。

可她觉得很累，不管不顾地蜷进了他怀里。

“杜先生。”

他没应。

她又喊他："杜先生。"

他"嗯"了一声。

楚歌说："我喉咙说不出话了。"

杜慕："……"

他把手放在她肩上，微微用力推开了她一些，望着她，并没有被她带跑，问："梦见什么了，这么怕？"

楚歌忍不住地发着抖，在他灼灼的目光下，仿佛又回到了那一天，她狼狈地站在聚光灯下，被众人用各种各样的眼神羞辱和围观。

"不太记得了。"她暗自深呼吸，努力让自己平静下来，"好像就是被人在追，我跑不掉，最后还被抓住了。"她搂着他的手，他不知道醒了有多久，指尖已经微微带了凉意，她在上面轻轻吻了吻，"谢谢你把我叫醒。"

杜慕没说话，只是用手指轻轻摩了摩她的唇瓣。

楚歌不敢动，也不敢做任何挑逗他的动作。

杜先生最近像是吃了药，在性事上，开始毫无顾忌了……也或者，是他的病，已经好了。

他不说，楚歌不敢问，也不想去猜，她觉得疲惫，于是也沉默下来，任他摩挲。

良久，杜慕放开她，起身施施然地开始穿衣，穿好后，他回过头来，望着依旧坐在床上的她说："我不喜欢林敏娴，也不会娶她。"

楚歌微微一震，抬起头看着他。

杜慕神色平静，眼神依旧冷冷淡淡的，但她知道，他看出了她在怕什么，所以，这是他对她做"噩梦"的安慰与安抚吗？

她没那么天真，果然，杜慕又接着说："但是楚歌，我还是那句话，别惹他们，你不是对手。"

楚歌睫毛颤了颤，垂下了眼睛。

多年以前，他也曾经做过同样的警告，那时他说："楚歌，你不是对手，所以，不要给我惹麻烦。"

现在，他依然还是这句话。

所以，不管她有多努力，她仍然撼动不了他们吗？

楚歌笑，突然就不害怕了。

她爬起床，走到他面前，替他整了整已经非常平整的衣领，哑着声音说："我知道了。"

但是对不起，我做不到。

[3]

穿上衣服，看到自己脖颈处被留下那么多醒目的痕迹，楚歌无声地叹了口气。

尽管这多少有她自己刻意追求的结果，可当结果被做得如此明显如此显眼的时候，她又隐隐地有些害怕。

那个男人如此轻易就看穿了她，他对她的事，从来不问，却一清二楚。

她在他面前，都快要成个透明人了。

这日子，简直就没法过。

赌气似的，她干脆翻出条丝巾，把脖子遮得严严实实的。

杜慕见她这样，反倒多看了她好几眼，貌似有些无法理解，不是想在林敏娴面前炫耀他对她的"爱"吗？现在这样全遮了算怎么一回事？

不过，他也没有问什么，等她收拾好，就带着她出去了。

只是身上的痕迹好遮掩，哑掉的嗓子就完全无法。只一个照面，尤宇就发现她喉咙哑了，"啧啧"了好几声，说："昨晚上你们战况到底有多激烈啊，看这声音嘶的，都没法说话了吧？难怪我总觉得昨天池子里的水变多了，原来是你们那边涨大潮。"

几个男人听闻都拍桌大笑。

楚歌脸皮不算薄的，可硬还是被他们调侃得颊上飞红，只能装作没听到，低头给杜慕倒茶，余光看到旁边的林敏娴正看着她。

她转过头去，两人视线对上，林敏娴像是完全没有听到男人们的调侃，温温婉婉地冲她笑了笑，然后递过来一杯茶："温泉泡多了喉咙是有点疼，喝点这个，润一润吧。"

"喝点这个，润一润吧。"

“喝点这个，醒醒酒吧。”

多年前，她接了一杯茶，然后醒过神来，自己就被送入了地狱，现在这杯茶，算什么呢？

变相地提醒她吗？

楚歌笑，林敏娴也仍然温柔浅笑着，目光和软，态度亲昵，只是递茶的手，却一直没有收回去。

楚歌垂目看着那杯茶，茶汤清亮，能看到绿绿的草梗，还有一点淡黄的莲蕊。

她伸出手。

出乎她意料，身边的杜慕却再次为她说话。

“她不喝茶。”他淡淡地开口。就像那天晚上，他替她挡了何先生的酒和茶一样。

楚歌就顺手将茶汤推了回去：“谢谢，你喝吧。”她微微一笑，接着他的话说，“我的确是不喝茶。”

“不喝酒，也不喝茶？”林敏娴好像很惊讶。

楚歌点了点头。

“为什么呢？这茶清热降火，泡温泉后喝一杯，很舒服的呀。”

楚歌的胃不舒服了。

陪着人演戏，考量的不仅仅是演技，很多时候，还有胃容量啊。她转过头，看着杜慕：“杜先生，我能不能喝呀？”

只要她愿意，一句“杜先生”也能被她叫得缱绻缠绵。

杜慕在和别人说话，他明显很不习惯这样的她，感觉有点被她给噎到了，不过到底还是帮她圆了这个场，简单又粗暴：“不能！”

楚歌便“哦”了一声，受气小媳妇似的把茶又推回去：“林小姐自己喝吧。”

林敏娴嘴角抽了抽，看一眼杜慕：“你真就那么听他的话呀？”

楚歌一本正经：“嗯，我喜欢。”

林敏娴总算不搭理她了。

难得那天天气挺好的，艳阳高照，万里无云。

用过餐后，一群人就跑去另一个山头打高尔夫。

他们还约了来本地开会的一个经济学家，不过这会儿人没来，他们就打算先玩两把。

一个个换上轻便的运动装，感觉人都跟着轻了很多。楚歌对这种运动没什么兴趣，即便曾经下死劲学过一阵，可打得还是非常一般。

倒是林敏娴，一身白色的球服，挥杆击球的姿势，又专业又漂亮。她一杆进洞，点了点尖翘的小下巴，迎着阳光声音清脆地问："怎么样？"

尤宇带头，大力地拍起掌来。

于是试过两杆后，楚歌因为球技太烂被嫌弃而刷了下来，女伴里面，只有林敏娴被他们带着玩。

楚歌很满意这结果，自顾自寻了个视野好的地方坐下来晒太阳，倒是尤宇他们的女伴一直寸步不离跟在一边，端茶倒水递球递毛巾，那叫一个体贴温柔。

楚歌觉得自己很像个异类。

但是……她还是懒得动。

十点一到，太阳竟然有些烈起来，这些人也没了打球的兴致，一个个走了回来。

尤宇还打趣楚歌："看看人家，你不觉得你太不称职了吗？"

楚歌这才站起来，小媳妇似的帮着杜慕拉开一张椅子，然后又给他递了一条毛巾，低眉顺眼地奉上一杯茶，末了扯着破嗓子问尤宇："现在呢？"

尤宇哈哈大笑，伸手在杜慕肩上一拍："你家小媳妇还挺有意思。"

小媳妇……楚歌眉心一跳，下意识地看向杜慕，后者就像是没有听到似的，端着她递过去的茶，浅酌慢饮了起来。

她也只好不在意，笑着对尤宇说："谢谢夸奖。"

这个时候，其余人也回来了，四个男人中一个叫刘明远的问尤宇："阿季什么时候过来？"

阿季就是他们约的经济学家。

据说这位季先生是中国最年轻的经济学家，普林斯顿大学的讲座教授，杜慕、尤宇跟他，曾经都是同学和校友。

尤宇懒洋洋地答："刚联系过，他在那边被拖住了，估计还要一会儿。"

"那我们怎么办？就这么等着？"

"不然你有什么好建议吗？"

刘明远耸了耸肩，过了会儿实在是觉得枯坐无聊，拎起一个高尔夫球往远处一扔，随手拍了拍身边的女伴说："去，衔回来。"

他用的是"衔"不是"拿"，所以在座的都知道他是什么意思。

人怎么会拿？只有狗，才能用嘴"衔"，而他的语气，也跟训只狗差不多。

刘明远的这个女伴虽然年轻却老练无比，听他这么吩咐，连脸色都没变，只是眼珠一转，嘟嘴娇笑着说："看我一个有什么意思嘛！"

刘明远闻言一笑，也对，就看向尤宇。

尤宇也笑笑，头微微往自己身边的女孩一偏："你也去。赢一局，十万，输了，脱光了滚怎么样？"他语气如此轻慢，好像在说今天的早餐味道还不错一样。

被点名的女孩脸色瞬间变了，一张俏脸涨得通红。

楚歌却只望了一眼就移开了目光。

类似的"游戏"看得再多，她还是没办法学会习惯，她以前也胡天海地瞎玩，但是至少，她对生而为人总有些敬畏。

不像他们，把人当成小玩意儿，随意摆弄和侮辱。

但她没有办法制止或者拂袖而去。

面前的这些人，跟安雅那天带出来的不一样，他们不是只会花钱享乐的二世祖，他们同时也在自己的领域独当一面，走出去，个个人模狗样，背地里，玩脱了却比谁都恶心，也比谁都手狠。

女孩半天没作声，尤宇的脸色沉了下来，他把脸一撇，挑眉淡笑着问："怎么，不愿意？"

女孩眼泪都要落下来了，她看看周围的人，没有人帮她。事实上，大家看她的眼神，就跟看一件玩意儿差不多。

谁会在乎玩意儿怎么想？

她知道自己无路可退，抿抿唇，说："我没有不愿意，不过，"她望向楚歌，不甘心地问，"林小姐也就算了，金枝玉叶，我们不和她比，那楚小姐呢，是不是也应该参加？”

球场上本来就很安静，这会儿她的话一落音，就更是死寂一片。

只听到簌簌的风声从耳边吹过，深秋的风，即便有太阳加持，可是坐在阴凉下久了，还是会觉得冷。

楚歌微微笑了一下，低头掩住面上的惊讶。

尤宇的这个女伴跟在他身边也有一段时间了，她不是不知道她是新人，既然知道还敢说出这样的话来，其中意味……还真是耐人寻味。

余光望向杜慕，杜先生依旧维持着原先的姿势。这男人长得是真的好看，白色的休闲套装，衬得他更加身姿修长，没了正装的严肃与冷峻，暖阳下，他看起来更像是个悠闲懒散的英俊青年，而不是她最开始认识的那个寒凉冷漠的商界名流。

听到那女孩扯出楚歌，他也只是抬头淡淡地看了尤宇一眼。

他眼风落下，尤宇的手也挥了出去，“啪”的一声，女孩猝不及防地被这一巴掌直接从椅子上拍飞了出去。

这一下打得颇重，女孩原本如花一样的脸庞瞬间肿了起来，嘴角甚至见了血。

“真是好烦！”尤宇将手放到嘴边吹了吹，“所以我最讨厌长情什么的了，总有些不知好歹的人想要恃宠而骄。”他抚额，做出头疼的模样，过了会儿，才淡声说，“滚吧。”

女孩连眼泪都不敢流，更别说是求饶的话了，听到这一声，就那么趴着滚远了。

尤宇叹口气：“现在是真的不好玩了。”

“怎么会？”刘明远轻笑，“不还有一只小狗在嘛！”他拍拍女孩的头，“五万一次，去吧。”

有了前车之鉴，那女孩什么废话都没有，撩起衣袖就四肢趴地爬过去了。她速度竟然很快，没一会儿就只在草地上留下了一个淡淡的影子。

“三分三十秒。”

“还真自信哪，五分。”

他们开始赌她回来的时间，兴致勃勃地下注。

即便看惯了，楚歌还是觉得很恶心，她现在，大约也不用再看他们的脸色了吧？扭过头，她和杜慕轻声说：“我想去打几杆球。”

杜慕深深地看了她一眼，微微颔首。

楚歌带着球童离开了，晴空蓝天下，高尔夫球场就像是镶在这一方的一块巨大的绿宝石，虽是秋日，也依然绿意盎然，生机勃勃。

她深吸了一口气，选定位置，只挥了几杆就没了兴致，便干脆丢开球杆，站在那儿看风景。

也不知道看了多久，身后响起细微的青草被踩踏的脚步声。

她以为是捡球回来的球童，转身却发现来的竟是一个让她非常意外的人。

“林先生。”

不是林敏娴林小姐，而是林安和，安雅的哥哥。

太阳下，他如青竹，长身玉立，温雅亲和。

他手里拿了根球杆，慢悠悠地走到她身边：“打两杆怎么样？”

楚歌看他一眼，从旁边也抽了一根拿在手里。

两人对打了一会儿，林安和这才开口：“安雅那丫头，好像是一回来，就把你得罪了？”

楚歌淡淡地说：“算不上吧。”轻轻推了一下杆，角度那么好，她竟然也没能把球推进去，不由得有些郁闷。

林安和直起腰，语气蔼然：“她是个直性子，你别跟她计较。”

楚歌笑，也站直了身体，手搭在额前眯了眯眼睛，说：“太阳太烈，不打了。”

她转身往回走，林安和在后面叫住她。

“小歌。”

她没有停步。

他说：“这些年……你还在恨我吗？”

她停下了脚步。

/第五章
楚歌，你好自为之

[1]

有时候想想真是作孽，年少无知，自己浅薄没作为，就喜欢深沉忧郁一点的大哥哥。

她和安雅同学十几年，初一开窍就跟走火入魔似的，喜欢上了林安和。

楚卿那时候还骂她："你喜欢他跟喜欢我有什么区别吗？真是没眼光！"口不择言，也不知道是在骂他自己还是在骂她。

可能是想到了楚卿，楚歌转身过来的时候脸色还不错，她看着林安和，笑："林先生这话是什么意思？"口气却十分淡漠。

林安和噎了一下。不过，他从来都是个聪明人，知道这些年，他们之间不必谈旧情所以从来不凑到她面前来，这时候他也清楚已着实不必再拿那段无疾而终的感情说事，所以一瞬的失态后，他很快地说："小歌，以前没有帮到你我很抱歉，但是安雅，她一直都把你当朋友的。"

"我也一直都把她当朋友。"

"既然这样，你就不该和她说敏娴的事。"

楚歌挑了挑眉，该说安雅幸运吗？林安和如此维护她。

这么多年，他遇见她一如遇见了个陌生人，可是为了安雅，却能不避嫌地再次找上她。

越这样，她就越嫉妒怎么办？

大约是见她的脸色不好看，林安和的语气放得和缓了些，甚至隐隐地，

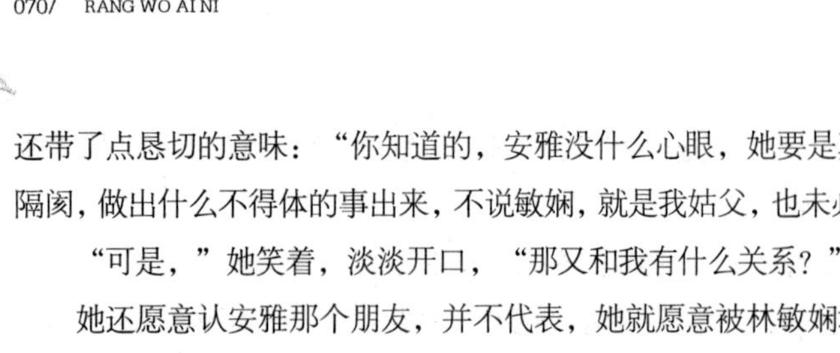

还带了点恳切的意味："你知道的，安雅没什么心眼，她要是真对敏娴有了隔阂，做出什么不得体的事出来，不说敏娴，就是我姑父，也未必会放过她。"

"可是，"她笑着，淡淡开口，"那又和我有什么关系？"

她还愿意认安雅那个朋友，并不代表，她就愿意被林敏娴坑第二次，更何况，她和安雅，大约也是永远都回不到原来了。

所以，隔远些未必就不好。

只是她这会儿的状态真不好，声音难听就算了，态度也是满满的恶意。

放童话故事里，大约就是那无恶不作的老巫婆了吧？

以前就不知羞耻，拆散了人家的美好姻缘，现在，又要害人家妹子了。

懒得再说，楚歌继续朝前走。

"小歌！"

脚步未停。

"杜家的长辈看中了敏娴，敏娴自己也很满意……楚歌，你好自为之。"

坐在电瓶车上，楚歌远远就看到杜慕他们那儿变得热闹起来了，而且，还多了几张生面孔。

应该是传说中的季先生到了。

杜慕他们正在跟他热烈地拥抱。

楚歌在稍远一些的地方下了车，然后慢慢走过去。那些人聊得正嗨，大约也不会有人注意到她。

谁知杜慕像是后面也长了眼睛似的，明明背对着她，在她走近了后，居然准确无误地冲她招了招手。

"楚歌。"他这样介绍她，却并没有为她介绍那些生人。

不过，楚歌还是很准确地将手伸到其中一个人面前："你好，季先生。"

季先生，季博然，华尔街鼎鼎有名的经济学大师，但是在国内，知道他名字的还真是不多。

不过，楚歌对他算得上是闻名已久，杜慕以前丢给她看的一些书里面，就有这位季先生的笔记。

季博然笑，看了杜慕一眼，然后才握上她的手："你好。"他说，声音很是清亮，显见得其人也颇为爽朗，“能一眼就认出我，我能猜测，是阿慕没少跟你提起我吗？”

“不。”楚歌摇头，“是我对季先生仰慕已久。”

“嘿，我的荣幸。不过，”他冲她眨了眨眼睛，“当着阿慕的面这么说，真的没关系吗？”

“没关系。”楚歌微笑，“Car quand je vous respecter,mais je l’aime plus.（因为我虽仰慕你，但是，我更倾慕于他。）”

后面这句话，她是用法语说的，因为她知道，在座的除了季博然，大概也没有人精通法语了。

至于林敏娴，她在国外那么多年，到底精通了几国语言，Who care？

对于楚歌来说，她知道季博然母语是汉语，但同时也精通英法意大利三种语言就够了，所以她用法语说这话，一来是避免了说不出口的尴尬，另外一个，也是有表明，她确实是很了解他的意思。

季博然这下是真意外了，他也用法语回了她一句：“Tu Me Très surprenante.（你让我很意外。）”

楚歌这回换回了汉语：“谢谢，认识你我很荣幸。”

“好吧，我也挺荣幸的。那正式介绍一下，我是季博然，杜慕的同学加朋友，刚刚你还没过来的时候我们打了个小小的赌，所以，楚小姐能够一眼就认出我，我高兴，也不高兴。”

“对不起。”楚歌一本正经地说，“下次我会记得假装不认识你。”

“哈哈，好，一言为定。”

他们两个居然谈得还很高兴，不过楚歌毕竟只是陪客，寒暄过后，便乖乖地退到了一边。

男人们都叙过旧以后，看看离午饭还有段时间，便继续去打球，这一次，楚歌没有单独行动，而是陪在了杜慕的身边。

打球的时候，杜慕在前面挥杆，尤宇站在旁边等他击球，闲着无聊，便跟楚歌闲聊：“哎，你居然还会法语哦？”

不变态的时候，尤宇也就跟个普通人一样，爱八卦也喜欢开玩笑。

都习惯了，因此楚歌神色如常，谦虚地说：“会一点点。”

事实上，她法语说得还不错，读书那会儿爱装 ×，总觉得法国很浪漫，然后法语听起来像唱歌，所以她专门跑到法国留了两年学。

她读书不行，但是语言天赋竟然不错，在法国混了两年，文凭没得到，法语倒是让她学会了。

尤宇问她：“那你刚刚和阿季说的是什么？”

楚歌看一眼季博然，这会儿林安和也找过来了，他正跟林安和还有林敏娴在说话，杜慕专心击球，貌似注意力都没有在他们这儿。

楚歌就说：“我和他说的是，杜先生从来没有和我提过他。”

尤宇侧目：“真的？”

“当然。”

尤宇点头，正要再说什么的时候，杜慕那一杆已经击出去了，他的注意力立马转移，“卧槽”了一声走过去，抓狂地说：“阿慕，你这么厉害，会没朋友的啊！”

杜慕笑笑，将球杆轻轻在指间一绕，转头来看了一眼楚歌。

楚歌走过去，帮他把球杆拿在手上。

这时候，季博然也转过身来了，夸他：“你的球技还是那么好。”

杜慕慢条斯理地一边取下手套一边说：“Merci.（谢谢。）”非常标准的法语发音。

楚歌：“……”

说好的，他不懂法语呢？杜慕以前有个法国的客人过来，陪他们出去玩的时候，他还是叫的她作陪哪，呵呵，那会儿杜先生怎么说的？

“我不会！”

现在这么标准纯正的发音是怎么一回事？

季博然看着楚歌的脸色，问她：“楚小姐不知道阿慕的法语很好吗？”他微微笑着，“好心”解释，“我和阿慕曾经一起在法国做过一个项目，所以他虽然没有考过 TCF，不过，五级水平，应该怎么的还是有的吧？”

楚歌：“……”

她现在确定，刚刚她和尤宇说话的时候，这两个男人都听到了。而季博然虽然是个备受人推崇的经济学家，但他同时，也是个有着小小的爱往人身上捅刀子的恶趣味的男人。

大约是她脸上的表情略美妙，季博然看起来很开心。

林敏娴终于按捺不住，也走过来："小歌和季先生聊什么呢，这么开心？"

这个女人，一句话不怼她都不行，什么叫她和季先生聊得开心？杜先生呢，就这么被她无视了吗？

楚歌本来嗓子就不好，所以干脆不接话，倒是季博然笑吟吟地说了句："哦，我们在探讨社交语言选择的重要性。"

楚歌闻言，忍不住嘴角抽搐。

该说真不愧是大师吗？连话都说得这么……有逼格。

林敏娴像是没有听出季大师的言外之意，笑着问："哦，那是有什么结论了吗？"

季博然就转问楚歌："楚小姐的结论是怎样？"

楚歌很认真地说："不要随便说外语。"

"噗……哈哈哈！"季博然突然放声大笑。

围观众人都囧囧有神地看着他。

楚歌也是略无语，转头无辜地看向杜慕，而后者，则回了她一个似笑非笑的眼神。

大概是为了让楚歌更加直观地感受到杜先生法语的程度，季博然笑完，直接和杜慕用法语交谈了起来。

季博然说："楚小姐很有意思，我很喜欢她。"

杜先生冷淡地回："抱歉，你喜欢得太迟了。"

季博然说："没关系啊，公平竞争嘛。"

杜先生更冷淡地说："好走，不送。"

季博然就又笑了起来，楚歌被他笑得脸有点热，偏偏这时候尤宇又凑上来，问："他们两个叽里呱啦在说什么？"

尤宇在这几人当中算是最不学无术的了，但是，他的不学无术也是相对

的。名牌大学的毕业生，自立品牌创建了国内最牛 × 的网络游戏公司。

楚歌看向他的目光这回谨慎多了，委婉表示：“事涉私隐，季先生他们大约不太想我翻译出来。”

季博然很愉快地拆台：“没关系，你说给他听吧，我们不在意的。”

楚歌：不在意你倒是自己告诉他啊！

杜慕也看过来，神色平平，不过楚歌觉得，他其实是有话想要告诉她的？

看不懂啊浑蛋！

除了尤宇以外，其他人看到季博然笑得开心就也都围了过来，众人此时一起看着她，真是让人压力山大。

楚歌特别想暴走，没事脑残，炫什么法语啊！她不应该想着给季博然留一个好的第一印象的，真的，她应该慢慢来的。

林敏娴见楚歌迟迟不开口，倒有些疑心楚歌根本就不会法语，楚歌之前和季博然说的那一句，是为了讨好他而提前背下来的吧？

这时候便也催道：“我们也很想知道呢，季先生既然不介意，小歌不妨说来听听。”

楚歌看了她一眼，面瘫着一张脸，说：“哦。”然后一板一眼地说，“刚刚季先生说，这个高尔夫球场很漂亮。杜先生就告诉他，前面的金顶山庄更好看。然后季先生说他想去看，杜先生就邀请他，打完球就带他去。”

她是硬着头皮把这段话说出来的，不过好在，季博然倒是没有拆穿她，只是冲她比了个大拇指。

楚歌厚脸皮地权当他是在表扬自己了。

结果，就在这时候，身边的尤宇尤先生说了一句：“哇，差点就被糊弄了，多了解一门外语果然有好处！啊哈哈哈！”

请注意，他这里说的是法语，虽然发音没有杜慕那么纯正，但是绝对的，正确！

楚歌：“……”

季博然和尤宇大笑着勾肩搭背地走远了。

杜慕看一眼她，表情非常……难以言说。

等到从球场出来，换好衣服去吃午饭的时候，楚歌对杜慕说："对不起，杜先生，我今天好像……又卖蠢了。"

杜慕站在镜子面前整衣领，闻言"嗯"了一声，说："习惯了。"

楚歌："……"

[2]

午餐是在金顶山庄吃的，一群人围在一起吃火锅，气氛还挺融洽。

楚歌之前的努力没有白费，季博然看起来对她的印象非常好，席上会时不时地把她拎出来说话，还打趣杜慕："这次我在国内会停留得久一点，有没有可能喝到你的喜酒呀？"

杜慕也没有否认，只是问他："待多久？"

"答应帮朋友做个项目，估计要到明年年中吧。"

杜慕点了点头，没说话，但看他的意思，也没有否认"喜酒"一说。

众人看向楚歌的眼神顿时很微妙。

楚歌倒是老神在在，还给杜慕添了一杯茶。

林敏娴看着她平静的样子，只觉得牙根发痒。

餐后楚歌回原来的房间休息，杜慕他们几个老朋友在一起闲聊，就连林安和，也识趣地先离开了。

林敏娴不想走，但是，她更不愿意做不识趣的那一个。在外的形象，她一向都是知书达理、善解人意的。

聊了没两句，杜慕走开去接电话，尤宇看一眼他，说："阿慕不会是当真的吧？"

虽然没有明说，不过季博然和刘明远都知道他在说什么。

刘明远懒懒散散地接话："没什么好奇怪的，阿慕要不是真喜欢，也不会留她这么多年了。"

尤宇就"啧"了一声："有点本事。"

他们跟外面的人不一样，外头都以为和楚歌有关的那些传闻是假的，但是他们都知道，那些是真的。

所以，当初楚歌第一次出现在杜慕身边时，他们多少都有点意外。

无他，杜慕在他们当中是最洁身自好的一个人，眼光挑剔到让人发指，结果，身边却留了楚歌这么一个名声差到极点的女人。

一留留了这么多年，现在还动了结婚的心思。

想想真是不可思议。

尤宇看向季博然："阿季，你好像对那妞印象也蛮好啊。"

季博然眼疾手快地把差点掉下来的壶盖接住，点了点头。他先前看杜慕好像玩得很轻松，结果他一上手，才发现所谓的"功夫茶"还真是要点功夫的。

放下茶壶，他说："楚小姐很聪明。"

"也是。"尤宇想一想，"你看我和阿远身边这么多玩意儿，有哪个能像她做那么大事出来？多数都是能捞一笔捞一笔，没脑子的蠢货！"

说到后来，大约是想起自己带来的女人在球场不识好歹的那一幕，话里隐隐带了火气。

季博然笑笑，并不予置评。

杜慕这时候也回来了，三人就都收了声，转了别的话题。

"我听说许世清在弄一个什么'大师午餐'，阿季你也是其中一餐？"

季博然点头："他是请了我，不过我还没答应。"

"他倒是会捞钱。"尤宇笑，"那我们今天这餐饭，值多少钱？"

季博然瞥一眼他："你要出价？"

"不。我打算以后多请你吃，然后也卖点钱。"尤宇大大咧咧的，"有资源不用白不用嘛。"

几人听闻，都不由得笑了起来。

他们这边气氛轻松，另一头，楚歌的房门却被敲响了。

将门打开，林敏娴站在外面。

"休息了吗？"林敏娴的目光不动声色地在楚歌身上一扫，笑得动人。

楚歌微微蜷了蜷手指，说："还没有。"

“那我们能说说话吗？”

“好啊。”楚歌一笑，却没有请她进去，而是自己跨了出来，“外面去吧。”顺手将门关上，“杜先生不太喜欢外人进屋里。”

“外人”两个字，终于成功让林敏娴精致的面孔有了细微的裂痕，沉默了会儿才说：“小歌你很怕他吗？”

“不是啊，小习惯而已，我尊重他。”

“尊重吗？”楚敏娴笑，嘴角却牵出一抹嘲讽来。

楚歌没有看见，当然了，就算看见她也不在意。

她领着林敏娴在前边的园子里坐下，问：“阿娴姐姐要跟我说什么？”

她坐在林敏娴面前，双手放在面前的木桌上，看起来，乖巧而认真。

林敏娴凝目看了她好一会儿，才感慨地说：“你变了很多。”

楚歌笑：“好还是坏？”

“那得看你过得是不是开心。对了，你和杜先生……真打算结婚？”

“嗯，大概吧。”楚歌答得漫不经心。

林敏娴笑了笑，低头没说话。

楚歌却又问：“我哥哥那样子，阿娴姐姐就一点也不问问吗？”

林敏娴这才抬起头来：“小歌……”

“他出事前，还一直在找你。”

“我很抱歉，但是我和他，早就分手了。”

楚歌看着她，脸上的笑意慢慢敛去。

林敏娴内疚似的伸手过来握住她的手。

林敏娴的手很软，又软又暖和，指甲修得干干净净，白皙漂亮得没有一点瑕疵和不完美。

就像她那个人一样，外表看上去，那样完美。

楚歌第一眼看到她，简直是惊为天人，知道她是自己哥哥的女朋友，就抱着楚卿偷偷地乐：“哥哥你好棒，争取把她早些娶回来啊！”

楚卿看她说得好笑，就逗她：“哥哥都要被人抢走了，你不会不高兴吧？”

楚歌说：“不啊，我哥哥这么好，就值得天下第一好的人。”

天下第一好的人……楚歌笑，将手抽出来："我能问问为什么吗？"

"都过去了。"林敏娴叹气，"我也没想到，后来你哥哥会遇到那样的事。而且，你居然，变成了阿慕的女朋友。"

楚歌垂下眼睛，没说话。

林敏娴就又说："不过小歌，有句话不知道该不该说。"

楚歌抬起头。

"杜家……不是那么好进的。杜家老爷子好像对阿慕结婚的对象别有打算，你最好……"

"你吗？"楚歌打断她。

林敏娴一愣："什么？"

"杜家老爷子属意的人选。"

林敏娴抿紧了唇。

"我看到了新闻。"楚歌笑笑，"阿娴姐姐是因为他才要跟我哥哥分手的吗？"

"不是。"

"那是因为什么呢？"楚歌像个胡搅蛮缠的小孩子，非要得到一个结果，"你们那时候，明明那么好。"

林敏娴脸上的温柔差点就维持不住："小歌，你也大了，应该知道，男女之间，分手是很正常的事。"

"正常吗？"她呢喃，"可是我就不想和杜先生分手，哪怕杜老爷子反对也一样。"

林敏娴放在桌上的手无意识地抠紧了桌面，她用力那么狠，指节甚至泛出了隐隐的白。

季博然一转出来，就看到了坐在外边的楚歌。

她背对着他席地而坐，阳光薄薄地洒在她身上，衬着周围的浅草红花，有一点微微醺人的暖。

听到脚步声她回过头来，眼里还带了一些茫然，但很快又清醒。

"季先生。"她微哑着声音说。

“抱歉，我好像打扰到你了。”

“没关系。”她笑一笑，拍了拍身边的位置，“坐吗？这时候的太阳晒着挺舒服的。”

季博然想想，坐了过去，保持着恰当的距离。

楚歌就又笑了笑。

“笑什么？”

“我在想，杜先生要是也过来，看到我们这样，他肯定会皱眉头。”

季博然闻言也笑了起来：“是的。阿慕那人很讲究。”他偏过头，看着她，“你跟阿慕感情很好啊。”

“怎么说？”

“做什么都念叨他。”

楚歌怔住，顿了顿才笑着说：“被你看出来了。”

“看出什么来了？”身后突然响起的声音让楚歌吓了一跳，她一下就蹦了起来：“杜先生。”

杜慕挑了挑眉。

季博然就笑，跟杜慕说：“看把她吓的，我们刚还说，你要是看到我们就这么坐着肯定会皱眉头，这会儿你就过来了。”

其实不止杜慕来了，他身后还跟了几个山庄的工作人员，没一会儿，这块有花有草的地方就成了个露天郊游看景的好地方。

还铺上了地毯，放了两张小桌子，一张放了茶具果品，另外一张摆上了棋盘。

工作人员把场面弄好后，杜慕就挥挥手让他们退下了，和季博然坐到了棋盘前。

楚歌自发地坐过去给两人泡茶，先拿开水将茶具都烫一遍，然后取出茶叶，不一会儿，茶香袅袅就出来了。

那两人下得专心，连话都渐渐说得少了，楚歌看棋看得昏昏欲睡，又不能真的瞌睡，就时不时拿茶水去淋茶盘上的小茶宠。

茶宠略猥琐，是一个光屁股横趴着的小孩子，茶水淋下去，水就“噗噗”从嘴里冒出来。

杜慕放下一颗棋子，转头便看到她垂目认真淋茶宠的样子，眉眼温和带着笑，侧面的轮廓，看着只觉得精致漂亮，阳光下，皮肤晶莹透彻，隐隐透出润泽的微红。

季博然的电话响起，放下棋局，起身走到一边去接电话。

杜慕也不急，把棋子拿在手里抡了抡，半倚着桌面问："很好玩？"

楚歌看一眼他，抬起的眼睛里亮闪闪的。

"嗯。"她点头。

杜慕唇角微勾，过了会儿，突然问："林敏娴跟你说什么了？"

楚歌手一抖，刚刚还成线倒出的茶水就落到了茶具外面，洇湿了桌面一大块地方。

[3]

茶水很快顺着桌面流下来，淅淅沥沥的，眼看着就要流出桌面，淋到她身上。

一只修长的手伸过来，拿起抹布隔断了水流。

楚歌赶紧接过抹布，但他却按着没有动。

楚歌便说："她就找我问了问我哥的事。"

"是吗？"

"还有就是，告诉我杜家没有那么好进。"

"那你怕吗？"

楚歌惊讶地抬起了头。

这是杜慕第一次明确地表露出他的意思。

但他的脸上，看在楚歌眼里，没有温情，只有冷冷的审度和评判。

她不知道他为什么会改了主意，突然就提起结婚这档子事，但是她很清楚，不管怎么样，她的答案总是不能变的。

所以她说："我为什么要怕？"说着声音越发地柔软了，"有你在，我不怕的。"

杜慕轻轻笑了一下，说不清是嘲讽还是别的什么，楚歌没有看清，因为太少看到他笑，所以乍一看见，竟有点晃花眼的错觉。

他松开了手，说了一个字：“好。”

这时候季博然已经回来了，他面前的茶已冷掉，楚歌就适时地为他换了一杯热茶。

他轻轻敲了敲桌子以示感谢，转头就又专注于棋盘上。

杜慕也垂目看着面前的棋局，仿佛刚刚什么都没说一样。

楚歌把剩下的茶水又倒在茶宠上，光屁股的小孩子仰头“噗噗”地吐着茶水，无知无觉的雕像，看起来，竟然也有点无忧无虑的味道。

可摊开手，楚歌看到自己手心满满都是水渍，分不清是茶渍还是汗水。

杜慕和季博然的棋并没有下多久，在楚歌感到有点冷的时候，尤宇就找过来了。他只坐着看了一会儿，就将手在棋盘上一拂：“这么无聊，别下啦。”

季博然挑了挑眉，杜慕仍旧冷冷淡淡的，将棋子一丢：“那就走吧。”

招呼还在呼呼大睡的刘明远，等他起床后，几人就出了山庄。

晚上他们要去拜访读书时候的一个老师，都没带女伴，楚歌就也不需要作陪。

将人送到他们约好的地点后，楚歌问：“要来接你吗？”

“不用了。”冷冰冰的一句，甚至都没有说他还回不回去。

不过他回不回，楚歌总只有那一个去处的，尽管这算不上是她的家，可是住久了，竟然也很习惯，进门就把自己瘫在沙发上，感觉从骨头缝里都透着累。

将手遮在脸上，楚歌努力让自己放空，什么都不要去想。

但电话还是响了起来。

“嘟嘟嘟”的，大有她不接对方就打到天荒地老的架势。

楚歌只好摸过手机，瞄了一眼，发现是个陌生号码。

按了接听，传过来的声音却隐隐熟悉：“楚小姐。”

楚歌想了好一会儿，才想起这是尤宇那个女伴的声音。

她慢慢坐起来：“你好。”

“我有点跟你有关的事，很重要，能谈谈吗？”

对方约的地方有点远，位置还略偏僻，这个点又是路上的高峰期，所以楚歌塞了好一会儿才赶到。

见到人的时候，楚歌不由得怔了一下。

尤宇那一下打得不轻，这会儿，那女孩半边脸都还是肿的。

倒是人家并没有太在意，还大大咧咧地招呼：“要吃点什么吗？”

楚歌点了一个套餐，不过她并没有吃多少，倒是对面的人放开了吃，一边吃还一边说：“为了保持身材，我已经很久没有吃过这些东西了。”

楚歌倒是忽然明白，她能够在尤宇身边待那么久的原因了。

单纯、直白，也够傻气。

她把自己面前的盘子推过去：“不够这里还有。”

“你不吃吗？”

楚歌摇了摇头。

“所以，就算是有了亿万身家，又成了准杜夫人，还是不能痛快吗？”女孩话里没有讽刺的意思，听起来，好像还是好奇更多一点。

楚歌仍旧摇头。

“我这么说，你不生气？”女孩倒是意识到了自己的唐突。

楚歌笑了一下，不答反问：“吃饱了？”

“差不多了。”

楚歌淡声说：“吃饱了那就说吧，我没有太多时间。”

其实来见她，也不过是心里有点淡淡的内疚——她对于被当枪使的人，总是忍不住地有点同情，不管对方无辜还是不无辜。

“说可以，但是我要钱。”

“好。”

“不问我要多少？”

“林敏娴给你多少，我也给你。”

女孩闻言差点跳起来，惊疑不定地看着她：“你知道？！”

楚歌笑笑：“不难猜。”

女孩怔怔地看着她。

“说吧。”楚歌在桌上轻轻敲了敲。

女孩看起来有点丧气，想要她先把钱给了的话也说不出来了，只好说：“今天的事是林敏娴让我做的，话也是她教我的，我不知道她什么目的，但看得出，她对杜先生很感兴趣。”

楚歌点点头：“还有吗？”

“还有，她不喜欢你。”

楚歌笑了一下。

女孩就囧，她也知道自己说了句废话，情敌啊，能喜欢对方吗？不过，事情的发展跟她想象的差太远了，得罪了尤宇，她在这地方也待不下去，本来想着趁离开前能多捞一笔是一笔，结果人家什么都知道了。

本着不能让人觉得太亏的原则，女孩劝道：“我知道你很有本事，不过林敏娴背景不一般，我觉得，你还是不要跟她硬碰硬的好。咱们这种出身的人，能有你今日这样的成绩……很难得。”

楚歌没说话，只是笑，末了问她：“就这些？”

女孩不好意思地点了点头。

“那林敏娴给了你多少钱？”

女孩说了个数目。

楚歌一笑，拿出支票簿给她写了一张支票。

这么痛快，女孩倒是不敢接了。

楚歌将支票放到她面前，起身离开。

“楚小姐。”女孩也跟着站了起来。

楚歌回身。

“对不起。我只是……我需要钱，我能感觉得到，尤宇已经有点厌倦我了，所以……”

楚歌点了点头。

“还有……我想问，你觉得，他喜欢过我吗？”女孩问出这话，与其说是不甘，不如说是难过。

楚歌这下倒是真的诧异了，对方这么直白老练地出卖林敏娴来换钱，她

还以为她想得很开，原来，并不是吗？

想了一下，她说："我不知道。"她从很早就已经不去猜有情还是无情这种东西了，在她看来，只有需要还是不需要。

女孩看起来很沮丧，咕哝着说："他们那个圈子里的人，是不是都那样啊？呼之则来，挥之则去。"

还有，把人当狗一样。

或者，人还不如狗呢。

楚歌没有说话，女孩便也没有再问，扬了扬手中的支票，她说："我会还你的。"

楚歌说："随便。"不过她有点好奇，走时问女孩，"你多大？"

虽然不明白她是什么意思，但女孩还是答："二十二。"

楚歌笑了一下，说："难怪。"

二十二啊，好年轻的年纪，这样的年纪，哪怕伤透了心，还是会做一些不切实际的梦，抱有并不太切实际的幻想。

从餐厅出来，这个城市里灯火辉煌。

路过广场的时候，看到一帮小年轻成群结队地嬉笑玩乐，一个戴帽子的男孩子站在边上，一边踩着节拍弹着虚无的吉他，一边声嘶力竭地唱："一人我饮酒醉，醉把佳人成双对，两眼是独相随，只求他日能双归……"

别人都把他当神经病一样，甚至还有女孩子去推他："滚远点啦，都不想认识你。"

男孩却只是一笑，走远一点继续吼："……无知只怪太年少，弃江山忘天下，斩断情丝无牵挂……"

楚歌觉得很有意思，就干脆停步听了起来。

大约是她听得太投入，男孩发现了，唱着唱着走到她面前，假装路过似的，突然回头问："你刚刚是在听我唱吗？"

楚歌说："是啊。"

男孩头发一拂，很酷地问："怎么样？"

"挺好的。"

“啊，知音啊！”男孩双手一击，一副感动得不得了的样子，“都说知音难遇，美女，能请你喝一杯吗？”

不远处，他的伙伴们听到都“哦哦”地起哄发笑，男孩也不在乎，只是低头看着她，眼睛眨啊眨，一个劲地跟她抛媚眼。

楚歌有点想笑，也看着他，面前的孩子年纪不大，二十来岁的样子，青涩稚嫩得仿佛是晨起的萝卜苗，绿油油的，嫩得让人心颤。

正想要说话，忽地从那一堆围观的萝卜苗里突然冒出来一个人，他拨开人群，惊讶地叫：“小歌姐姐？”

楚歌抬起头，也是愣了一下，才微微笑着，叫出了他的名字：“唐文安。”

/ 第六章

这一生最美好的遇见

R A N G W O A I N I M U M U Z H A O Z H A O

[1]

见她还记得自己，唐文安又惊又喜，跑过来："你怎么在这里？"他的脸红红的，一双眼睛亮晶晶的，看得出，是真的很惊喜。

楚歌一笑，说："见个朋友。"也客气地问他，"你呢？"

"这里离大学城不远啊，我们同学在这边聚餐。"

楚歌点头。

这时候那个唱歌的男孩不甘被无视，终于插话进来，看着楚歌，拿手肘推了推唐文安："不介绍一下吗，安安？"

唐文安似乎对"安安"这个名字适应不良，略惊悚地看了他一眼，说："这是小歌姐姐。"见楚歌没反对，这才又略腼腆地对楚歌说，"这是我同学。"指指后面那一群，"他们都是。"

楚歌"哦"了一声，笑："你好。"

"你也好，小歌姐姐，我叫张天翊。"男孩很是自来熟，而且看得出对自己的魅力特别自信，他说着张开手，"抱一个怎么样？"

唐文安闻言瞪大眼，很紧张地拉着他："张天翊！"

张天翊却没看他，只是望着楚歌，嘻嘻地笑。

楚歌也笑，伸手握住了他的一只手。

"你还小，"她摇着头说，"别学着大人勾引女孩子，这样不好。"

张天翊："……"

被一招 K.O，张天翊伤心地扑进他同学们的怀抱里去了，唐文安看起来很开心，望着她整个人都像是要发光了一样。

楚歌有点惊异于他的表现，不过，两人毕竟不熟，所以也没什么好聊的，便说："那你们好好玩吧，我走了。"

唐文安脸上的光彩就淡了下来，但他也知道自己留她不住，便只能鼓起勇气，小心地问："小歌姐姐，能把你的号码给我吗？"

楚歌看着他，很突然地问："唐文安，你认识我吗？"

他点头。

"我是谁？"

"你是林……安雅姐姐的朋友。"

楚歌笑了一下。

她不确定唐文安还记不记得自己，还记不记得，她曾经在他头上拔过几根头发。

她和他命运的改变，好像就是从那几根头发开始的。

自此他成了唐致远养在身边的私生子，变得懦弱而平庸……而她，被生生地磨去了所有的棱角，磨得浑身是血，不得不重生。

她说："唐文安，安雅是我的朋友，可是她不喜欢你。"

唐文安有些手足无措地看着她。

过了会儿，他才小声说："但是我知道，你不讨厌我。"

声音太小了，楚歌都没怎么听清，他就又加重了语气说："我知道的，你不讨厌我，你还帮了我！"

"我没有帮你。"楚歌的语气很淡，看了眼他握着的拳头，最终还是伸出了手，"把你的手机给我吧。"

如此锋回路转，唐文安一时都没反应过来，顿了顿才又惊又喜地拿出了手机。

楚歌把自己的号码输在了他的手机上，还打上了自己的名字。

"楚歌……"唐文安接过手机，喃喃地念，过了会儿才有些震惊地抬起头，"你就是楚歌？是那个楚歌？"

"嘘！"楚歌食指抵在唇边，小声地告诫。

唐文安呆呆地看着她。

楚歌拍拍他的肩，准备离开。

唐文安这才反应过来，问："那……我能联系你吗？"

"随便。"

杜慕到家的时间还挺早，十点多十一点还没到就回来了。

客厅里只开了盏壁灯，楚歌就盘腿坐在灯下面看书。见到他进门，她连忙放下书爬起来："你回来了。"站到他旁边，笑眯眯地接下他手里的东西，就跟妻子迎接归家的丈夫一样。

杜慕看了一眼她，她还是微微笑着，见他望过来，讨好地眨了眨眼睛。

杜慕伸手松开了衣领，手指轻轻抵到她的胸口："做什么了，这么心虚？"

不出意外，楚歌脸上的笑意果然就僵住了。

她沮丧地垮下了肩："我弄坏了一只炒锅。"

"哦。"

"还有，一个烤箱。"

"嗯。"

"看起来，我好像没有一点做饭的天赋。"

杜慕没什么情绪地表示："没有的东西，就不需要为难自己。"

楚歌："……"

又被鄙视了，还是自己上赶着的，楚歌略心塞。吐槽完的杜先生却不管她怎么想，自顾自地进去洗澡去了。

洗完了出来，楚歌的阵地已经转移到床上，不过手上还是拿着一本书，他看了一眼，转去厨房倒水喝，想到她之前说的话，还是好奇地打开了烤箱。

烤箱坏没坏不知道，但是里面的东西还没有清理，一大坨黑乎乎也不知道是什么的东西沾在上面，大概凭人力也是清理不下来了。

他默默地看了一会儿，关上了烤箱。

床上微微陷进去一些，楚歌很自觉地往里面挪了挪。

杜慕掀被进去，瞥了一眼："什么书？"

楚歌便把封面亮给他看。

杜慕挑了挑眉。

“钱锺书的《围城》，你看过吗？”

杜慕：“……”

“看着有点累。”她倒老实。

杜慕唇角划过一丝笑意，没有人比他更清楚楚歌有多不喜欢看书了，她大约有点阅读障碍，看书超级慢。当初杜慕教她学管理，扔给她一堆书，她趴在书本里，差不多有一星期，看到书就想哭。

现在比以前稍微好一点了，但是她还是不太爱看书，别的女孩子喜欢看点浪漫言情什么的，她对此深恶痛绝。

现在居然拿出了《围城》。

“怎么突然想起看这个？”

“唔。”她答得含糊，“学习学习。”

“你把我当成方鸿渐？”危险的语气。

楚歌眨眨眼，很快地把书扔到了一边：“NO，你是我的007。”

“嗯？”

“威武又霸气。”

杜慕：“……”

这是好词吧？怎么听起来就这么不对劲呢？

杜慕眯了眯眼，手指伸进她头发里，轻轻抚了抚。

楚歌被她抚得发毛，很顺从地靠到他身上，转移话题：“杜先生，我们去旅游吧？”她摸起他另一只手，一根根玩着他的手指头，“好像，我们还没有一起去旅过游。”

杜慕看着她，从她的角度，只能看到她精致的侧脸，长长的睫毛，洗去铅华素面朝天的她，看起来，连平素总戴着的面具都弱下来了许多。

他沉默了一会儿，问她：“你想去哪里？”

“法国怎么样？我以前在里昂种了一棵树，也不知道现在它长得怎么样了。”

“楚歌。”他淡淡地叫着她的名字，“你最近要求很多。”

楚歌头皮一紧，心砰砰砰砰跳得厉害，就在她费劲地想要说些什么的时候，听到头上的人又说：“不过，我答应了。”

她都不知道自己该不该松下这口气。

不过不管怎么样，出游的事还是这样决定了。

尽管楚歌很想快些去，不过那是不可能的，两人都有事务在身，不可能说甩下就甩下。

公司里的事，楚歌没什么好操心的，有曼文还有其他管理人员在，即便有不能解决的，也足够可以拖到她回来。

她只是有点担心家里。

这么多年，她从没有离开他们太远太久过。

倒是楚妈妈知道她要出去玩很是欣慰：“早就该出去散一散心，小歌，这些年，你把自己绷太紧了。”

楚歌笑：“妈妈，辛苦你了。”

“妈妈不辛苦。”

“我走以后，没事你就不要出门了，叫邹阿姨她们来陪你打打麻将就好。”

“好。”

“有什么事，你可以找曼文。”

“嗯。”

楚妈妈应得不是很认真。她在帮忙整理东西，楚歌留在家里的东西并不多，其实也没什么好整理的，但是女儿难得出远门，吃的东西总是要备上一些。

楚歌看着她忙忙碌碌，低低地叫了声：“妈妈……”却很久都没有再说话。

楚妈妈转过身来：“怎么了？”

楚歌坐在床上，脸上一如既往带着淡淡的笑意，可是不知道为什么，楚妈妈总觉得她不是很开心。她以为楚歌是担心楚卿，就叹了口气，说：“楚歌，人总要向前看的。”

楚歌很平静地说：“我知道。”

从家里提了一大包出门，走之前，楚歌特意找了安雅。

她以为安雅不会见她，结果还好，安雅就像是忘了这回事似的，在那头兴奋地说：“啊，这几天忙晕了，我搬家，小歌你过来我这儿怎么样？看看我的新家。”

楚歌点头应了，这怎么也算是乔迁，所以楚歌还给她准备了一点小礼物。

只是没想到，会在安雅那里见到林敏娴。

当然，不止林敏娴，安雅那儿还有很多人，那天晚上一起飙车的小胡子也在。林敏娴是后面来的，楚歌准备走的时候，她正好到。

两人在门口碰面，林敏娴看着她：“要走了？”

楚歌说：“是啊。”

安雅估计还是信了楚歌的话的，见此情景略紧张，推着楚歌说：“姐你先进去，小歌有事得先走。”

林敏娴却没让，只是看着楚歌：“去哪里呀？”

看这样子，倒像是专门来堵她的。楚歌便也不急，抓住安雅的手，慢慢地悠闲地说：“去法国。以前留学的时候我在那里种了一棵树，当时许的愿望是，如果找到了我的另一半，就一定要带他过去看一看。现在我找到了，所以，想把这个愿望先了了。”

林敏娴的声音很轻：“你的另一半……是阿慕？”

“嗯。”

林敏娴笑了笑，笑容在十月底的阳光下，看着有一点点的冷。

[2]

安雅再没心没肺，这会儿，也看出林敏娴是不高兴了，不由分说，拉着楚歌就跑了出去。

“不是都告诉我要远着她些嘛，那你干吗还惹她？”电梯里，安雅嘟着嘴说。

楚歌笑：“这么说你信我了？”

“才没有。”安雅板着脸，“反正我是不信她会真的害我的。”

“哦。”楚歌应，并不强求她信或者不信。

安雅斜睨她。

楚歌笑笑，伸手揉了揉她的头发。

她拍开楚歌的手：“干什么？”

“我很羡慕你。”

“羡慕我蠢吗？！”她嘀咕，“你都这么聪明了，我还蠢着，是不是羡慕这个？”

楚歌忍不住笑出声。

这时候电梯也到了，安雅并没有出去，只是按着按钮冲楚歌挥手：“走吧。”

楚歌一出去，她就把手松开了。

电梯慢慢关上，门阖上的时候，楚歌看到了安雅眼里隐隐的难过。

她终于，也不再天真了，然而楚歌也没有多开心。

虽然说这是楚歌和杜慕第一次出去旅游，却并不是他们第一次出去。只是这一回，杜慕并不打算带上秦坤。

杜老爷子知道的时候倒也没说什么，只是问：“你就真认定她了？”

杜慕没说话，意思却是很明显。

老爷子嘀咕：“都不知道她有哪里好。”

杜慕想一想，也真说不出楚歌那人到底有哪里好，他这个年纪，说爱或者喜欢什么的也不现实，就说：“大概是习惯了吧。”

杜老爷子就瞪他：“换个人你还是能习惯！”

杜慕摇头：“那不一样。”

“有什么不一样的？”

杜慕就又不说话了。

杜老爷子拿这样的孙子也很没辙，不过想想他能正常结婚生子，也没什么好求的了，躺倒在摇椅上，淡淡地说：“别怪我没提醒你，那姑娘……可不像是个安分的。”

杜慕没应声，陪着老爷子又坐了会儿，见他像是睡着了，这才起身离开了。

一路很顺利，他们第一个落脚点是在法国巴黎，楚歌已经有很多年没有来了，可是感觉里，这个城市似乎一直都是那个样子。

不像国内，不说十年八年，便是三两年，都够得上沧海桑田了。

他们到达巴黎的时候才将傍晚，长途飞行，让两人都感到有点累，洗漱过吃了晚饭后，杜先生就不愿意出门，楚歌也不强求，趴在窗户上看风景。

酒店下面就是广场，站在那儿，能够看到一点点塞纳河，夜色与灯火之中，河水就像是一条撕开夜幕的星河。

广场上人并不太多，三三两两的，有街头艺人抱琴在那唱歌，歌声隐隐，悠远而悠闲。

楚歌看了一会儿，杜慕也走过来，她直起身体，和他并排站在一起。

两人都没说话，各自看着面前的景色，直到有一对情侣，停在了他们正前方的位置，相拥着说笑，情不自禁地接吻。

他们吻得很投入，甜蜜而不狎昵，冒出来的粉红色泡泡肉眼都能够看得到。楚歌忽然就有些尴尬，收回视线和杜慕说："杜先生，你对巴黎的印象怎么样？"说完更尴尬了，这种新闻记者采访一样的语气……

杜先生的反应也非常符合他的人设，他毫不犹豫地说："脏、乱、破！"

……

楚歌小心翼翼地说："嗯，也许房子是旧了点、街道也有点窄，但是你不觉得，它总体还是很浪漫的吗？"

更新闻化了，楚歌无力。

杜慕冷冷一笑："浪漫不浪漫的也不过是一种装逼的境界而已。"

……竟然无法反驳，楚歌都不知道该说什么了。

好在那对情侣已然慢慢走开，楚歌松了一口气，转回身去收拾东西。

两人都是安静的性子，加之也是有些累了，所以早早便上床睡觉。杜先生不知道抽什么风，莫名其妙就有点不太想理她，楚歌也不敢招惹他，乖乖地窝在床边，小心着不要碰到他。

只是感觉他好像更生气了。

第一天出来旅游就惹毛他，楚歌想，大约他们也不用在这边停留多久吧？

早上起来，杜先生的脸还有点黑，楚歌小心地问他："你有什么想去看的吗？"

他皱起眉毛："不是你想来玩的？"

好吧，那就是听她安排的意思。

楚歌知道他是顶不爱凑热闹的，所以也不带他去热门景点，两人就是闲逛，上午在塞纳河边走了走。

下午的时候，杜慕问她："你之前读书是在哪个学校？"

楚歌囧，她读什么书啊，就读了两年预科，然后觉得玩够了，便揣起包袱回了家。

那时候真是很不争气，她都不知道自己在想些什么。

看她不说话，杜慕又说："去看看。"

楚歌就只好带他去看看，不过作为他捅人刀子的报复，楚歌小心眼地没有开车，拉着他去挤地铁坐公交车。

结果把自己也坑进去了，在一个通道口，楚歌和杜慕被个黑人拦着打劫。

光天化日遇到这种事，也是醉了。

锋利的刀尖抵在杜慕的腰上，他垂眸而望，什么反应都没有。

楚歌很紧张，想起自己第一次遇见他的情景，他被她猝不及防地扑倒，瘫在地上半天都没能动弹……捏紧了手指，楚歌靠过去一些，小声问："还能动吗？"

他没说话，只是转头来看了她一眼，手做出了要掏袋子的样子。

楚歌松了一口气，突然旋身抓起角落里的垃圾桶就向黑人砸了过去，然后拉着杜慕的手拼命地往前跑。

黑人没想到看起来柔弱的她还会反抗，顿时就被砸了个正着，被砸得哇哇大叫，愤怒地在后面大叫着"bitch，bitch"地骂她！

楚歌跑得更快了。

也不知道跑了多远，她终于跑不动了，见人没有再追上来，停脚扶着路边的树大口大口喘气。

杜慕靠在她旁边，也是气息略急促。

楚歌缓过神，又有些紧张了，抓住他的手担心地问："杜先生，你还好吧？"

他没说话，只是望着她，眸光沉沉。

她被他望得头皮一紧，讷讷地道："杜先生……"想要把手收回来，他却反握住了她。

“楚歌，”他叫她的名字，“知道吗，我快要被你害死了。”

她睁大了眼睛：“对不起，我不知道会发生这种事。你有哪里不舒服？要不我们去医……”

话还没说完，手上忽地一紧，她被他拉到了他面前，对上了一张放大的脸。

还有，柔软而温暖的唇。

楚歌不知道他为什么会吻她，就像她不明白，他昨晚上为什么突然不理她一样。

但是，她喜欢这一吻，在异国的街道上，在一场惊魂之后，他的气息，居然也令她感到安宁。

这个吻就像是一个开关，也像是一个契机，化开了两人之间若有若无的生硬，他们牵着手在巴黎的街头闲逛，就也真有了那么一点情侣相携的意思来。

此后杜先生心情就一直很好，他没再让楚歌带路，亲自开车带着她去玩，她这才发现，原来对于法国，他远远比她要熟悉很多，便也放心地任他安排，安逸地随着他一路走走停停。

如此玩了差不多十天后，他们才去了里昂。

楚歌找到了当年栽树的公园，那棵她亲自栽下的小树，居然已经长得很高很大了。

只是他们来的季节不太对，叶子都落完了，整棵树看起来光秃秃的，别提多凄凉。

楚歌仰头望了会儿，借了把小铲子过来，围着树转了两个圈，然后选了个地方就开始挖。

一只小白狗见状跑过来，伸着舌头挥着小短腿也帮着一起刨。

遛白狗的老太太看着稀奇，跟过来问：“你在挖什么？”

楚歌没有答，倒是杜慕居然浪漫了一把，说：“愿望。”

“愿望吗？”老太太瞪大了眼，看着楚歌从里面刨出了一个巴掌大的玻璃瓶子，瓶口塞得严严实实的，能看到里面就放着一张手绘的明信片。

她把明信片取出来，老太太和杜慕都凑过去，见上面分别用中文和法文写着一句话：愿能相逢，这一生最美好的遇见。

底下是她的名字：20××，来自中国的楚歌。

过去了这么久，明信片上的画依旧新鲜，便是那字迹，也仿佛就是昨天才放进去的一样。

老太太冲她竖大拇指，对杜慕说："你太太，很浪漫。"她说完，就牵着小狗走了。

楚歌把那张明信片收起，又从包里拿出另外的两张，分出一张递到杜慕面前："杜先生要不要也写一写？"

杜慕看着她。

她以为他会拒绝，没想到竟然接过去了，拿出笔在上面写了起来。

楚歌写完，他还在写，她凑过去想要看，却见他转过身子，把明信片学她原来的样子卷了起来。

"啊，真小气！"说是这样说，她倒也没有真的要看，把两张明信片放进了瓶子里，然后一铲一铲把它们又埋了进去。

这一次他们在里昂就待了好几天，她不说回，杜慕也不催她，只是会时不时停下来处理一下工作。

最后那一天，里昂下起了雨，到处湿漉漉的，也不好出门，两人就窝在房间里。

杜先生坐在窗边处理公务，楚歌趴在床上和曼文说工作上的事，说着说着她抬起头来，看着面前的男人发起了怔。

背景是灰蒙蒙的天空，米色的窗格下，他穿着最简单不过的家居服，微微低垂的眉眼，连平素那一抹冷厉和凉薄都显得柔和了。

电脑屏幕照亮了他英俊的面孔，让他整个人都像是在发光，楚歌忍不住掏出手机，"咔嚓"拍照的声音惊动了他。

他抬起头来："忙完了？"声音低低地诱人，长指却未停，如弹琴般在键盘上飞掠而过。

楚歌懒洋洋地说："是啊。"欣赏了一会儿画里的人，走过去，倾身趴在他耳边问，"杜先生，我可以吻你吗？"

他微微挑眉，顿了顿把手里的电脑放到一边，大手一伸就将她拉坐到他腿上，捏着她的下巴眸色锐利地看了好几秒，一低头，便重重地吻了上来。

只亲得她气喘吁吁，他才松开她，却并没有放下她，滚烫的唇畔划过她同样像要着了火一样的脸颊，落在她耳畔，像狼一样，开始轻轻舔咬她的耳垂和脖子，直咬得她心间酥麻，浑身战栗。

她仰起脸承受，微微闭上了眼睛，手松开他的脖子，慢慢地伸到了他的身下，温柔地握住了他。

他更紧地握住了她的腰。

……

电话在这个时候响起来，她动了动身体想要去拿手机，他掐着她不许动，可是铃声一直响一直响，终于响到连他也不能无视，便抱着她走去了床边。

楚歌一拿到手机，就被他按倒了床上。他的手撩开了她的衣服，这个时候的里昂还是有些冷，她微微瑟缩了一下，却很快又被他温热的皮肤覆盖住。

手机点开，曼文的声音传了过来。

她沉默地听了好一会儿，挂掉电话，然后忽然抬起手，用力地抓住了在她胸口肆虐的大手。

"杜先生，"她轻轻地、声音飘忽地说，"我们的假期要结束了。"

[3]

飞机落地一开机，杜慕就接到了秦坤的电话："杜先生，外面有很多记者，可能你要先在机场等一会儿。"

杜慕脸色很不好看，拉着楚歌进了贵宾室。

秦坤等着那里，一碰面，杜慕劈头就问："谁走漏的消息？"

虽然现在是泛娱乐化的时代，但是一般而言，杜慕和楚歌这种的行程应该是很难被记者知道的。

秦坤看了一眼楚歌，有些保留地回答："记者应该也是捕到了一点影，所以一直等在外面的。"

杜慕眉头皱了起来。

楚歌却忽然开口："是不是她做的？"

对于她的事，秦坤也是很清楚的，自然也知道楚歌说的"她"是谁，微微点头跟她致意，说："没有找到相关的证据。"

楚歌笑了一下，垂下眼睛。

转身走开去，留了杜慕和秦坤在一边说话，楚歌手插在衣袋中，站在大大的落地窗前，静静地看着外面的飞机起起落落。

今天天气不好，一直在下雨，于是整个世界看起来都是沉闷而昏暗的。

他们一直等了很久，才接到外面的记者已经退散的消息。

车子就等在机场内，从通道出来，他们直接上车离开。楚歌自那以后就没有再说话，望着窗户外面，也不知道在想些什么。

手上一暖，紧紧攥住的手指头被一根一根掰开。

她转过头，看着他笑了笑："杜先生。"

杜慕"嗯"了一声。

楚歌说："这几天，我过得很开心。"

那大概是她和他从来没有过的平和与平等，如果早早就这样，也许，她会从很早很早就开始爱上他。

然后，大约还是会不可自拔。

杜慕还是只"嗯"了一声，眼望着前方，面部的线条却不自觉地变得柔和。

车子开到了他们住的地方，秦坤下车帮忙打开了车门，楚歌没有动："我想先去一趟公司。"

杜慕却拉着她的手没有放，声音很淡却坚定："这次的事，你不用出面了。"

楚歌愣了一下，笑："你最近……真的对我好好。"

杜慕微沉了眉眼看着她。

楚歌又笑："不过谢谢你，这件事我想让我自己来处理。"说着她用力挣了挣，将自己的手从他手中挣脱，转身准备下车。

"楚歌！"他叫住她。

她回头。

“这个月月底是我们家的家宴，你准备准备，到时候和我一起去。”

杜家每年都有一次家宴，彼时杜家人不管在哪儿都必须赶回来出席。这个时候杜慕还坚持要带她去，意思其实已经很清楚了。

说实话，楚歌是真的意外了。

出了这样的事，也许他不会立刻厌弃她，但是她没有想到，他还会这么坚持。

该感激吗？

她却只点点头，说：“好。”然后下了车。

楚歌好在有车停在这边，所以，下车后找到自己的车，直接就开去了公司。

这会儿已经到下班的点了，曼文等人都在办公室，一个个神情严肃如临大敌。

公关稿还没有发出去，事实上这稿子应该怎么发，就是他们，也有些束手束脚。虽然嘴里说着要想尽办法将事情压下去，可他们清楚这很难。这次的事来得太大太突然，中心国际广场是本地最热闹的所在，视频又是选在下午两点多这个最热闹的时段播出来的，所以当时直接看到的人就能数以万计，传播的速度更是疯狂。

而曼文他们当时都在过周末，知道消息的时候，网络上已经传得到处都是了。

虽说他们及时联系网警删除，可影响还是已经造成了。

楚歌只把曼文叫进了自己办公室。

她坐在办公桌后面宽大的椅子里，双手微微交叠放在桌面，神情平静地望着曼文说：“视频给我。”

在国外她也有机会看的，曼文告诉她的时候，网上一搜就能搜出来，不过刚一打开，杜慕就抢先关掉了，到最后，甚至还没收了全部的电子设备。

哦，对了，她的手机还在他那里。

曼文抿紧了唇：“都删掉了！”

楚歌看着她，淡淡地叫她的名字："沈曼文。"

曼文终究还是坚持不住，把自己的笔记本电脑拿进来。

她摆了摆手，让曼文先出去，坐在那儿瞪着那个文件夹看了许久，仿佛那就是一只出闸的怪兽，只要一打开，就会张开大口将她吞噬。

她知道不看是对的，但是她忍不住。

那时候她神志昏昏，清醒过来面对的就是汹汹而至的警察，而后便是她家里的种种变故，事过之后，她甚至连去弄清楚当时到底有哪些人在场都没办法。

她没想到还留了视频。

而现在这视频就摆在了她面前，她怎么忍得住?

闭了闭眼睛，楚歌深深吸了一口气，然后才打开了那个文件。

视频并非原版，是有人趁着播放的时候录下来的，翻拍的人手很稳，中心国际广场上的大屏幕像素也够好，所以画面拍得足够清晰。

视频一开始就是她躺在沙发上，四周光线昏暗，只有她卧倒在壁灯下，衣服已然半褪，一只手自她大敞的衣领里伸进去，有个男人的声音笑着问："这样好玩吗？"

她缩了缩身体，握住了那只手，不知道是想要把它抽出来还是想要让它更深入进去，神色茫然而无措地嘤咛着。

他说："乖女孩，放开一点。"

她嘟着嘴说"不"，然而终究还是抵挡不住，对着他渐渐放开了自己。

这时候另外一只手伸过来，更多的手伸了过来，男人们猥琐的笑声就像是穿脑的魔音……

"啪"的一声，楚歌关上电脑，闭着眼睛咬紧了牙关。

她以为自己已经做好了足够的准备，来直面全部的恶意与中伤，可是对方，却总能给她更大的意外和恶意。

曼文在外面等了很久，听到"啪"的那一声的时候，她只觉心中惊跳。

可后来一直都很安静，安静得里面仿佛没有人一样。

天色渐渐黯下去，房间内昏黑一片，她坐在黑暗中，感觉等了差不多有一个世纪，然后才听到熟悉的一声："进来吧。"

声音很淡很淡，听不出太多的情绪。

她推门进去，房间里整整齐齐干干净净的，桌上的笔记本电脑已经合上了，楚歌仍旧坐在桌后的椅子上，背对着她看着外面的夜空。

"要开灯吗？"她小声地问。

"开吧。"

灯亮，楚歌转过了头来，除了脸色更白了一些，她看起来，好像并没有受到太大的影响。

"说说情况。"楚歌开口。

曼文就把已经了解到的告诉她："视频是在前天下午两点二十分在中心国际广场的室外广告屏上播出的，那边给出的说法是这个文件混在了他们要播出的广告文件中，值班的工作人员一时疏忽才播了出来。不过后来查出他们广告部的一个工作人员有嫌疑，现在人已经被找去调查了，不过他嘴很硬，一直不松口，所以我们还在想办法。"

楚歌点点头："不管怎么样，尽快砸开他的嘴。"

"好。"

"声明稿呢？写好了吗？"

"已经好了。"曼文早有准备，因此她一问，就把公关部多方讨论后的稿子拿了出来。

楚歌接过去，看了一会儿，拿起笔在上面修改了好一会儿，才递还给她："照这个发出去吧。"

稿子改了不少，曼文扫了一眼，不由得有些吃惊："楚总！"

楚歌抬起眼。

"这个……不能照这样发！"

"那要怎样？"

曼文差点跳脚，他们商量半天，最后定的方案是，不承认视频当中的女孩子就是楚歌。要知道，八年多前的楚歌和现在差别是有点大的，尤其视频中的女孩，大浓妆、朋克风，留的还是短头发，就因为这样，像曼文他们如此熟悉楚歌的人，在乍一看到视频时，都不敢相信那是楚歌，更不要说外人了。

可是楚歌改的声明稿里，居然承认了事实，那不是……那不是自己要往枪口上撞吗？

楚歌听了曼文这么一说，笑了笑，问她："你觉得，这次的事真的只是偶然吗？"摇摇头，她轻声说，"没那么简单的。所以，与其最后被人牵着鼻子无路可走，还不如一开始就爽爽快快承认了。"

曼文无话可说，身在商场，敏锐的第六感告诉她这事的确不是那么简单，但是就这么承认……

"要不问问杜总的意思？"

楚歌抬头看过来，目光犀利，竟让她觉得狼狈。

"去忙吧。"最后，楚歌淡声说，"等下我要回趟家，明天或许也不过来，有什么事，再电话联系。"

回去的路上，楚歌其实是盼着楚妈妈不要看到新闻的。

不过，这明显只是她的一厢情愿而已，手机网络时代，八卦花边都是长着翅膀到处飞的。

楚歌还没进门就看到了家里透亮的灯火，这个点妈妈还没有睡，在等什么，已经是不言而喻了。

但是楚歌没想到妈妈会那么能哭，妈妈看起来，好像一直都活得比她还要更想得开。

楚歌没有跟着哭，叹口气，帮她擦了擦泪，说："妈，你知道的，那不是全部。"

事实上她并没有被完全侵犯，潜意识里的抗拒，让她等到了警察的破门而入，只是这个事实，在惊悚的"淫乱聚会"字眼里，显得太微不足道了。

发视频的人也很懂得这一点，所以视频不长，在最癫狂的地方戛然而止，后面发生什么，任看客去发挥。

楚妈妈很显然也是其中的"看客"之一，因为没有亲见，所以当年她听到这件事还只是惊吓，而现在，她几乎有些惊恐了，抓着楚歌的手满心忧虑地说："怎么会这样啊小歌，这以后，你该怎么做人？是谁，是谁这么坏，要这样来害你？"

活得简单如楚妈妈，也知道这件事的背后不单纯，但是事已至此，楚歌不想她太担心，只能哄她："说什么呢，警察都查了，就是意外而已，当年参与其中的一个人，不小心把文件弄混了才发出来的。现在人已经被控制了，视频也都收了回来，所以，你不用太担心。至于以后，"她说着笑，"妈，只能说我很庆幸自己生对了时代，这年头，裸体都还可以是艺术呢。"

"什么鬼？！"见楚歌这么不当回事，楚妈妈简直是要哭死了。

可楚歌镇定的情绪到底还是感染了楚妈妈，楚妈妈平静下来。楚歌把她送上床，等她睡着了出来，正想要上楼去的时候，门铃响了。

她站在楼梯口静了好一会儿，才走过去打开门。

门外，男人静静立在外面，半边身体隐在夜色中，清寒的月光与薄雾笼在他身上，就像是梦里虚幻的温暖。

一下就成了真。

也确实成了真。

/ 第七章

不管再难，都要忍着

R A N G W O A I N I M U M U Z H A O Z H A O

[1]

“怎么这时候来了？”

他摊开手，露出了她的手机。

她了然，接了过来：“明天给我也可以的啊。”

他没说话，倒是突然响起的手机替他做了解释。

是安雅给她发的信息，问她为什么不接电话。

楚歌打开看，发现里面的短信、微信、未接来电，数目有些惊人。

估计都是看到视频来找她问情况的，楚歌也没管，侧开身子让他进来，直接领着他上了楼。

这个点过来，都不需要问他还回不回去。

杜慕熟门熟路地进了她的房间，倒是楚歌，先去楚卿房里转了转。等到杜慕去洗澡的时候，她才打开手机。

就这么会儿工夫，又进来好多条短信。

她这个是很私人的电话，知道号码的没有几个，如此频繁联系她的，也只能是很熟很熟的人了。

楚歌从头看下去，不出意外看到了很多熟悉的名字，而在其中，安雅的名字大约是出现频率最高的。

她发了很多条短信和微信，一直在问：

“回来了吗？”

“视频你看了吗？”

“小歌……看到了吱一声。”

到后来都有些气急败坏：“为什么不接电话？”

除此之外，楚歌还在其中看到了一个陌生的号码。

给她发了一条信息：“你还好吗？”

还有：“我相信你。”

楚歌回忆了一会儿，记起这个号码的主人是谁，倒回去又看未接来电，发现他竟然给她打了不少电话，最后一个甚至都是接通状态。

正好杜慕洗澡出来，她把手机亮给他看：“这电话是你接的？”

他瞟了一眼：“嗯。”

“谁？”

“不知道，问了你没在就挂了。”

楚歌点头：“哦。”

编了条群发的信息：“我很好。”

才发出去，电话就嗡嗡嗡地开始响个不停。她不想接，干脆把手机设置成了飞行模式，扔到了一边，起身又去给杜先生拿衣服。

他洗澡出来，仍只围了一条浴巾，她房里没有暖气，下雨的夜里这样很容易就受凉了。

她把衣服递给他，他没有接，只是看着她问：“难过吗？”

“难过。”她说着帮他把衣服披上，“但是我记得你以前告诉过我，再难过也要忍着。”

他的心颤了一下，沉默了下来。

楚歌也去洗澡，出来后，杜慕仍然坐在床边，单手握着手机轻轻摩挲着。

她铺好床，说：“睡吧。”

长途飞回来，再加上时差，她觉得困倦得不得了。

他起身，掀开被子躺了进去，等楚歌睡好后，伸手一揽，就把她捞进了怀里，从背后将她环住。

温暖宽厚的男性躯体，很快就驱尽了她身上沐浴时留下的一点水汽，连同冰凉的脚，也被他捂得暖暖的。

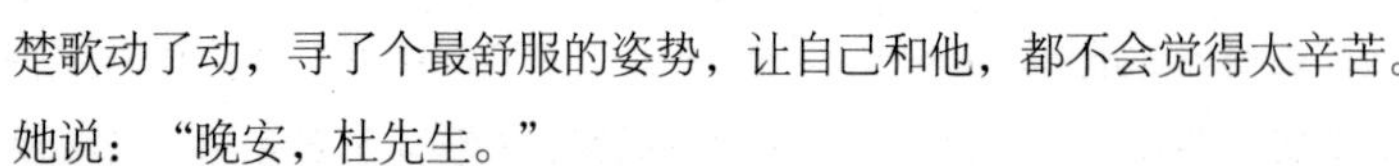

楚歌动了动，寻了个最舒服的姿势，让自己和他，都不会觉得太辛苦。

她说："晚安，杜先生。"

他没应，好一会儿才听到他说："楚歌，我说的话，永远都作数。"

她没有回答，呼吸清浅，好像已经睡着了。

第二天，楚歌睡到很晚，醒来的时候身边已经没有人了。她去看了眼楚卿，下楼后就见到楚妈妈在院子里和阿姨给花树做过冬保暖。

楚歌有点意外，她没想到只一晚上，楚妈妈就像是放开了，到现在，已经能该做什么做什么了。

走过去接了阿姨的手，院子里就只留下了她和楚妈妈。

楚妈妈瞥一眼她。

楚歌问："怎么了？"

"杜慕已经走了。"

看着自己妈妈脸上隐约的笑意和放松，楚歌明白了，她之所以想开，纯粹是因为杜先生连夜赶过来。

果然当妈妈的，不管女儿有多强，仍然觉得只有男人才是依靠。

楚歌叹了口气，说："知道了。"

"他和我说，你们打算结婚。"

楚歌正在刷白灰的手顿了顿："他没和我说过。"

"小歌，妈很高兴。"

楚歌张了张嘴想说什么，在看到楚妈妈眼里的泪意的时候，又不忍地咽了回去。

杜先生一句话，把楚妈妈心里的疑虑和不安一下就打消了，不用担心她，楚歌吃过中饭就又回了公司。

这么久没在，还是有很多事留待她去处理的。

她甚至都没空关心昨晚上的声明稿发出去后反响怎么样，倒是曼文跟她提了句："看网友留言的反应，多数都还是支持的。"

楚歌点头，等到晚上临睡的时候才翻了翻新闻。

全都是赞她的，说她敢作敢为，不愧为“荆棘女王”什么的。

楚歌被这个外号囧了一下，又去看微博，官博上面的留言一片和谐，而且她这事连热搜都没上，大有无声无息就要这么沉没了的意思。

速度这么快，这么利落，楚歌可以相信，这事应该是杜慕插手了。

“睡觉了。”杜慕取过她的手机。

楚歌也没争，很顺从地放开手，缩进了被窝里，然后搂着他在他耳朵边说了句：“谢谢你，杜先生。”

尽管她说过要自己解决，但他主动帮手，她还是领他的情。

杜慕淡淡地“嗯”了一声，算是默认。

楚歌就笑，探身去亲他的嘴唇，他不慌不忙地回应，在她要退缩的时候伸手托住她的后脑勺，含着她的唇瓣，加深了这个吻。

在感觉到他有更进一步的意思的时候，楚歌捏了捏他的脸。

“怎么了？”他声音含糊地问。

楚歌一本正经：“在看你是不是被掉包了。”

杜慕：“……”

他微微用力掐了掐她。

楚歌低低地笑，搂着他的脖子说：“你一向不是重欲的人，不过这阵子感觉你有点喂不饱，所以……”

他俯身，把她的话都吞进了嘴里。

第二日楚歌见到了安雅，后者差不多是一大早就蹲守到她公司来的。

一见面，安雅就问她：“是她做的吗？”

楚歌静静地说：“不知道，还在查。”

她其实已经知道了，这事有杜慕插手，中心国际广场那个有问题的职员并没有坚持多久就透了口。

和楚歌猜测的差不多，给他视频的就是当初出现在现场的人，那人身份不低，是中心国际广场的实际拥有人，而那人背后，站着一个当高官的父亲。

当年警察进门，那人提前撤退，所以不沾衣袖，只她得了不少骂名。

楚歌这次在知道他身份的时候就没有再查下去，所以，她也没有打算把这个告诉给安雅。

安雅抿紧了唇，样子有点惊恐，抓着她的手问：“那那天……到底是怎么一回事？”

作为一起长大的朋友，她很清楚楚歌的底线在哪里，逃学、飙车、酗酒，都是有的，但是说楚歌淫乱什么的，她绝对不会相信。只是楚歌出事的时候她已经被送去国外，那时候她被关在房子里，什么手机、电脑、iPad 都没有，所以她完全就不知道这回事。

当初看八卦，她还以为是假的，是有心人编造出来的呢。

楚歌看着她，声音很平静：“那天 Ada 找到我，说你不知道为什么突然被家里送出了国，还一直都联系不上。我很担心，就跟她一起喝了点酒，但是并没有醉，她送我回家，路上给我买了杯饮料让我解酒，之后我就有点意识模糊了，再清醒，就是警察冲进了我家。那个视频，我也是第一次看到。”

安雅很震惊：“居然是 Ada……”

Ada 跟她们也是同学，当年，她们三人算是玩得最好的朋友。

楚歌点了点头：“后来我有去问过 Ada 到底是怎么回事，她告诉我，是林敏娴要她做的，因为林敏娴觉得，如果不是我拿到了唐文安的头发，她妈妈不会去得那么快。”

安雅已经目瞪口呆。这样的林敏娴，大约是有点超出她的认知的。

不过，这事其实还要复杂一点，牵涉的人也更多，但是楚歌觉得，安雅只要知道这点也就够了。

安雅失魂落魄地走了，楚歌怕她出事，就给林安和打了电话。

之后她继续忙公司里的事，视频的后续在网络上就这么无声无息地消停了下去，而在现实生活里，楚歌的生活也没有受到太多的影响。

大家都是“文明人”，她又没杀人没放火没做十恶不赦的事，不管背地里怎么想，面上仍旧笑呵呵的，不会问到她脸上来。

唯一有一点点变化的大约是，之后她遇到有意无意的“挑逗”多了起来，不过，这样的挑逗，在杜慕放出两人将要订婚的消息的时候也都消停了。

这天，楚歌正在实验室里看新产品的测试情况，突然，她的手机响起。

“楚小姐？”

楚歌翻着数据的报告：“我是。”

“杜老想见见你。”

楚歌心紧了一下，过了会儿才说：“好，在哪里？”

“新亿隆楼下，我等你。”

楚歌交代了一番，出了公司，果然在楼下看到了一辆黑色的轿车。

她一出现，从那车里就下来一个穿着黑色西装的中年男人，替她打开了车门。

楚歌认得他，他是杜老爷子身边的助理之一，经常会替杜老来找杜慕。

所以她没有问什么，很利落地跟着上了车。

车子启动，带着她去了一个陌生的私人庭院。房子并不大，古色古香很精致的四合小院，院里有一棵很大的古槐树，像一把撑开的大伞，遮蔽了外面所有的日光。

杜老爷子在正院的客厅里等着，他已经八十多岁了，拄着根手杖，花白的头发，一双和杜慕生得极像的眼睛，如宝剑含锋，又冷又利，锐不可当。

这是楚歌第一次见到他。

她走进去，他打量着她，第一句说的就是：“我以为这辈子都不用见你的。”

楚歌低眉叹气：“抱歉。”

他冷哼了一声，把面前的一个文件袋推到了她面前。

文件袋不大，也不怎么厚，土黄的颜色，在灯下散发着死气沉沉的光芒。

“不看看吗？”

楚歌沉默了好一会儿，才伸手拿起它，慢慢地、一圈一圈地，解开绑着它的绳结。

“这是这段时间，阿慕替你拦下来的东西，我留了一份，现在交给你。”

楚歌伸手取出了里面的东西，有照片，也有文件，一张一张，一份一份，她近乎麻木地将它们从头看到尾，然后放好，抬起头，声音居然很平静：“您不想他娶我？”

“当然。”

“好。”她轻声说，“我知道该怎么做了。”

[2]

她这么痛快，杜老爷子反倒要怀疑了，审视地看着她：“条件？”

楚歌摇了摇头。

老爷子冷哼一声：“楚小姐，你现在也是个生意人，所以，别跟我耍花招。”还不耐烦地敲了敲手杖，“说吧，我不欺负人，适当的补偿我肯定会给你的，多的你也不用想。”

楚歌笑了一下。

他眯起眼：“你笑什么？”

“我笑是因为，您太看不起您孙儿的眼光了。”

“什么意思？”

“您孙儿看中的人，必然不会是死缠烂打的那一类。所以您请放心，我真的没有条件，之所以答应得这么痛快，是因为我很清楚，他娶我不过是因为想要补偿我，还有，也未尝没有想要永久封口的意思。这样的结合，我不觉得有意思。我现在不差钱，也有能力做我想做的事，嫁给他，或许能让我得到更多，可如果您不满意，大约也只会让我失去更多，而我还没有自信到，能让他为了我抛弃全世界的地步。您说得对，我现在就是个生意人，而且从很早就明白，不要试图去跟比自己强的人作对，那样的下场，并不会太美妙。”

闻言，杜老爷子面色有些古怪：“你说他娶你，只是想要补偿你？封你的口？”

楚歌闭嘴。

她不觉得杜老爷子会不知道杜慕的病，那么大的事，杜慕一个人还扛不下来，所以她相信，他明白她的意思。

杜老爷子笑了起来，他说：“好，你痛快我也痛快。我答应你一件事，只要我活着，你有所求，我会帮你。”

楚歌笑，对他微微弯了弯腰：“谢谢您。”

出来，仍然是老爷子的助理送她回去。

坐在车上，楚歌看着外面一掠而过的景色，脑袋里都是空的。

手掌里都是汗，滑腻腻的，她微微握紧，把所有的情绪都掩在其中。

回到公司，想要照常处理事情，可一份测试报告，看了许久都没有看进去，反反复复，字都认识，连起来的意思却怎么也弄不明白。

她有些头痛，和研发部的经理说：“你回去吧，报告先留在这儿。”

经理有点忐忑：“是不是有什么问题？”

楚歌笑笑：“不是，我只是想好好看一看。你回去也再看看，这次的结果对我们很重要，不能有疏忽。”

经理点头，退了出去。

楚歌长吁一口气，仰头背靠在椅子上转了个圈，望着天花板发了好一阵的呆，然后才打起精神，把曼文召进来：“公司能动用的流动资金有多少？”

曼文分管财务，对这一块自然门儿清，她报了个数目。

楚歌皱皱眉：“还不够。”

外人都在盛传她有多少多少亿，事实上这是不确切的，因为公司在运转，她事实上能运用的现金很有限，而且现在公司上市，就算要用钱，如何上报也是个麻烦事。

当然这些都是小事，想想办法也不是不可以解决，楚歌在心里算了一下，摇头说：“还不够。”

曼文惊讶：“公司有什么大动作吗？”

楚歌这才发现自己不小心竟然把心里话说出来了，撑着额头略无力：“对。不过我还没想好。”

曼文很相信楚歌，楚歌不是个冒进的人，所以也没有多问。

楚歌感觉自己这状态留在公司也是费时间，于是干脆撒手什么也不做了。

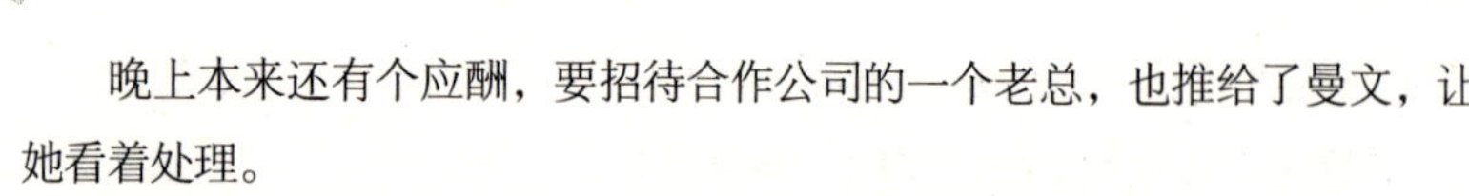

晚上本来还有个应酬，要招待合作公司的一个老总，也推给了曼文，让她看着处理。

没有开车，慢慢在街上走，行得累了就上了一辆车，司机问她："小姐去哪儿？"

她目光空茫："随便转吧。"

司机大约是没少见到这样的乘客，特熟练地问："你这是失恋了吧？"

楚歌一怔："怎么看出来的？"

"失魂落魄啊！"司机感叹。

楚歌失笑，她都没想到已经这么明显了。

司机就劝她："看你长得这么漂亮，男人而已，愁什么呀？转转头，就能遇到更好的了。"

楚歌笑，听着司机胡说八道，忽然觉得这样也挺好的。

一直转了挺久，从城东转到城西，最后又到了城南，下了高架，楚歌发现自己竟被带到了大学城，司机大约也觉得这样赚她的钱有点不好意思了，就鼓动她："去大学城里看看啊，小鲜肉遍地都是，看着就觉得人生还蛮美好。"

楚歌还是第一次听到人这么形容的，忍不住笑开了，说："好啊。"

司机倒是愣了："啊，真在这儿下？"

楚歌说："嗯。"

司机就找了地方放她下车，看她可怜，还很好心要给她打折。

楚歌笑着说："不用，钱花了，心情就也舒畅了。"

司机冲她竖大拇指，取出张名片递给她："要是逛够了，还可以叫我来接你。"

楚歌没有拒绝，拿着名片挥了挥手，选了个门走进去。

她没什么目的，就是随便走，就像司机说的，只是看着这些意气风发的孩子，心情仿佛都好了。

那会儿五点多，正是学生吃饭的时间，楚歌坐到食堂外面的小凳上，看着面前的人来来往往。

自己也不知道坐了多久，感觉坐得整个人从内到外都泛着冷了，然后看到一双脚慢慢走到了她面前："小歌姐姐？！"

楚歌叹口气，抬起头："你好。又见面了。"

"呃，你怎么在这里？"

"见个朋友。"

"那，见完了吗？"

"还没有。"

楚歌的态度并不热络，两人毕竟不熟悉，唐文安一时也不知道该说些什么。和他一起的朋友看见，笑嘻嘻地凑过来，一边肆无忌惮地打量着楚歌，一边问："喂，唐文安，这就是那天晚上见到的姐姐吗？"

难得他们竟然还记得她，楚歌抬起头，并没有见到那个唱歌的男孩。

她笑着说："我是。你们好。"

"你也好呀，是来看唐文安的吗？"

楚歌没说话，倒是唐文安囧极了，赶着他们走："你们先进去吃吧，不然等下食堂都要关门了。"

"嘁！"他们伸手拍他，露出了自以为只有他们才会懂的暧昧笑意，冲着楚歌挥挥手，"那姐姐，我们先进去啦。"

楚歌也摆了摆手。

唐文安觉得小心思被人看破，更不好意思了，脚尖打着圈，偷眼看她。

楚歌问："怎么了？"

"你……还好吧？"

楚歌知道他问的是什么，点头："挺好的。"

"那就好。"他松了一口气。

楚歌见他脸都涨红了，心下微软，主动问："你吃食堂？"

"嗯。我搬到宿舍里住来了。"他鼓起勇气，"那些人……我也没有跟他们再联系。"

楚歌说："其实早该这样了。"

他低下头，眼圈有些泛红。

楚歌真是没见过比他更多愁善感的男孩了，以前和她玩的男孩，都是天不怕地不怕浑得让人头疼的，就是现在，遇见的男人，也个个是精英样，看

起来比谁都要强。

动不动就想哭什么的……实在是略稀奇，也难怪那些人会欺负他。

她不知道该说什么，便也沉默。

过了会儿，手机响起，她趁势起身："我得走了。"

唐文安呆呆地"哦"了一声，看着她走出好几步，才突然想起那是出校园的方向，灵光一闪便喊住她："你不去见你的朋友了吗？"

楚歌回头，眨了眨眼睛："已经见过了。"

他就笑，露出一口洁白的牙齿，很可爱的模样。

楚歌忍不住也笑了起来。

出来后就打原先那个司机的电话，不过他有客，就联系了就近的一个朋友来载她。

后来的司机倒是沉默，全程一句话都没说，到地方了却默默地把钱递回来一半，塞到楚歌手里，然后说："想开些，失恋其实没什么大不了的。"然后开着车，很快地走了。

楚歌捏着钱，立在路边站了很久，被回来的杜慕捡到了。

"怎么站在这儿？"

楚歌把钱揣进袋里，说："等你。"

杜慕没说话，但是看得出，心情还是很好的。

楚歌趴到车窗前问他："吃饭了吗？"

"没有。"

"那你饿吗？"

他挑眉，无声询问。

楚歌弯了弯眼睛："我做给你吃怎么样？"

杜先生想起她做的那些料理，突然一阵胃难，看在她实在很积极的分上，勉强保持了含蓄："不必强求。"

"不强求的。"

他无语，顿了顿说："随你。"

楚歌颇欢喜："那我去买菜。"

倒退着往后走，就见他也跟着下来了，楚歌讶然："你也去？"

他"嗯"了一声，说："啰唆！"

楚歌一笑，上前去挽住他的手，有在国外那段时间打底，她现在在外面挽他牵他什么的，已经没什么压力了。

杜慕看她一眼，她就贴得更近了些。

他没有拒绝她的靠近，只是沉声问："今天很高兴？"

楚歌说："是啊。"

"理由？"

她笑眯眯地说："我们新产品的测试数据出来了。"

见她这样子，他冷冷一瞥，说："肤浅！"

楚歌才不理，照样高高兴兴的，买好菜回家，杜慕去洗澡，她就撩起衣袖洗手做羹汤。

杜先生洗澡出来，端着杯茶站到厨房边，见她已经把所有的菜的都洗好切好了，正架着锅在一样一样试调料。

她拿起一盒，尝了口："啊，这是糖。"搁到一边，又拿起一盒尝一口，"这是盐。"再拿了一盒，拈了点放进嘴里，眉头鼻子都皱到了一起，"这是味精。"

杜慕看她试得可怜，不得不提醒："锅要烧掉了。"

她"啊"地叫了一声，赶紧去抢救锅，一边关火一边拿起一碗水，"哗"地倒了进去。

烧得通红的锅遇到冷水，结局完全不用想。

在满屋子烟雾中，"咔嚓"一声，锅裂了。

杜慕 & 楚歌："……"

[3]

杜先生不忍直视，转开头淡定地喝了口茶。

"出去吃吧。"他好心邀请。

"不行。"楚歌摇头，指着流理台上切好的菜，"这么多东西，太浪费。"想一想，打开橱柜居然从里面又拿出了一口锅，还和他献宝似的，"幸好我聪明，买锅的时候多买了一口备着。”

杜慕咳了声，不说话了，靠在门边想着晚饭应该去哪里吃。

视线落在她身上，面前的人已经忙忙碌碌地在开始洗新锅了，她涮得很认真，嘴唇抿得紧紧的，流水从她白皙的指尖滑过，在灯下闪着耀眼的色泽。

他看过她很多面，狼狈的、可怜的、愤怒的、喜悦的，还有假模假样讨好他的，然而不能不承认，哪怕她做的菜是毒药，可他还是觉得一本正经做饭的她，看起来最可爱。

菜的香味渐渐出来，好似这间屋子都温暖起来了一样，慢慢慢慢积起了人间烟火味，让人觉得愉悦而安宁。

楚歌并没有让杜慕等太久，饭菜很快就出锅了。

事实上，两个人的饭菜，也确实不需要费多大工夫。

杜慕坐上桌，看着面前看起来还过得去的饭菜没抱太大希望，主要是，楚歌这人重形不重味，因此每次做出来的东西，一吃就颇有些惨不忍睹。

递给他一双筷子，楚歌坐在他对面，倒是很期待或者说是怂恿地笑望着他：“试试呀。”

杜慕接过筷子，夹了一筷子，面不改色地放进嘴里。

吃完，他挑了挑眉。

楚歌问：“怎么样？”

“自己吃。”

她就鼓起勇气夹了一点放进嘴里，一嚼，眉毛都要飞起来了：“哎，这次居然能吃了哎！”

杜慕望着她，似笑非笑。

楚歌咳了咳，端正身子坐好，杜慕不喜欢在进食的时候说话，所以一时间，饭桌上也只有轻微的碗筷碰触的声响。

饭菜分量都不多，所以他们吃完基本就没有什么剩余了。

她对着只有残羹的碗碟拍了一张照，说：“留个纪念。”

杜慕不想评价，转头翻看微信的时候，看到楚歌最新的动态：第一次做到好吃得能吃光光，说明我还是可以修炼出厨艺这项天赋的。

看来还是记着他那句“没用的东西就不要勉强”的话，小心眼的女人。

杜慕笑了笑，丢开手机。抬头看到从浴室出来的她，戴着粉红的头巾，穿白色睡裙，露在外面的一截腿，又长又白。

他摊开手，她就很自觉地凑了上来，趴在他胸口前望着他，一双黑白分明的眼睛，能看得人心里发软。

他想起回国后第一次见到她，她闯进他的房里换衣，他从汤池出来，看到的就是一截笔直修长的小腿，还有一双吃惊的、黑白分明的眸子。

外面有人敲门，她一下就扑上来，那时候是他身体最弱的时候，她那一下的不管不顾，当即就引发了他的病情，他瘫在地上，半天都没法动弹。

她在他身上动来动去，看起来很紧张，她捂着他的嘴在他耳朵边说：“对不起，我不是故意的啊。我不知道这里有人……那什么，能让我躲躲吗？外面有坏人在追我。”

他知道她撒谎了，他一眼就能看出她的心虚。

可是他也没有多生气，只是有些无力地等着那阵缺失感过去，她热热的呼吸喷在他耳朵上，有点痒，于是他没有等到病情恢复，反倒是……那个地方居然慢慢站了起来。

说实话，那时候他的吃惊并不亚于她。

她甩了他一巴掌，脸涨得通红地跑了。

杜慕一直没有动，楚歌被看得有点心慌，他的目光很幽深，而且无端还带了一点锐利在里面，给人很强烈的压迫感。

她总是心虚的，哪怕扮得再若无其事，心里头还是会慌乱，她不敢跟他对视，就只能主动地亲上他。

这种事，她才跟他的时候，做得十分生疏，其实那时候更多的还是羞耻吧？把她从林家带出来后，他将她带去酒店，剥洗干净后，他就像是挑捡货物似的，居高临下地看着她，问：“会勾引人吗？”

她在他面前发着抖，他却只是冷淡而又冷漠地看着她。

楚歌握着拳头说：“我要赚钱。”

他问：“怎么赚法？授人以渔或者授人以鱼，你要哪种？”

楚歌连这个都听不懂，惘惘然看着他："什么？"

他好看的眉毛皱起来，却还是耐着性子解释："教你赚钱的方法，或者一次给你多少钱。当然，前提是，你属于我，所有的，全部，除了钱。"

她苦中作乐地想，看，她还可以选。

所以她选择："我要赚钱的方法。"

"可以。"他淡淡地说，长指轻撩，慢慢地一粒一粒解开了扣子，"你能获得多少，就看你，能做到什么程度。"

她能做到什么程度呢？连接吻都那么生疏，咬着牙凑上去，忍着羞耻轻轻舔了舔他的嘴唇，他面无表情地看着她，评价说："我是在跟僵尸接吻吗？"

而现在，她已经能做得很好了，牙齿轻轻咬着他的嘴唇，温柔而亲昵地含吮，柔软的舌尖抵住他的牙齿，撩动着一点一点把他撬开，手摸进了他的衣服里。

如他了解她一样，她也已知道怎样才能最快地让他情动。

果然，没一会儿，他就闭上了眼睛，伸手扯下了她的头巾，劲瘦有力的手指插进了她的头发里。

他克制而隐忍的样子让她心动，楚歌本来只是想要躲开他的目光的，却最终，还是陷在彼此互织的情欲之网中。

不管如何提醒，总有那么一刻，会心甘情愿地沉沦。

新产品经过测试完全没有问题，楚歌就准备开个看货会。

因为临近年底，加之不久还要参加杜府的家宴，所以她准备只是小范围先邀请一部分合作商过来内部看货。

虽然范围不大，而且是非公开形式，但要做的准备还是挺多的，她还邀请了杜慕："看货会你要参加吗？"

本来她是试探性的，两人公司在一定程度上，没有什么业务交集的可能，杜先生也从来没有参加过她公司举办的任何活动。

结果这一次，他居然同意了，点头说："可以。"

楚歌笑眯了眼："哎呀，那我得准备个八人大轿去。"

被杜先生按在床上蹂躏了一通。

而更让楚歌惊喜的是，杜慕居然还把季博然也叫上了，要知道，最近季博然在 M 大开了个讲座，一票难求，黄牛票炒到比当红的明星还要高，而且还买不到。

所以他能过来，楚歌感觉自己小小的看货会档次一下都提高了不少。

她每天都忙得乐呵呵的，看起来，视频的事对她似乎一点影响也没有了。

杜慕心情也不错，虽然仍旧冷冷淡淡的样子，不过这天回去陪老爷子吃饭的时候，连老爷子都看出来了，问他："最近很高兴啊？"

杜慕也没多说，只"嗯"了一声。

老爷子慢条斯理地吃着饭："听说新亿隆弄了个什么具有大突破意义的新产品出来，具体到底怎么样？"

"没看到。"

"连你也没看到？"

杜慕早就吃完了，现下就是个陪客，闻言抬头看了老爷子一眼，意思很清楚，这种关系到一个企业差不多生死存亡的东西，能是随便就透露给人知道的吗？

楚歌这次的事做得非常严密，之前研发的时候，连他都只听到了一点风声，提前看过什么的，就更不要想了。

老爷子哼了一声："也没怎么把你当回事嘛。"

这么明显的挑拨离间，杜慕要看不出来也是白混了，因而没理他，拿过阿姨递来的毛巾擦了擦手，说："我走了。"

老爷子很不满意："吃完就走！"挥挥手，"快滚，快滚！"

杜慕仍旧一板一眼的："过两天再回来陪你。"

老爷子很硬气："不需要！"

杜慕就挑唇笑笑，推开椅子站了起来，出门才拿出电话，接通："什么事？"

是楚歌公司的手机号码，一向掌握在她助理曼文的手上，他只以为是楚歌找，谁知听到的却是沈曼文的声音。

"杜总，"她听起来好像很不好，声音特别低落和焦虑，"您能来我们

公司一趟吗？楚总把自己关在办公室里，已经有半日了。”

他面容一冷：“发生了什么事？”

“太古上午召开了产品发布会，他们宣布研发成功的新产品，和我们同质达到99%。”

杜慕挂上手机，周身气势冷冽得仿佛空气中都结了一层冰。

秦坤打开车门，静默着站在那儿一动也不敢动。

良久，面前的男人才俯身上车，手指在手机屏幕上点了点，果然就看到了太古新产品发布会的新闻。

他们倒是下了血本，砸得满财经版都是太古。

太古是新亿隆在同领域内最大的竞争对手，而更重要的是，太古的负责人，曾经是亿隆的职员，楚父最信任的下属之一。结果某一天，她突然离职，带走了大批客户和高层，这也是导致原亿隆实业崩盘的直接原因。

杜慕的手指轻轻点在那两个字上，冷声吩咐：“去查一查，林敏娴最近在忙什么。”

唐致远格局没那么小，还不至于在时隔这么多年后再找楚歌的麻烦，能够给楚歌添麻烦，又有能力让楚歌有麻烦的，也只有林敏娴了。

秦坤应声，以最快的速度把杜慕送到了新亿隆。

已经晚上七点多了，新亿隆办公楼里却依旧灯火通明，员工们都没有下班，手足无措地聚集在大办公室里。

杜慕带着一身寒气进了门。

曼文很有眼色地招呼其他员工：“都先散了吧，散了吧，明天准时来上班。”

人都退去，曼文把大门拉上，于是整间办公室里就只余下了他。

还有就是，把自己关在房内的楚歌。

他站到她办公室前，敲了敲门，里面很久才传出来一声：“你们先回去吧，我想静静。”

“是我。”

又安静了一会儿，这次门终于打开了，她摁亮了灯，站在门口处神色疲倦地看着他："杜先生。"

她似乎是想笑的，但是露出的表情却让人看着心酸。

他伸了伸手，到底又放了下去，说："没出息。"

楚歌就又笑了一下，眼泪却情不自禁地扑簌簌地落了下来，她撇开身体，声音有微微哽咽："第四次了。"

他沉默。

"我还记得你那句话，不管再难，都要忍着。"

他终于抬起了手，她却避开了他，后退几步站着。

"他们毁了我，毁了我哥哥，毁了我的家，现在，终于要来毁了我的心血了。杜先生，"她低声，昔日温和柔软的声音支离破碎，"我很喜欢你，也很感激你，你是我在绝境里，老天赐给我的最大的恩惠。可是你不知道，忍的滋味很难受。你说过，让我不要惹他们，我听话，我不惹，但是，他们一直要惹我怎么办？"

她伸手抹泪，但是眼泪却越掉越多，她不停地后退，可还是会退无可退，她抵着桌子，双手死死地抠着桌面，一字一句，如梦呓一般地说："我不想你成为我的梦魇，所以杜先生，放了我，好不好？"

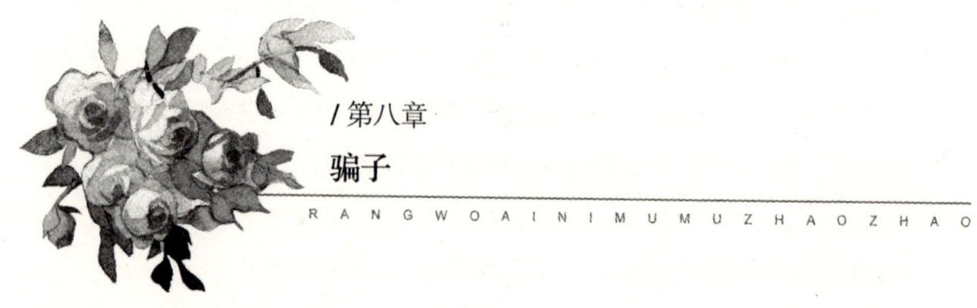

/ 第八章

骗子

[1]

“砰”的一声，把正在外面说话的秦坤和曼文吓了一跳，回头，却只看见一个步伐凛冽的背影。

两人对视一眼，秦坤快步跟了上去，曼文推开门重又进了里面。

楚歌办公室的门大开着，听不到一点声音，曼文小心地走过去，本想只偷偷看一眼的，结果才到近前，就看见了站在办公桌前的楚歌。

她低垂着眉眼站在那儿，脚下散乱着一地的照片和纸质文件，脸色素白如纸，整个人看起来，格外脆弱单薄。

她暗地心惊，不知道刚刚那一会儿发生了什么，忍不住叫了一声：“楚总……”

楚歌没有抬头，只低声说：“关门。”

声音不大，但气势逼人。

曼文知道这会儿没有自己讨价还价的余地，连忙上前将门关上，不禁意间扫到地上的东西，只觉触目惊心，再不敢看，把门匆匆拉上了。

但她又不敢走，惴惴不安地守在外头，愁得头发都要白了。

杜慕一上车，就闭着眼睛靠坐在后座，一言未发。

虽然开了暖气，但车内的气氛却是僵得像是要结冰了，秦坤小心翼翼地摸着方向盘，感觉上，就连发动机细微的轰鸣声都有些刺耳。

他这会儿必然是哪里都不想去的，秦坤就开着车慢慢地转，转了不知道有多久，眼看着两边的灯影渐渐暗淡，才终于听到后面传来一声：“怎么样？”

得亏秦坤一直准备着的，倒没有惊到，平心静气，很快速地把自己从曼文那儿了解到的情况说了出来：“资料是从新亿隆研发部经理那儿泄露出去的。”

“唐运贤。”杜慕淡淡地说出了这个名字，“他不可能。”

在他看来，新亿隆任何人都可能会背叛楚歌，唯独唐运贤，不可能。

杜慕对唐运贤的印象还是很深的，因为唐运贤是楚歌父亲资助出来的，大学毕业后就一直在亿隆工作。楚歌重组亿隆之前，老职员都走得差不多了，只有唐运贤，一直坚持着留了下来。

杜慕还曾经教过楚歌，怎么样才能让一个人死心塌地地跟着自己，除了恩还必须有惠，拿的就是这个唐运贤来做例子。

楚歌的性格，这些年只会把唐运贤笼络得死死的，绝不可能让人有把他挖走或者让他背叛的机会。

秦坤自然也知道这些，所以他马上又说：“他不是直接的泄露人，是太古那边，买通了他的独子。”

杜慕没再说话，转头打量着车外，灯光闪烁，照见了他眸里的冷意，漠漠如雪，寒意入骨。

那天晚上，曼文一直待在办公室，楚歌没有出来过，也听不到一点声音，倒是早上曼文醒来，发现背上披了一床厚实而温暖的绒毯。

时间还挺早的，她觉得挺累，一时也忘了昨日的事，扭头看着窗外。

晨雾笼罩着整个城市，恍惚感觉自己脚下就是个孤城，直到有汽车疾驰而过，才能依稀看到别处林立的灯火。

曼文脑子一震，终于想起有什么不对，撩开绒毯跑去敲楚歌办公室的门，没有回应。

一咬牙，她扭了扭把手，门居然开了。里面空无一人，只有风从洞开的窗户涌进来，把窗帘吹起老高。

怎么看怎么惊悚。

曼文头皮发麻，很凄厉地叫了一声“楚总”，扑到窗前，踮起脚正要往下看，忽地身后传来熟悉的声音："你在干什么？"

曼文："……"她倏地转过头，惊疑地叫，"楚总？"然后很快反应过来，摸起打到自己脸旁的窗帘，故作镇定，"窗户进来的风太大了，我帮你关关窗。"

楚歌披霜带露，披散在肩后的长发都是湿的，走进来，她从柜子里摸出一条毛巾，一边擦一边说："你以为我会自杀？"

曼文："没有的事！"

楚歌就笑了一下，只是脸色寡白，神情疲倦，所以这笑，看起来也冷冷的。

"放心，我没有那么弱。"她将毛巾一丢，"昨天辛苦你了，走吧。"

曼文还有些呆呆地："去哪儿？"

"吃早餐啊。"她回头，看一眼曼文的脸色，"吃完了回去休息，下午开会。"

楚歌还真就带曼文去吃了早餐，挑的是附近最好的一家早餐馆，她平日的食量就不大，所以曼文也看不出她心情到底怎么样。

就表面看，除了脸色难看了一些，还真看不出其他。

其实还是挺想问她和杜先生是怎么回事的，不过曼文更明白，楚歌看起来好说话，却顶不喜欢聊自己的私事，尤其是和杜先生有关的。

所以只能憋在心里。

吃完饭，楚歌大概交代了一下今日的行程："其他所有活动都暂时取消，让公关组负责接待过来的客户，两天后的看货会，如期举行。"

曼文还在想她和杜慕的事，闻言"啊"了一声："那太古那边？"

"先不用管。"

曼文一脸的气愤："那就这样放过他们了？"

楚歌只一句："且由他。"

下午的会议，楚歌也没有将太古提上议程，全程说的就只有两天后的看货会，以及客户的接待问题，还有公司其他一些事宜。

有董事见她如此，皱着眉头问："现在都这个情况了，还开看货会有什么意思？最紧要的，难道不是跟太古死磕吗？"

楚歌神情淡淡，反问："怎么磕？就凭唐弘毅的口供吗？太古既然敢在这时候开发布会，没有更直接的证据，他完全可以反过来告我们剽窃和诬陷。”

董事拍桌，说了和曼文一样的话：“那就这样放过他们了？而且照你这样说，看货会继续开，他们还不是会照样说我们剽窃？”

楚歌勾唇淡淡地笑了一下，说：“他们不会。”

董事狐疑地看着她：“你打算怎么做？”

楚歌放柔了声音，很诚恳地说：“张董如果信我，就把这事交给我。”

之后楚歌就给自己放了一天假，回小镇舒舒服服地休息了一天，到看货会的前一天，才回公司重新主持大局。

曼文把看货会的流程给她看，想想还是提了一句：“唐经理回来了，想见见你。”

唐经理就是研发部的经理唐运贤，这次的事虽不是他直接泄露出去的，但总归是他的失职。楚歌杵在纸上的笔顿了顿：“没什么好见的。和他说，如果他还有心，可以调到车间去做事。”

曼文对这个突如其来的决定很意外：“楚总，这样会不会……不太好？”

楚歌抬起头：“他并没有背叛我。”

“可是他明知资料有可能被泄露却没有提前和你说，就已经是背叛了。”

楚歌的眉头微不可见地皱了起来，声音却格外平静：“曼文，他在亿隆最难的时候没有选择离开，那我现在，也愿意再给他一次机会。”

曼文就知道，这是楚歌主意已定的意思，深吸口气压下其余的话，她只能说：“那我去安排。”

看着曼文恨恨而出的背影，楚歌捏着眉心，叹了口气。

时间很快就过，两天也不过是一眨眼的事，看货会那天的天气仍旧阴沉沉的，风很大，呼呼吹在人脸上，冰冷刺骨。

楚歌这两天吃住都在公司，这天临去会场前，却突然拿出一把钥匙交给曼文：“叫个阿姨帮我把五福里的房子打扫一下。”

五福里是楚歌的住处，基本上从入手就没进去住过，这会儿突然说要收拾，曼文顿时就有一种期待终于还是被打破的幻灭感。

讲真，她真的觉得杜慕和楚歌蛮配的，而且很明显，两人确实有感情，可是……想起之前自己不经意见瞟到的照片，不由得收拾心情，闷闷地说：“行，等下我就让小爱找人去。”

毕竟是东道主，楚歌到得比较早，之后就一直亲力亲为地检查各方面的情况。正忙着，下面的人略有些激动地跑来告诉她：“楚总，季先生过来了。”

楚歌略意外，虽然杜慕的确代她邀请到了季博然，但是因为和杜慕已经“闹翻”，她以为他不会过来了。

在休息室里见到季博然，后者看起来特别怕冷，便是房里暖气十足，他依旧裹得跟个棉球似的，楚歌笑着和他打招呼：“季先生。”又看向旁边的另外一个，“尤先生。”

杜慕没有到，没想到尤宇跟着来了。

尤宇瘫在沙发上，很没形象地冲她招手。

季博然则看了她一眼，说：“楚小姐今日光彩照人。”语气不咸不淡，话里貌似也很有话。

楚歌一笑，客气地说：“谢谢。”然后直接开门见山，“季先生，我想您应该知道这两日新亿隆发生的事。所以如果您改变想法，我会让人先送您回去。”

她难得的直率让季博然愣了愣，摇头说：“没关系。既然答应了你，我肯定会在场的。”

楚歌叹气：“我就怕有人会说您是给剽窃者背书。”

季博然看着她，笑：“那你是吗？”

楚歌神色很淡：“小人行径，不屑为之。”

他摊手：“那不就行了？”

话已说到这地步，他既不在乎，楚歌就更不在意，不过看货会上她并没有把季博然介绍出来，其实也是她来不及。

几乎看货会原定的流程才开始，就有人迫不及待地跳出来说：“行了，行了，其他虚头巴脑的就不要整了，楚总今日邀我们过来看的到底是什么？直说了，我对太古的新产品很感兴趣，如果你们今日拿出来的东西没有比太古更好，那估计就要对不住了。”

主持人站在台上有些不知所措,楚歌挥挥手让她下去了,然后自己走了上去。

“对不起。”她站在台上，气定神闲地说，“新亿隆今日确实拿不出比太古更好的东西，而且，由于众所周知的原因，今日的看货会也将无货可看。但是，我之所以没有取消，就是想请在座的能做个见证。”

不待下面的人反应，她扬手打了个响指，就有工作人员推了一个小推车出来，上面的东西用布遮住。

楚歌走过去，将布揭开，露出了里面镶在台面上的一块玻璃晶片。

灯光之下，薄如蝉翼的晶片有荧光流转。

在场的人都不由得站了起来，随即有人说：“这不是太古才将推出来的东西吗，你们……”

“没错。”楚歌截断他的话，“太古前几日刚刚发布的新产品，和我们的同质化达到了 99%。”

场上轰动起来，只还未等他们反应过来，就见楚歌接过一把锤子，“砰”的一声，将放在台上的晶片一下砸得变了形，甚至连基座都飞掉了。

“当”的一声，滚落在地。

所有人立时安静了下来，一时间只听到楚歌缓慢而清晰的声音：“拾人牙慧的事，我们不愿做，既已同行，绝不同质。所以，我想请在座的能帮忙做个见证，六个月，新亿隆必将做出比这个更好的东西。”

尤宇和季博然坐在前排，不管后面如何骚动，两人都一色地无动于衷。只到了这时，前者才忽地一笑，感叹似的说：“终于明白，阿慕为什么会喜欢她了。”并非倾国倾城的容貌，但是那份不禁意间就流露出来的自信与从容，已经能给她加上太多太多分了。

“这还是那个站在杜慕身边默然无声，乖巧得像只宠物的楚小姐吗？”他喃喃。

[2]

晚上楚歌单独请尤宇和季博然吃饭。

尤宇难得关切了一句：“六个月，你们真能研制出比太古新产品更好的东西啊？”

菜还没上桌，楚歌正在帮两人沏茶，她的这些都是师承杜慕，所以两人手法差不多，只是杜慕做来，如行去流水格外潇洒，到她这里，则成了柔媚婉转、赏心悦目。

将沏好的茶放到尤宇面前，楚歌说：“不一定啊，研发这东西可说不好。”

尤宇不禁有些无语，都不一定的东西她也说得那么笃定，害得他当时，真的相信了好吗？

事实上，场上的那些人差不多也都信了，主要是，楚歌表现得太镇定也太自信了，仿佛那什么新产品已经有了眉目一样。

关键是，她给了确切的时间啊有没有？

楚歌看他这样，忍不住微微一笑。

倒是季博然看不过眼，说：“楚小姐必然也是有相当大把握了的。”说着望向她，“只是你这么高调，就不怕今次的事再来一回吗？”

楚歌叹息：“低调也还是一样防不住，横竖我已经把我能退让的都退让了，要是他们再不肯放过……”后面的话她没有说，但是破釜沉舟的意思已经很明显了。

尤宇并没有听懂她所谓的退让是什么，倒是季博然，从杜慕的态度里察觉到了一点，他摇摇头：“不得不说，你走了很臭的一步棋。”

楚歌没说话，只敛目给他又倒了一杯茶。

饭后时间还早，尤宇有心再续一摊，奈何无人支持，只好跟着季博然回了他入住的酒店。

季博然没有进自己房间，反倒敲了敲隔壁的房门，尤宇正想开玩笑说：“喂，你不会还藏了娇在这里吧？”就见隔壁的门打开，露出了杜慕毫无表情的一张脸。

尤宇“卧槽”一声：“你怎么住在这儿？”

杜慕没说话，转身就进去了。

季博然和尤宇跟在他后面，后者尤不死心：“阿慕，你怎么住酒店来了啊？

不会是打算结婚，房子要装修？那也不至于啊，你那么几套房，哪里不能住？”还扭头跟季博然说，“早知道阿慕住这儿，怎么不让楚歌也一起过来嘛，等下还让她一个人再跑一趟。”

季博然也是服了他了，转过头去不搭理。

倒是杜慕神色很平静，坐回到沙发上后，又拿起电脑继续干活。

季博然深知他的性格，倒是主动把今天的事都说了说，只是他才开了个头，尤宇就吧啦吧啦一通讲，完了总结：“阿慕，你媳妇儿挺牛气的，平素不声不响，我还一直都觉得她就是你身边的小宠物呢，没想到关键时候，还很有些女王气质嘛。”

季博然注意到，杜慕手上的鼠标从他们进来后就没有挪动过。他侧了侧身体，当作没看到，听尤宇一个人唱独角戏。

杜慕忍功很好，一直都没作声，只在尤宇歇气的时候瞟过去一眼：“不口干吗？”

尤宇说：“干！”抓起面前的水一口饮尽，抹了抹嘴，“哎，楚歌怎么还没到？这速度也忒慢了，要不让她别过来了，我们直接喝酒去？”

季博然闻言，默默地挪得更远了一些。

尤宇说着已经拿出手机，没两下拨通了号，兴致勃勃地说：“在哪儿呢？阿慕在酒店啊你在哪儿？快来，快来，凤凰台喝酒去，我们家阿慕已经等你等你老久了。”

楚歌不知道说了什么，尤宇挂掉电话，一副不可思议状：“咦，她说不来哎。”

季博然站起身，扔下一句：“突然想起还有点事没处理，我先回房了。”速度跑路。

尤宇摸不着状况，伸出手做徒劳状：“不去喝酒啊喂？”再转过头来，就见杜慕看着他，冷飕飕、凉冰冰的。

他忍不住打了个寒噤：“阿……阿慕……”

“请你蜷成一团，圆润地离开。”

尤宇：“……”

被踢出来了，尤宇还有些惘然，敲开季博然的门说：“哎，我发现阿慕又恢复了。”

“什么？”

“不带脏字骂人的本事。”尤宇说着，很认真地问，“我感觉他有点怪啊，发生什么我不知道的事了吗？”

季博然有些同情地看着他，拍拍他的脸：“你还是去找你的小猫小狗们喝酒去吧。”

“啪”的一声，关上了门。

楚歌挂掉电话，环目四顾，只觉得小爱带人收拾得挺好的，干净不说，屋子周围还摆了几盆她喜欢的植物跟鲜花，看起来，还蛮温馨的。

就是看着很陌生。

太久没有过来住，要用的东西半天才找到，还多数都已过期了。

她几乎全部的东西都在杜慕那房子里，也许应该抽空先去把那里的东西取回来。只是今晚就只能这样了，忙了一天，从身到心都觉得累，草草洗过澡就窝进了被窝里。

次日又是忙碌的一天，直到又过了几日，才终于想起还要去杜慕那儿拿东西，她没打算直接跟他联系，只试探着给秦坤打了个电话：“杜先生现在在家吗？”

秦坤的声音听起来略激动：“你现在在吗？呃，杜先生他有个应酬，等会儿才能过去，这样吧，我把电话给他。”

“不用了。”楚歌赶紧阻止，“他不在也好，麻烦你和他说一声，东西，我都拿走了。”

秦坤愣了一会儿才反应过来她说的是什么，只觉得有些着急，也顾不得会不会打扰老板谈事情，快步走进包厢，低声和杜慕说：“杜总……刚刚楚小姐打电话来，说东西，她都拿走了。”

杜慕没说话，秦坤却感觉自己心脏都差点要停止跳动了，过了好一会儿，才听到他说：“知道了。”

楚歌估算了一下，带了两个大行李箱过去，因为知道杜慕不喜欢外人进屋，她也没敢拉上其他人。

外面冷得不行，杜慕走时，客厅里的窗户没有关严实，吹得房间四处都冷冰冰的。

楚歌打了个冷战，跑过去把窗户关上，然后进到卧室收自己的衣服，也没怎么整理，就那么一股脑儿塞进箱子中，翻到床头柜上放着的那盒首饰时，她犹豫了会儿，最终还是把它带走了。

她想自己终究没那么高尚，这首饰的价钱，让她有点舍不得。就用它来作为结束吧，钱货两清，自此以后，再不相干。

她并不想有和杜慕再对上的机会，所以之后动作飞快，感觉里她并没有收拾多久，可饶是如此，当她拖着箱子准备出门的时候，杜慕还是回来了。

他站在门口，她站在客厅，左右各一个大箱子，看起来，大约很像个落荒而逃的小偷。

“哗啦”一声，他把钥匙和搭在手臂上的外套放在鞋柜上，转过身来冷冷淡淡地看着她。

秦坤说他之前在应酬，所以应该是喝了酒，脸色寡白寡白的，眸子却很亮，身上穿着白衣黑裤，白色的衬衣扎在裤子里，绷得略微有点紧，衬出了流畅匀称的身体曲线。

将箱子拉得近一些，仿佛这样她就有了倚靠，干巴巴地同他打招呼：“杜先生。”

“东西都收拾好了？”他说着话，慢慢地走过来。

楚歌抿了抿唇，“嗯”了一声。

他已经走到了她面前，迫得她不由自主地后退了一步。

他抓住了她的胳膊，让她连退也没得退，另一只手就掐住了她的下巴，令她看着他。

“你在害怕吗？怕我？”他低声问，是一种很冷静的低沉，冷静到近于冷酷。

楚歌摇头：“不。”

他轻轻笑了一下，笑意未达眼底，抠着她的唇角说：“骗子。”

酒味很浓，楚歌忍不住叹气：“你不该喝酒的。”

他的病虽然好些了，但是酒这东西，能不沾还是不要沾的好。

杜慕笑了一下：“担心我？”

楚歌很坦然地望着他：“是。”

“又骗人。”他冷笑，手指从她的唇角落到了她的胸口，“你很紧张，”他说，“这么害怕，是因为带了什么不该带的东西走吗？”

楚歌抬起头，很平静地问：“你要检查吗？”

他点头，冰凉的指尖轻轻撩开了她的外套，她捉住他的手：“杜先生。”

“不是要我检查吗？”他歪头，居高临下地看着她，墨黑的眉眼，不带有任何情绪，却又仿佛又隐含了很多很多。

楚歌终究还是松开了手。

他褪下了她的外套，深深地看着她，手指绕到背后，解开了里面的衣服。

她里面穿的是条裙子，浅色的连身长裙，拉链一褪，像是刻意拉缓了的镜头，她光洁的肩膀、挺立的乳房、盈盈一握的细腰，慢慢慢慢毫无保留地一一呈现出来。不知道哪里的风漏进来，冷冷地打在皮肤上，连灵魂都是冷的。

楚歌咬紧牙关，笔直地站在那儿，软弱却又倔强。

杜慕垂下眼睛，伸手贴在她心脏的位置，微微俯身凑近她，问：“恨我吗？”

她张了张嘴，再说不出“不恨”那句话。

“恨就对了。”他说着，张口咬住了她胸口上挺立的红蕊，不停地含弄、舔吮，他揉捏她的身体，力道由轻变重，原本的温柔也渐渐变得失控。

他脱下自己的衬衣，将她裹住，然后把她抱到沙发上，一边吻她一边说：“楚歌，再多恨我一些吧。”

[3]

柔软的床铺、幽暗的光线，微弱的晨风不知道从哪个角落里吹进来，打在她露在外面的肩胛骨上，冰冰凉凉的冷。

楚歌在一室寂静中醒来，稍稍一动，就觉得浑身酸软疼痛，被窝里热乎乎的，她下意识地往里面挪了挪，在碰到身后同样光裸的人时不由得僵住了。

记忆就像是开闸的水，摧枯拉朽一样地席卷了她。

楚歌这才想起昨晚的荒唐，那亢奋的感觉，让她恍惚想起那一年 Ada 给她喝加了料的饮料，明明知道那种快乐会让她毁掉，可她却没有办法逃脱，那极致到让人疯癫的愉悦，像电流一样漫过全身。

只是加了料的饮料让她发笑，而杜慕，却令她想哭。

不想深想，一夜的缠绵是为何。楚歌小心地起身，大约是昨晚折腾得太厉害了，男人睡得很沉，嘴巴微微张着，呼吸清浅，面部的线条没有平素的冷硬，看起来更像是个无知无觉的孩子。

他的手仍做着拥抱的姿势，楚歌垂眸，将一个枕头塞进去，他便心满意足地抱紧了，整个人都陷在了那一片柔软里。

掀开被子，一路捡着丢得到处都是的衣服，在客厅里穿好，随便理了理头发，就拎起箱子走出了门。

而她身后，床上的男人将枕头死死地揉进怀里，门关上，他也起了身，随手拎了件睡袍披到身上，走到窗前，“哗”的一声拉开窗帘。

外面不知道什么时候下起了雪，白色的六边形绒花无声无息却又铺天盖地地洒下来，杜慕深吸一口气，突然眼眶发酸，喉咙哽住，难受的感觉就像是被扔进冰窟里，冰冰凉凉蔓延血管，寒冷猝不及防地侵袭。

原来不知不觉，冬天早就到了。

冬天的第一场雪下下来的时候，杜家举行了很隆重的家宴。

12 月 21 日，刚好也是冬至节。

民间有个说法，叫“冬至大过年”，所以那天新亿隆放了半天假，楚歌买了许多东西回家。因为过几日就是圣诞节，他们家虽不过这些洋节日，她还是很应景地买了几棵树。

楚妈妈带人出来接她，看到那些树就笑：“又还没到过年，你买这些算什么？”

两棵小小的橘子树，挂满了澄黄澄黄的小橘子，跟小灯笼似的，瞧着格外喜庆。

楚歌一本正经：“拿来吃啊。”

照顾楚卿的护士是外地人，家乡也种的有橘子树，她不太懂这边风俗，听到楚歌说这橘子可以吃，不由得睁大了眼睛：“真的能吃啊？”

楚歌便摘了一个递给她：“试试。”

橘子小小的，护士剥开，一口塞了一大半，一咬：“哎呀妈呀！”酸得她牙齿都要掉了。

大家见状都笑，楚妈妈轻轻打了楚歌一下：“就你好捉弄人。”

楚歌笑笑，又开了一瓶水递过去。

橘子树搬回去放在门口，楚歌还挂了些铃铛啊雪花片啊什么的在上面，就当是圣诞节应过景了，楚妈妈做菜中途过来瞄了一眼：“不洋不土的。”

楚歌也不管，把那些小零碎挂得满满当当的，护士出来，见她低垂着眉眼半蹲在门边，十指纤纤灵活地绕着结，白玉一样的脸孔，映着叶绿澄黄，美好得让人移不开眼。

她忍不住拿出手机，然后在动态里写着：我们家的老板。外面冰天雪地，唯在她这儿，岁月静好。

楚歌这边安逸平和，林家这会儿却有些剑拔弩张的味道。

唐致远坐在书房正中的椅子上，看着面前的女儿不动声色地说：“我以为，你妈妈的事已经过去了。”

林敏娴漫不经心地抚着手腕上的手串，淡笑着说：“是已经过去了啊。”

“那太古和新亿隆的事又怎么说？”

“商业竞争而已。”林敏娴眼里闪过一丝不屑，“蚍蜉撼大树，总有人喜欢不自量力。”

这话说得唐致远忍不住笑了起来：“蚍蜉？十年前，太古在哪里都没人知道。你以为，新亿隆有现在的规模，楚歌那个人就真的一点本事也没有？”

“她有什么本事？没有杜慕，她什么也不是！再说了，她现在连最后的倚仗都没有了。今日杜家家宴，原本杜慕是要带她去的，可是今天她没去，爸爸难道不想知道这中间发生了什么吗？”

唐致远闭了闭眼，深深地吸了一口气：“我不想知道这些。阿娴，要做成大事，格局就不要放那么小，不管怎么样，过去的事都已经过去了，她当年受的惩罚也已经够了，继续揪着不放，对谁都没有好处。”

“那你就让杜慕娶我啊。”

唐致远看着她，语气很淡：“我以为你比我更明白，什么叫强扭的瓜不甜。”

以前他还有这方面的念想，然而这些年，他也是看明白了，杜家那小子就是个冷心冷肺的，对自家女儿，还真没有那份心。至于和楚歌，谁知道到底怎么回事呢。

他并不相信杜慕真的就喜欢那个丫头，于他们这样的人而言，利益的牵扯，很多时候，是无关感情的。

偏偏他生的女儿就那么固执，硬是说：“那怎么办呢，我就想要他。当年我自己选的，你们说不行就不行，想把我嫁给他，现在，我就只喜欢他了。”林敏娴说着起身，双手撑在桌面上，“爸爸，你不会不帮我吧？”

“我帮你只是想你好。”

“可那是你认定的好。就像那年，你认为把那个野种瞒住就是对我妈好一样！”

“林敏娴！”

“你想打我吗？”林敏娴仰起脸，冲他冷冷一笑，“爸爸，我不知道什么格局不格局，我只知道，我想要的，就一定要要到手！”她看着他，一字一句、慢慢地说，“我再也不会相信你了！”她说罢，飞快地甩门而去。

唐致远喊了几声没喊住，只能无奈地叹了一口气。

楚歌这边正准备吃饭，门铃就被摁响了。

阿姨说：“这时候谁会来啊？”放下碗过去开门。

楚妈妈就看着楚歌笑，说：“他倒是鼻子长，每次都是吃饭的时候过来。”

只有楚歌知道，来的绝对不会是杜慕，今日杜家家宴，不管怎么样，他都不会缺席或者提前离席的。

当然，她也完全没想到，会是林敏娴。

林敏娴手上还提了不少东西，做出一副正正经经登门拜访的模样，立在门边客客气气地问：“这是楚歌家里吧？”

楚歌下意识地转头去看“坐”在边上的楚卿，手紧紧攥着桌布，差点把

一桌子菜都掀了下来。

还是坐在另一边的护士反应快，见状不对，连忙扯住了：“哎呀，菜都要翻掉啦！”

楚歌这才反应过来，抿抿唇松开手。那头，阿姨已经把林敏娴引进来了，站在餐厅入口处说：“小歌，是找你的。”

在她身边，林敏娴含笑而立，柔柔地唤她：“小歌。”然后看向楚妈妈，“阿姨您好，还记得我吗？我是林敏娴。对不起，这个时候来打扰你们。”

楚妈妈明显已经想不起她是谁了，转头来看楚歌。

楚歌咽了咽喉咙，平平地介绍：“林敏娴，安雅的堂姐。”

至于楚卿的前女友什么的，他们那时谈了一年多都没想着要见家长，现在，也就不必特意说明了。

不过楚妈妈还是想起来了，“哎”了一声，说：“你就是安雅那个漂亮的姐姐呀！这都好些年了，你倒是越来越漂亮。”

林敏娴不好意思地笑：“对不起，这么多年一直没能来看您。我也是最近才刚回国。”

“原来是去国外了呀。你有心，一回来就来看我们。”楚妈妈很高兴，“还没吃饭吧？正好，家里做了些不怎么好吃的，你来尝尝看。”因为什么都不知道，她很热情地招呼着林敏娴，喊阿姨搬凳子，自己还跑去拿碗筷，忙忙乱乱中，只有楚歌没有动。

林敏娴放下东西走过来，慢慢行到楚歌的身边，望着“坐”在特制轮椅上的楚卿，轻声说：“我来看你了。”

楚歌冷冷一笑，上前立在他们中间，和护士说：“把我哥先送上去吧。”

护士奇怪地看了她一眼，倒也没说什么，走过来推着楚卿先离开了。

走时正好楚妈妈回来：“这是带他去哪儿？”

护士低声：“楚小姐叫我先送上去。”

楚妈妈对这个决定同样感到意外，抬头看向楚歌，后者望过来，淡声说：“人多了些，我怕哥哥会嫌吵。”转过身去看着林敏娴，“阿娴姐姐难得来，就让她好好吃顿饭。”

话里含了话，林敏娴却仿佛没听懂，笑了笑也不推拒，在新搬来的凳子上坐下。她一向在外的表现都很完美，礼仪一流，教养一流，就连说话也是一流的，不急不缓，温婉动人，听着就让人心情愉快。

不止楚妈妈，就是家里的阿姨跟护士，都对她很有好感。

楚歌倒是没怎么开口，一直慢慢地埋头吃自己的饭。

楚妈妈怕林敏娴觉得受冷落，还特意解释："她是跟着杜慕在一起久了，吃饭都不怎么喜欢说话，阿娴你可别怪她。"

林敏娴微微一笑："怎么会？"顿住筷子，她微微偏了偏脑袋，好奇地问，"阿慕也来过这里吗？"

"嗯。"楚妈妈眉眼都是笑，也没在意她对杜慕的称呼，点头说，"来过几回。"

"这样啊。"林敏娴慢吞吞地开口，"我听说小歌打算跟他结婚？"

"咦，你也听说了吗？"

林敏娴并没有回答，而是转头看向楚歌，状似好奇地问："不过小歌，阿慕家今天不是家宴日吗，你怎么没有去？"或许是怕楚妈妈她们听不懂，她还解释，"杜家每年的家宴不仅仅是一家人在一起吃餐饭，其实也有小辈把自己另一半带回去给长辈知道的意思。小歌既然要和阿慕结婚，今天实在是应该去的。"

席上一下安静了下来，林敏娴有点后悔，小心翼翼地看了看众人，问："那个……对不起，我是说错了什么吗？"

楚妈妈张嘴，想说话，却又不知道该说什么好，只能怔怔地看着自己女儿："小歌……"

楚歌抬头，看到楚妈妈碗里的饭已差不多吃完，这才轻轻放下筷子，抹了抹嘴。

望向林敏娴，她嘲讽地笑了笑："我和杜先生其实已经分手了。你来，是不是就是想听这个？"

/ 第九章

冬天的第一场雪

R A N G W O A I N I M U M U Z H A O Z H A O

[1]

“小歌！”两个同时发出的惊呼。

一个是楚妈妈，一个是林敏娴。

前者是真的震惊，后者……看起来也很意外。

哦，附带的还有伤心欲绝，望着她，很难过地说：“小歌，你怎么能这么说？”

楚歌突然有些后悔，为什么不在一开始再见她时就同她撕破脸？虚与委蛇什么的，简直是太考验演技了。

她忍不住揉了揉眉心。

这时候楚妈妈也已经反应过来了，连声问：“你说的是真的吗？小歌，你和杜慕，你们真的分手了？”

楚歌叹气。

如果可以，她真不愿意在这个时候同妈妈说这个，席上好几个外人在，妈妈要是哭起来，她会很头痛。

不过，她也没有回避，点点头，很平静地说：“是真的，但是这个事，回头我再和你解释。”转过头看着林敏娴，“我们能出去说两句吗？”

林敏娴很内疚似的看了看楚妈妈，又看了看她，点头。

楚歌立即起身，两人一前一后地走了出去。

幸好，楚妈妈还算识大体，硬忍着没有闹起来。

楚歌把林敏娴直接带出了自家院子，外面是条水泥马路，因为不是主路，所以到了晚上，行人稀少，就连路灯也是稀稀拉拉的，光线很淡。

楚歌一停住脚，林敏娴就也停了下来，在她后面很委屈地说："小歌，你怎么说得我好像是故意来看你笑话一样。"

楚歌转过身，冷冷地看着她："那不然呢？"

"我其实是真的想来看看你哥。今天冬至，我还记得我跟他认识，就是那年的冬至节。我在门口遇见你们，他唠唠叨叨地跟你约法三章，你嫌他，还叫'哥哥妈'……小歌，你是他最疼爱的妹妹，我怎么会伤害你？提那话是因为我真的以为你不知道杜家家宴的意义，我没有想到你们这么快就分手了，真的，你要相信我。"

楚歌看着她，尽管早已猜到，她或许从来就没有喜欢过自己哥哥，可当证实了的时候，还是很难受。

楚卿那会儿有多喜欢林敏娴，楚歌这会儿就有多难过。

他那样一个不羁的人，就因为林敏娴是家中独女，不想她为难，还真的动过入赘到林家的念头。

可是他付出的，得回来的是什么？

楚歌在心里冷笑，面上却是渐渐缓和了下来。

"真的吗？"她狐疑地问。

林敏娴很诚恳地点头："当然是真的。"

楚歌笑，真的才有鬼，像林敏娴这样玲珑剔透的人物，如非有意，在知道她没有出席杜家家宴就是有问题的情况下，又怎么会在人家饭桌上问出那样失礼的话？

不过，她说是就是吧。

八年后的楚歌能把一切都看破，八年前她却是个傻傻的人家说什么她就信什么的傻瓜，而且性格直率得无可救药。所以，她板着脸："那我也不喜欢你了。"

林敏娴走过来，声音放得更柔了，试探地拉住她的手："为什么？因为你哥哥吗？"

"不是。"楚歌声音硬邦邦的，"因为杜老爷子喜欢你。"

林敏娴闻言，不由得睁大了眼睛："你说什么？"

"我说，"楚歌板着脸，闷闷地说，"杜老爷子之前见了我，他不想我嫁给杜慕，他说他喜欢的是你这样的名门淑女。"

"啊，怎么会？"林敏娴捂着嘴，一副不可置信的样子。

楚歌一本正经："他喜欢也是白喜欢吧？你爸妈就你一个独女，将来可是要把你留在家里的。"

当年林敏娴要跟楚卿分手，用的不就是这个理由嘛！

现在，林敏娴却摇着头告诉她："以前是。不过我爸爸改主意了，他觉得，就我这性格，招回去也把控不住，就想随我的意，估计杜老爷子可能是已经知道这事了吧。"她说着苦笑，晃了晃楚歌的手，"小歌，我……我没有想要和你争的。那次在国外，也不是我放出来的消息，其实我就是受人嘱托去看看阿慕而已。"

看着眼前梨花带雨楚楚可怜的小白花，楚歌只觉得自己也是够够的了。

将自己的手挣出来，楚歌说："我知道了，你回去吧。"

"小歌……"

"我不怪你。"

她确实不怪林敏娴，所以如果林敏娴真的喜欢杜慕，还请不要大意地去追求吧。

希望杜先生的冷冻体质不要让林敏娴更变态才好！

林敏娴大约是演戏演上瘾了，还犹豫着："可是，我还想去看看你哥。"

楚歌冷着脸："不用了。我哥那么臭美的人，大约也不想用现在这个样子见到你。"

"小歌……"

楚歌的胃抽抽作痛，她没有再说什么，扭身进了门。

靠在门后面，楚歌觉得累，然而更累的还要面对自己妈。

阿姨和护士都已经很自觉地退散了，客厅里，楚妈妈眼巴巴地坐在那儿等着她。

楚歌走过去蹲在她面前，握着她的手很歉疚地唤："妈。"

“不是说要结婚的吗，为什么会变卦？”

楚歌叹气：“不关他的事，是他家里。你也知道，他爷爷年纪大了，不同意我们的事，他也不能强拧着他。”

杜老爷子是个很厉害的人，如果可以，楚歌也不愿意把这锅甩给他来背。但是目前，似乎也只有他能背这个锅了。

楚妈妈很是难过：“为什么？”她抓紧了女儿的手，“是因为之前那个事吗？”

楚歌很不想承认，但是她也不能否认，于是只好沉默。

楚妈妈就开始哭，一直哭，哭着哭着倒是反应过来了，问她：“你那会儿的话是什么意思？那个林敏娴……她不是安雅的堂姐吗？你为什么说她是来看你的笑话的？”

老实说，林敏娴今天会过来，楚歌是真的没想到。那人演技太好，她不想自己妈妈无意之中误信了她，便说：“杜老爷子替杜慕看中了她，如果不出意外，也许她会嫁给他吧。”当然前提是，林敏娴真有那本事，能让杜慕愿意娶她。

楚妈妈张大了嘴，如果是别人，她还能说比不上自己女儿，可林敏娴，想想那通身的气派，那温婉可人的大家气质，这样的话，她是怎么也说不出口的。

于是只能哭，继续哭。

哭得楚歌都无奈了，只好安慰她：“没事的，妈，没有了杜慕，我肯定还能遇上其他人。”捏着她的手，她逗她，“想想吧，你女儿现在有钱了，大不了，我去给你买个女婿回来怎么样？就买个外国的，又高又帅而且他们心也大。”

说得楚妈妈哭也不是笑也不是，噎在半空中，伸手掐她：“你就贫吧！”

总算是哄得好了。

楚歌松了口气，把楚妈妈安顿好后才上楼去休息。

自然是要先看楚卿的，他照旧安安静静地躺在那儿，暖黄的光线，照得他的脸色越发柔和。

楚歌走过去，握住他的手，将头埋在他手心里，低低地说：“哥哥妈。”

已经很久没有这么叫他了，以至于她都忘了她曾经也对他有过不耐烦。

眼泪落下，打湿了他的手心，她抬起头，取过布巾又重新擦得干干净净，嘴里说着：“哥哥，我没哭啊，就是下雪了，在外面吹了风，吹得我眼睛痛。”还有，“把那个人忘了吧，她一点也不值得你喜欢。”

也许，他其实早就不喜欢她了，等他醒来，林敏娴是谁，他可能连记都已经不记得了。

毕竟八年真是太长的一段时间，数一数，将近三千个日和夜，他困在他自己的世界里，多么难熬。

楚歌在楚卿那儿坐了很久，回到自己房里也还是睡不着，就从柜子里掏出一盒烟，抽了一根点上。

太久没有吸，呛得她眼泪都出来了。

苦笑了一下，她灭了烟，掏出手机刷八卦，正看着太古和新亿隆在微博上的口水仗，来信息了。

是唐文安发的，赶在十二点前祝她：“冬至节快乐。”

楚歌看着他的名字愣，过了好一会儿才回他：“冬至节快乐。”

他的回复很快：“还没睡？”

“嗯。”

“今天下雪了。”

“嗯。”

“可惜又融了。”

没话找话努力刷存在感的小孩子，楚歌笑，正准备把手机放到一边，见他的消息又到了：“下雪的时候，特别想要去眉山看看，看看那山顶的雪，是不是比平地要漂亮。”

唐文安发完信息，很紧张地盯着屏幕，他以为她不会回他，结果，没过多久，就看到她发过来一条：“那就去吧。”

紧跟着的是：“在哪儿？我来接你。”

唐文安以为看错，晃了晃手机，探身到隔壁床上，戳了戳：“张天翊，你打我一下吧！”

张天翊说：“得病了啊？”毫不客气地拍了他一个脑瓜崩儿，问，“能退烧吗？”

唐文安被拍得头昏脑花，汪着一泡眼泪“嗯嗯”地点头，转头又去看手机，这回是真看清了，因为楚歌又发过来一条：“太晚了，要不就不去了吧。”

唐文安按住砰砰跳的小心脏，赶紧回：“去，去，我要去的！！！！！”

发了好多好多的感叹号。

答应完了才反应过来，握着手机又把头伸到隔壁，再戳：“张天翊。”

张天翊正在被窝里看小黄片儿，看得狼血沸腾，被他这么三番五次烦得不要不要的，掀开被子吼一句：“又怎么啦？”

“那个……如果这时候想出去，怎么办？”

学校前门已锁，但后门还是开着的，关键是，宿舍出不去。

张天翊懒洋洋的：“你想干吗？”

唐文安抿抿唇，知道自己讲别的他们肯定不会帮忙，红了脸低声说：“去约会。”

“卧槽！”张天翊的反应比他想象中的还要大，一下就爬起来了，挥手吆喝，“哎哎，兄弟们，玩游戏的别玩了，看片的也别看了，快点，快点，我们家安安要约会去啦！帮忙帮忙，现在想办法让他爬墙。”

唐文安：“……”

最终宿舍里几个人搭人梯，把“腼腆可爱”的唐文安送了出去，张天翊坐在围墙上，手里还握着他们几个拿衣服编的“绳子”，就跟送老实孩子去战斗的熊家长似的：“乖，不结束处男身，别回来啊。”

说得唐文安脸孔爆红，摸起衣服绳的一头，默默地滚下去。

大约是心里有期待，寒夜里长久的等待仿佛也只是很短的一瞬间。

看到楚歌的车远远地驶过来的那一刹那，唐文安有点想哭。

然后还真就很没有形象地哭了出来。

楚歌降下车窗，见他这样忍不住诧异：“怎么了？”然后抱歉地说，“对不起，我家离这边有点远。”

唐文安使劲地摇头。

楚歌就笑，问他：“冷吧？”等他上车后，从后座拿了条毛巾被给他，“暖暖。”又给了他一个暖宝宝，还有一个保温食盒，“冬至快乐。我妈妈包的饺子，要不要试试？”

唐文安的眼泪就流得更多了。

楚歌茫然地看着他。

他们年纪差了好几岁，有代沟了，她不太知道他在想什么。

唐文安也没解释，只抹抹泪，说：“谢谢你，走吧。”

到眉山山顶的时候已经很晚了，山下的雪早已没影，山上却是白皑皑的，城市的灯光已经暗淡，但山顶梅花在雨雪的浸润下，却泛着浓郁的幽香，衬着山间薄雾，被车灯一照，和着冰凌的莹莹辉光，就像是进了迷雾森林一样。

唐文安站到楚歌旁边，喃喃地说：“真漂亮。”

楚歌没说话，只是默默地看了好一会儿，然后才转过身来，望着身边的男孩。

“唐文安，”她脸上没有笑，神色却很温柔，“你还记得我吗？我是楚歌，八年多前，在金顶山庄，偷了你几根头发，或者，也同时偷走了你的另一种人生。”

[2]

大约是没想到她会突然说出这个，唐文安怔怔地看着她。

楚歌笑：“我知道你还记得。”

那时候他十一岁，早记事了，拔掉的几根头发足以改命他的命运，她不相信他会忘得了。

唐文安虽然没有承认，但是眼眶一下就红了，却低下头，不想让她看到。

楚歌就很安静地等着。

她接近他或许别有目的，但是，她同样对他感到很抱歉，所以，她不想骗他。

她不愿意做个纯粹的赌徒，到最后，输得一无所有。

所以这点耐心，她有。

唐文安一直沉默了很久，耳畔只有呼呼的风声，然后在两人都快要冻僵了的时候，轻声说："为什么突然和我说这个？"

楚歌揉了揉耳朵，声音平淡："因为我很内疚。"

他摇头，脚尖轻轻踩着地上的石子："不关你的事。"

"你恨我吗？"

他再次摇头，闷声说："没有你，我还是会回到他身边的。我妈妈……一直想我能回去。"

所以，楚歌只是赶巧了而已。

楚歌没有接这话，这大概又是一番别的恩怨，不过，和她无关。

也许没有她，唐文安的身世最后还是会曝光，但事实是，现在造成这种曝光的是她，所以，她会内疚，也会对唐文安怀有莫名的同情。

以唐致远私生子的身份，生活在林敏娴身边，不是一件容易的事。

唐文安问楚歌："上次你帮我，就是因为这个吗？"

楚歌说："不是，那不是帮你。"

他不懂，茫然地看着他。

楚歌笑，并没有解释。发生在她身上的事情太复杂了，也许以后，她会考虑告诉他，但那肯定不是现在。

她伸手揉了揉他的头发："唐文安，你很好。"

他被养得很乖，也许软弱，但不管是八年之前，还是八年后，他身上总有一种很单纯的，能让人觉得生活美好的潜质。

不意会得这样的夸赞，唐文安脸都红了，眼睛亮晶晶地看着她。

楚歌被他的反应弄得失笑。

他说："没有人这样夸过我。他们除了骂我私生子、蠢货、软蛋，好像

最多也就只说我一句这人好老实。”他低着头，眼里又有了泪，“就像也从来没有人，在冬至节给我送饺子吃。”

他自己妈妈也没有。小时候，他唯一记得就只有，妈妈不断地在他耳朵边说：“你要乖，要好好表现，要让爸爸多疼你，不然我就不要你了。”

表现得好，得了喜欢，她就会给他买糖吃；表现得不好，她就把他扔在家里，好久都不管。

唐文安都不记得被人这样关心是什么时候的事了。

楚歌听得微微心酸，却并没有安慰他，只是问：“唐文安，你想改变吗？”

他有些呆，可隐隐地也有些期待：“改变什么？”

“改变他们对你的看法，让他们知道，你不是蠢货，你也不是软蛋，尽管出身没有那么光彩，但你依旧可以活得堂堂正正、明明白白，而不是任人玩弄、羞辱以及咒骂。”

到后面，她每多说一个字，他的脸就更白了一分，然而他没有反驳，只是怔怔地看着她。

山顶的风呼呼吹过，她立在风口，穿着一件黑色的风衣，乌黑的长发随意而慵懒地绾在头顶，那双清澈的眼睛带着疲惫与温和，静静地望着他。

他忽然就又想起了那一天，她在众人的嘲笑中走到他面前，问他：“你信我吗？”

也想起了在那崎岖而险峻的山路上，她紧急刹车时回过头来时让他心头火热的微微一笑。

仿佛被蛊惑了似的，不，不应该是蛊惑，而是她像是个美丽的女巫，一下就挑破了他内心隐秘的不能为人知的渴望。

他无法拒绝，只能说：“我想的。”

“那好。”他很清楚地听见她说，“我帮你。”

夜已深沉，黎明前最黑暗的时候，他们终于驱车下山。

楚歌照旧把他送到学校门口。

临走的时候，唐文安终于从那片迷茫和惊喜中回过神来，问了飙车那天晚上问的同一个问题："小歌姐姐，你为什么要帮我？"

问的时候，他很紧张，似乎生怕会触到了她的逆鳞。

楚歌回头看着他，眼里流露出了一点满意，还能保有最起码的质疑心，也许，她可以对他的期待更高一些。

她并没有回避这个问题，因为她知道，唐文安已经想明白了，仅仅只靠着那点愧疚，还不足以支撑她帮他对抗林家还有唐致远。

毕竟从表面上看，他们和她没有半毛钱的关系，她与他们作对，纯粹是得不偿失的。

她微微笑了笑，说："我说过，我并不是帮你，而是在帮我自己。因为我和林敏娴还有很大一笔账没有算。"

或许也应该算上唐致远，但那其实是附带的，就像那年，他们整了她，鼓动着她爸爸最信任的人背叛他，也只是附带的一样。

楚歌从来就不觉得这世上有什么因果报应，她只知道，人都应该为自己的所作所为付出代价，不管是好，还是坏。

以前是她，现在，也该轮到林敏娴他们了。

冬至节之后，很快就到了农历新年。

今年的冬天特别冷，到近年边的时候，又下了一场雪。

雪下得很大，山上积雪没过脚背，就连城市里，也到处都挂满了厚厚的冰凌。

新亿隆在小年节之前就放假了，家里的护士和阿姨也回了家，所以楚歌从放假后就蜗居在小镇上，帮楚妈妈做做家务，照顾楚卿。她还捡了两只小土狗，土狗不值钱，养着又费粮食，所以大概是原来的主人觉得留着它们没什么用，寒冬冷月里，就将它们扔在了河边。

楚歌那天正好带着楚卿在那一带散步，看见了，就带了回来，然后一直在家里顾着它们。

一直到年二十九，楚歌才又进了城，是她订制礼物的那家玉器行老板给她打电话说成品已经做出来了，她等不及，便想趁他们放假前赶去看一眼。

礼物做得很精致，楚歌很满意，说："先做十套吧。只是玉盒的花纹记得不要重样，清雅高贵厚重朴实哪怕三俗一点也行，怎么好看怎么来。”

玉器行老板是个女的，姓文，四十多岁的年纪，或许是常年跟玉打交道的缘故，整个人都显得十分温润，这时候听到楚歌的话却忍不住翻白眼：“还怎么好看怎么来。你知道光做你这一套我花了多大代价吗？接你这笔单，我真是亏死了。”

楚歌笑，给她沏了一盏茶：“那还真是辛苦你了，放心，不会亏待你的。”说着从袋子里拿出一个首饰盒，“再给你个赚钱的机会，帮我把这个估估价。”

这首饰盒一看就知道不是原装的，文老板并没有急着打开看，只是挑了挑眉：“怎么，你还要卖首饰？”取笑她，“别告诉我，身价 ×× 个亿的老板还是白叫的。”

楚歌说：“嗯，确实是白叫的，所以别太坑，给我报个好点的价。”

看着是真要卖的，文老板就没再推辞，打开了盒子。

看到东西的那一刹那，文老板忍不住吸了一口气：“好漂亮。”她眼睛也毒辣，摸出来看了两眼就认出来了，“Buccellati 的，还没戴过吧？”

楚歌无语，所以找的人太行家了也不好，便只是看着她。

文老板咂咂嘴：“级别太高，我得有买家了才能收货。”

楚歌说：“可以。”

文老板就起身摁亮了灯，把这东西好一通摆拍。楚歌看着她折腾，眼里却并非表面上那样平静，只看了一会儿，就干脆起身走了出去。

穿上外套，她问文老板：“有烟吗？”

文老板随手递了盒烟给她。

楚歌抽出一根，走到外面才点燃。这是家私家菜馆，有一个很漂亮的小庭院，院中栽了两棵很罕见的红千鸟，火红火红地开在枝头，倒是很应春节的景。

楚歌觉得在开得如此傲然的梅花面前抽烟太三俗，便也不走远，倚在廊柱下，慢吞吞地吞云吐雾。

抽了没几口，倒是又遇到了熟人，一个略有些夸张的叫声：“哎，楚歌！”

楚歌回头，看到面前的人时忍不住呛了一下，下意识地把手藏到背后。

来的人有好几个，打眼全是熟悉的，尤宇、刘明远、季博然，当然，最熟的还是那个站在最后面的男人，金质玉相的模样，只冷冷清清一眼，也觉得气势惊人。

出声喊她的就是尤宇。这男人，以前和楚歌并没有太熟，也就是见面了侃两句，不曾想自参加过她的一次没有看成货的看货会后，倒是三天两头地找她，还邀她一起做生意。

楚歌也是服了他，这会儿这么多人，他又是当先冲出来，上下打量她一眼后，还笑话她："你怎么穿这样啊？都成毛毛虫了。"

因为已经放假，出来又为的是私务，所以楚歌没怎么收拾，穿的是最保暖的羽绒衣，还是加长款的，从头裹到脚，因为她瘦又生得高挑，所以不显臃肿，倒确实很像一条行走中的毛毛虫。

大约是他比喻得太形象，他身后的人都跟着笑了起来。

除了杜慕。

楚歌也不敢看他，只是接着尤宇的话跟其他人打招呼，一个一个地，直到轮到他。

她很平静，照旧称呼他："杜先生。"

心里却在想，太倒霉了，才想着要卖他送自己的东西，还没脱手呢，就又遇见了他。

[3]

杜慕也并没有不理她，只是很淡漠地点了点头，然后转过头去看其他人。

楚歌就觉得，这样也挺好的，再见面，点头而过，互不相扰。

尤宇现在已经知道这两人散伙了，不过呢，他并不觉得男女分手了就得老死不相往来，像他这种节操低的，碰见前女友了，兴致好，也许还会来一发呢。

因此他贼兮兮地看了两人一眼，问楚歌："你也在这里吃饭？"十分热情地邀请她，"一起呗，人多热闹。"

楚歌目光扫过他们这群人，咳，都堵在路上，不觉得太碍眼吗？便摇头："不用了，我有朋友在，还有事要谈。"

尤宇看一眼那边和季博然他们在讲话的杜慕，挑着眉头笑："朋友哇，

男的女的？我们认识吗？”

“不认识。”

就跟打脸似的，楚歌这话一落音，面前的门忽地拉开，露出了文老板那张惊喜的脸，一路的 × 总 × 总地喊过去，她高兴地说：“没想到能在这儿遇到你们。”

好吧，大家其实都是熟人。

尤宇冲她飞了个“我懂的”的眼神：“哎呀，都认得的嘛，一起一起了。”

这下不管楚歌愿意不愿意，拼桌那是一定的了。不过这会儿她也没在意这个，心提得紧紧的，就担心文老板不靠谱，东西也没收拾一下就跑出来了。

尤宇还扒着门框往里看，楚歌真的好险就要动手去拖他了。

还好他没进去，只是瞄了一眼，说：“你们这里太小了，上我们那儿去吧。”这时候倒记得要问其他人了，“你们说怎么样？”

刘明远说他：“你这不都安排好了嘛。”

尤宇呵呵一笑，跟领路的服务小姐说：“那就这样了。”

私家菜馆并不大，尤宇他们订的包间离着也不远，但是楚歌的东西还是要收拾一下的。

他们也不先走，看的看风景，说的说话，都站在那儿等她拿东西。

楚歌心塞死了，她手里还拿着一根烟，丢又不好丢，灭也不能灭，只得偷偷摸摸地左手换右手，后面换前面，挨着蹭着假装他们都看不到。

走进包间里，还好文老板没有真的不靠谱，首饰已经收起来放回盒子里了。楚歌看着松了一口气，背对着他们把烟灭进烟灰缸，将东西放回自己包里，再提了从文老板那订制的礼物，转身说：“好了。”

出了包间一起往前走，尤宇看着她手上提着的东西：“是什么？”

楚歌说：“商业机密。”

“嘁！”她不告诉他，他也是有办法报复的，故意说，“你跟文老板能有什么机密？该不会是给我们家阿慕定做的礼物吧？”

楚歌：“……”

还好他们走在最前面，他声音也是刻意压低了的，不然，她还真是不用待了。

故意找了个话题，把文老板叫上前，她便趁机落后了一些——也是实在不想再跟这个人走在一起了，好怕他又突然说出什么奇怪的话来。

不意留到后面却变成挨着杜慕了。

她停下脚，低垂着眉眼说：“您先请吧。”

他看她一眼，未停步地过去了。

离得有点近，擦身而过的时候，他的指尖挨到了她的手背，凉凉的，很轻微一触即走，但楚歌还是觉得心头一麻。

她落后有点远，跟文老板说话的尤宇转过弯时才注意到她没跟上，招手喊她：“楚歌你快点啊，属蜗牛呢？”

楚歌笑一笑，跟了上去。

私家菜馆的包间也是不一样的，杜慕他们订的这一间虽然依旧精致，却明显要更大气豪华一些，八宝格里摆的一些工艺品都可以直接拿去拍卖了。

楚歌进去的时候，尤宇正在拉刘明远：“哎，你坐这儿干什么呀？留着，给咱楚歌来。”

刘明远那个位置正好是挨着杜慕的。他还真想起身让开，结果杜慕抬头淡淡地看了一眼。

尤宇就摸摸鼻子，双手往刘明远肩上一按：“得了，您还是就坐这儿吧。”转头来拉楚歌，“来，你坐我这儿，我们两个好好唠唠嗑。”

楚歌一点也不想跟他唠嗑，不过还是顺从地坐到了他旁边，文老板就坐在她另一边。文老板这人精，眼睛特别厉，只一眼就瞧出她和杜慕情况不对，晓得她心里必然是不太想过来拼桌的，倒有些后悔自己冒失了，便凑到她身边低声说：“咳，那什么，这些可都是有钱的主，你那东西要卖，最终还是只能落到他们身上来。”眨眨眼，“明白我的意思吧？”

楚歌：“……”

想一想杜慕收到她要卖这套首饰的消息……画面太美，她完全不敢想象。

她怎么就忘了，文老板最固定的客源还是在本地，在这些所谓的上层人物当中？

楚歌伸手抚了抚额，很委婉地说：“这个先不急。”

等下就告诉她，这玩意儿绝对不能在本地销！虽然她不是第一次卖掉他送给她的东西，他或许也不在意送出去的东西被人做何处理，然而总觉得，有可能再卖回到他手上什么的，也实在是太不好了。

文老板却完全误会了她的意思，点头：“这个也确实急不来，那东西贱卖了不划算。不过呢，再过些日子就是情人节，应该还是有机会的。”

楚歌没话讲了，碰到这么尽心尽责的生意人，她服气。

当然更让楚歌服气的还有尤宇，桌上除了她和文老板就再没有别的女的了，尤宇应酬了一圈，觉得跟男的吹牛没意思，就回头来一个劲地逗楚歌，给她递了一根烟：“抽吗？”

楚歌摇头。

尤宇说：“别装了，我刚都看到了。”

楚歌：“……”

瞥瞥她的神色，他也没勉强，自己点了一根烟，抽一口，凑到她面前说：“喂，以前和我们家阿慕在一起是不是特辛苦？那人龟毛，弄得你也什么都不能做，酒不喝，茶不喝，连烟也不能抽，现在有没有大解放的感觉？”

楚歌转头望：为什么菜还不上桌？

尤宇戳她：“怎么不说话？”

楚歌没办法，只能答一句：“我在练沉默是金。”

尤宇很认真地问：“功法吗？”

“嗯。”

“怎么练？”

“欲练此功。”

“必先自宫？”

“错。”楚歌一本正经地，伸手在嘴上一拉，“是‘必先自封’。”

“噗……”尤宇拍桌大笑，引得一桌人都不讲话了，都看向他。

他还不自觉，指着楚歌说：“哎呀，听你讲话真是太有意思了！”

楚歌坐在那儿，很正经的样子，摆出无辜脸。

尤宇就笑得更大声了。

季博然收回目光看一眼杜慕，后者垂眸把玩着手中一个画着水墨山水的白玉茶杯，嘴唇抿得紧紧的，神色却很是平静。

那头文老板已经很捧场地问："这么开心，笑的什么呀？"

尤宇特夸张地把楚歌和他的对话讲了一遍，他那人口才一流，一段很普通的，在楚歌看来甚至有点无奈的对话，从他那儿说出来，还真就逗乐了一桌人。

楚歌很无力。

不过饭桌上有尤宇这种人在，场面永远都不会嫌冷清的，何况文老板也是一个很会凑气氛的人。

所以这餐饭吃得大家都很愉快。

饭后时间还早，因着又是过年前最后一次聚会，他们便又叫着要去唱 K，楚歌很不想去，奈何胳膊扭不过大腿，只能也跟着过去。

订的是本地最豪华的夜总会"凤凰台"，过去的时候其他人呼啦一下都上了车，只留下杜慕。

尤宇坐在车里，冲因为去上洗手间而迟出来一步的楚歌说："喂，我们家阿慕就交给你了啊。"放声一笑，催着司机赶快走了。

文老板跟在他们后面，也抿唇笑笑，挥了挥手直接驱车离开。

楚歌看着安静地立在面前的男人，慢慢走上去："我去开车。"

他没应声，但也没动。楚歌又站了一会儿，见他是真没话想说，便直接去停车的地方把车开出来。

上车后他也一直没讲话，不过楚歌对此也已经习惯了，杜慕就不是个话多的人。

他闭着眼睛靠坐在那儿养神，楚歌的车就开得稳稳的，到地方后，她静坐了一会儿，见他像是睡着了，试探着喊了一声："杜先生？"

他没应，看起来是真的睡了。

席上他喝了不少酒，还都是白酒，也许是真的醉了也说不定。

楚歌就没再叫他，只是把暖气开足，音乐关小，然后从后备厢拿出一床小薄毯子，开了副驾驶的门轻轻盖到他身上。

要撤离的时候，忽然有辆车驶过来，跟炫技似的，一个流畅的转弯、摆尾，车子完美地停在了她对面的一个车位。

轮胎摩擦地面发出来的声音也把楚歌吓了一跳，看一眼杜慕，见他并没有要被吵醒的样子，便轻轻关上了车门。

对面车库上同时走下来好几个人，其中一个留着长头发的男人差不多是滚下来的，一落地，就扑到旁边干呕去了。

跟着他下来的人就笑他："你也太弱了，就这么点都受不住！"

说话的男人慢慢转过身来，然后就对上了正准备回驾驶座的楚歌。

他个子不算高，穿着一件黑色的风衣、板寸头，细细长长的小眼睛，皮肤很白，嘴唇很薄，是那种略有点阴柔的长相。

楚歌在看清对面人的样子时停下脚，放在口袋里的手慢慢地握成了拳头。

"哟，这不是楚小妹妹嘛！"他也认出了她，一愣之后嘴角勾出了一抹极恶意的笑，越众而出，走到了她面前。

他身后的人怪叫了一声，问："瑞少，这是你哪个妹妹啊？还挺正点的嘛。"

"她呀？"被称作"瑞少"的男人拉长了音，闻言很夸张地回过头去反问，"她你们都不认识？鼎鼎有名的新亿隆大总裁呀。还有前阵子中心国际广场上的视频看了没？半夜对着人家撸，现在见面了还认不出？"

"哇哦！"后面的男人们都嗷嗷叫了起来，流里流气地打着呼哨。

楚歌面色未变，只是看着面前的男人。

"蒋成瑞。"她低低地念着他的名字，莞尔一笑，"蒋公子。"

蒋公子蒋成瑞，那个身后站着高官的父亲，一手拍了她的视频，帮着林敏娴将她亲自送进地狱的男人。

好久不见。

不，应该说，终于见面了。

[3]

楚歌的声音并不大，后面的人也又吵，所以蒋成瑞并没有听到她说什么。

但是他看到了她脸上的笑。

妩媚而天真，带着一点点诱惑的意味。

比起八年前，楚歌变了很多，那个嚣张任性的小太妹不见了，取而代之的是一个成熟、美丽、恬静又优雅的女人。

车库里灯光并不明亮，她亭亭玉立站在那儿，皮肤白皙、眼神明亮，如一枝傲雪寒梅，幽幽伫立，便自有隐隐暗香。

蒋成瑞忍不住咽了口口水，伸手一扬示意后面的人安静，走近来轻轻挑起楚歌的下巴："还记得我吧？"

楚歌说："当然。"

他笑，凑到她耳朵边说："那晚的滋味……是不是很回味……可惜人太多了点，下回你找我，就我和你。"

说罢，他还往她耳朵里吹了一口气。

楚歌忍着恶心，没有动。

他有些遗憾地站直了身体，挑眉，问："怎么样？"

楚歌笑，声音温柔："何必下回？"

"你是说？"

楚歌的目光望向他后面的那辆车。

他啧啧着在她脸上撩了一把，回身冲其他人喊道："你们先走，我等会儿就上来。"

那些人大笑："瑞少真是艳福不浅！"一边笑一边勾肩搭背地走了。

等人都走后，蒋成瑞朝她摊开手："来吧，现在没人了，我们好好玩一把。"

楚歌转头看了看，后退了两步。

他跟着追上前，也顺着她的目光看了看，笑得邪气："怎么，难不成你想在外面？"

她正好退在墙角，恰好是监控的死角。

左边是她的车，右边是墙，往前已无路，前后都停满了车，这个点正是凤凰台最热闹的时候，一时半会儿还真不会有人来。

楚歌站定了没再动，微微笑着望着他："你这么变态，你爸爸知道吗？"

"什么？"他一愣，旋即脸色都扭曲了，"你什么意思？"

“我的意思是，”楚歌仍然笑着，慢吞吞地说，“蒋成瑞，你真变态！”

“态”字一落音，她就抬腿往他下阴处狠狠一踢，准备做得够好，所以她踢得也够准，唯一不完美的是她没料到会在这里遇到他，所以鞋头处没有装颗大钉子。

饶是如此，她仍旧听到了仿佛是蛋碎的声音。

蒋成瑞痛得脸色发白，弓着腰瘫坐在了地上。

楚歌俯身，居高临下地看着他，细声细气地问：“现在就我和你，滋味好吗？”

“我……嘶……不会放过你的！”大约太痛了，蒋成瑞的威胁一点力道都没有。

楚歌笑得很开心：“我等着。”

她说：“然后我会告诉全世界，蒋家大公子是个喜欢玩群 P 的大变态，而他之所以会变态，是因为他那里又短又丑又恶心……”

停了片刻，她有些恶意地补充：“现在或许还要加一条，阳痿不举。”

蒋成瑞怨恨地盯着她。

楚歌就伸手又在他脸上甩了一巴掌，俯身轻声说：“蒋成瑞，你不放过我，我也不会放过你的。”

不再理他，她绕过他上了自己的车。

打开门，她就发现杜慕已经醒了，仍维持着原先的姿势坐在那儿，就连那床毯子也依旧盖在身上。

楚歌顿了顿，还是坐上去，手握着挡柄，问：“你都看见了？”

他“嗯”了一声，脸上看不出什么情绪，唯有眸光清冷，神色幽暗。

楚歌就也没再说话，换挡、前行，车子很顺利地滑了出去，离开的时候她微微偏头，看到蒋成瑞还捂着下体坐在原地，正掏出手机不知道要给谁打电话。

有那么一刻，楚歌真的很想将车子倒回去，轧上那么一轮，也许他立刻就会变成一滩血肉渣渣。

到底还有理智，她的手离开挡柄，车子很快就驶出了停车场。

楚歌将车子停在了凤凰台外面的路边。

寒风呼呼，又下雪了，雪片如鹅毛，飘飘洒洒铺满了视野。

两人一时都没有动也没说话，直到楚歌的电话响起，是楚妈妈问她："回来了吗，又下雪了。"

楚歌声音平静："就回了。"

低头按掉电话，她说："你先上去吧。"

杜慕还是没有动。

楚歌转头，发现他正看着她。

"怎么了？"她摸摸脸，"是不是觉得，我蠢得你都不认识了？"

杜慕的眼里划过一丝笑意，微微勾了勾唇，说："是不是也曾想过要那样对我？"

楚歌眨了眨眼："没有的事。"很坚定地否认，"我对你只有感激。"

"只有感激吗？"他笑了一下，没再说话。

又坐了片刻后，杜慕起身下车。

楚歌把毯子收好，隔着车窗看着他："下雪了怕路上结冻，我就不去了，你们玩得开心。"

他没有意见，站在那儿看她慢慢关上窗，然后头也不回地驱车离开。

车子没在厚厚的雪影里，最后，连点痕迹都不见。

杜慕也转身进了"凤凰台"里面，暖气扑面，身上的雪都化成了水，他也没在意，一边走一边打电话："和纪书记约个时间，就说有空我想请他吃个饭。"

等到楚歌回到家，雪已经落得有点厚了。

进门她先看"坐"在沙发边的楚卿，恶作剧似的用冰冷的手碰碰他的脸，问他："看，冷吧？"仿佛他能听到也能感觉得到一样。

不过他还是没回应，楚歌有些遗憾地替他拢了拢被子，然后转着圈圈找两只小奶狗："南南和丫丫呢？"

两只狗，一公一母，一个南南一个丫丫，楚妈妈听到她给它们取这名都忍住了没说她：什么鬼，不会是真要把这两狗当孩子养了吧？

楚妈妈憋了一口气，又吐出来，过年了，不和小孩子多计较，伸手一指茶几底下："里面呢。"

楚歌趴在地上往里看，果然就看到了两只紧紧靠在一起的小影子，见到有人还嘤嘤嘤嘤地低声叫唤。

楚歌给它们叫得心都酥了，咂咂嘴坐起来："怎么还是那么怕生啊？"

楚妈妈说："再过两天就好了。"望望外头的雪，"下午的时候何先生过来了。"

楚歌想了一下才想起何先生是谁，哦，以前邹阿姨想介绍给她的对象。

楚歌拿起一颗橙子，削梨一样削着橙子皮，问："有什么事？"

"他们弄了个什么'新年趴'，喊你去玩。"

楚歌"哦"了一声。

楚妈妈忍不住踢她："那你去不去啊？"

楚歌看她一眼，话到嘴边又改口："去。"

楚妈妈这才心满意足放开了她。

楚歌就坐到楚卿身边，和他嘀咕："看，妈妈又开始催婚啦。"心里却并不恼，只觉得这样也挺好的。她像个普通而平凡的母亲，不把女儿难堪的过去挂在嘴上，也不把自身的艰难放在心中，仍旧期待着女儿可以得到她认定的幸福。

真的挺好的。

有瑞雪兆丰年的好意头开始，楚歌这个新年过得还挺愉快的。

主要是，南南和丫丫不认生了，只要一看到楚歌就跟两团小毛线球似的绕着楚歌的脚打转，还有就是，楚妈妈惦记的何先生有女朋友了，烧烤派对上认识的一个外地游客，来这个小镇上旅游过年，何先生自动当地陪，一来二去的，两人就好上了。

楚妈妈知道这消息后唉声叹气了好几日，没多会儿也就丢开了手。

新亿隆年初八正式开工上班，初六的时候，曼文和公司里几个高层来给楚歌拜年。楚歌亲自下厨，在不小心弄坏了一只锅铲后，被楚妈妈成功赶出了厨房，然后公司一个副总接了她的手。

曼文就跟楚歌一起去遛两只小毛团，那天天气很好积雪已融，阳光非常明丽，除了风有点大以外，蓝天明媚得让人心颤。

两只小毛团在前面迈着小短腿欢快地跑，楚歌就和曼文跟在后面慢慢地走。走了一段，纠结了半天的曼文终于还是告诉了楚歌自己得到的消息："也不知道我们是哪里没做好，有消息说，上面有人对我们不太满意。"

曼文跟在她身边已久，政府方面很多人事都是她在打交道，所以能得到这消息并不意外。

楚歌点点头："知道了。"

没别的话。

曼文就忍不住了："你早就听说了？"

楚歌说："没有啊。"

"……"曼文没话说了，当老板的太镇定，有时候就会显得底下的人很傻×。

楚歌看她那样，忍不住笑，阳光下，她的笑容是极富有感染力的，美丽、安宁。她说："我只是猜到了。年前的时候，我不小心踢破了蒋公子的蛋蛋，也许是他不想放过我吧。"

曼文的眼睛还沉醉在楚歌迷人的微笑中，乍一下听到如此凶残的话，有点反应不过来，张了嘴，连英文都飙出来了："What？！"咽了口口水，"此蒋公子不会恰好是彼蒋吧？"

楚歌非常不负责任地点头。

曼文沉默，过了会儿撩起袖子，目光凶狠："他欺负你了？"

楚歌见状笑："要为我报仇吗？"

曼文点头："嗯！"毫不犹豫。

主要是蒋成瑞在外的名头跟他那个当爹的一样大，却大多不是好的——超色、超变态！是坊间对他最直观的评价。

想想自家老板一向低调平和的处世风格，要不是蒋成瑞真把她欺负得狠了，她会恼到踢碎他蛋蛋？

楚歌很欣慰地拍了拍曼文的肩："心意领了，报仇什么的就不必。如果

真想帮我，万一我要是不在，管好新亿隆不出乱子就好。”

“不在”这样的话在这种时候说出来真是太不吉利了，曼文的瞳孔微微一缩：“楚总？”

“我是说‘万一’。”楚歌却笑着，表现得异常淡定，“放心，我不是乱来的人，还有那么多事情没有做，我怎么愿意，把自己赔在一个渣滓身上？”

说是这样说，可曼文还是有些担心，蒋成瑞那个人除了好色之外，还特别记仇，有官家背景加持，他行事起来多少也有些没有底线的疯狂。

果然，正月十五才过没多久，城里商圈就有传言：新亿隆创始人楚歌失联，据传因为某些问题已被控制调查。

而那时候，曼文已经有三天联系不上她了。

/ 第十章

人都应该为自己的所作所为付出代价

R A N G W O A I N I M U M U Z H A O Z H A O

[1]

杜慕开会出来，秦坤见隙走上前说："杜总，沈曼文想要见您。"

杜慕前行的脚步未停，低头看了眼手表，说："让她过来。"

在办公室里坐了没多久，曼文就进来了。

这还是她第一次到顶恒来，作为国内的顶尖企业之一，曼文以前对它充满了好奇，但是今日，她却一点欣赏的心情都没有。

杜慕的办公室一如顶恒给人的印象，大气、整洁、雅致，当然，也很宽大。

他坐在办公桌后面，双手微微交叠放在桌上，面容严肃冷清。

曼文很少有独自面对他的时候，因而对着这样的杜慕多少还是有点紧张。

"杜总。"

她捏着手指，想着应该怎么样直入主题，结果被对方甩了一句："直接说事。"

曼文顿了一下，果然就直说了："我想请您帮忙打听一下楚总的事。"

尽管楚歌说过要她不用担心，但是怎么能够不担心？莫名其妙突然就不见了踪影，动用一切人脉都打探不到任何消息，她没有那么心大能放着不管。

杜慕的拇指轻轻地桌上抠了一下，神色平淡地说："她不会让自己有事。"

这是一种直觉，杜慕甚至不需要去打听什么，楚歌可以说是他一手教出来的，她最想要做的是什么，他很清楚。

不过曼文不清楚啊，听到他又是这样的话，不由得急了："可是她那天跟我说的话，感觉真的很不好，像是……"咬咬牙，到底还是说了出来，"像

是在安排后事一样。”

杜慕的动作表情并没什么变化，但是曼文感觉得出，在听到她这话后，他的气势变了，很凌厉的感觉，盯着她沉声问：“她说什么了？”

“她说，如果有一天她不在了，要我帮她守好新亿隆。杜总，我是真的很担心。”曼文说着，都要哭了。

杜慕良久没说话，敛了眉眼，不知道在想什么。

曼文也不敢打断他，过了好一会儿，才听到他问：“来找我，是谁的意思？”

曼文很想说是楚歌的意思，但是直觉告诉她，还是不要撒谎的好，就老老实实地回答说：“是我的意思。楚总她……总怕欠您太多，所以有什么事都想自己扛着。可是我觉得，她背负的实在是太多了……我想尽我所能，帮帮她。”

“尽我所能，帮帮她。”

杜慕回味着这句话，想起她决定重组亿隆那年，开头几乎事事不顺，半夜里她躲起来哭，他就站在那儿看着，黑夜里蜷缩在阳台角落里的影子，那样单薄又那样可怜。

但他没有走过去。

后来，他告诉她：“哭并不能解决任何问题，你只有变强，也只能变强。而能变强的唯一办法，就是自己去闯出一条路。”

这些年，躺在他怀里的身体娇软一如以往，但他很明白，她的心在渐渐变得冷酷，从那年开始，慢慢慢慢，将它包裹了一层又一层，轻易不让人触碰。

而他，曾经亲手教会她如何变得更冷更硬。

冷眼旁观，未施援手。

曾经他以为，这就是对她最好的锻炼，未想到如今，竟被这句话给触动了。

杜慕抬起眼睛，看着面前追随了楚歌很多年的女人，说：“我知道了。”还多说了一句，“有我在，她不会有事。”

曼文松了一口气，她对杜慕了解不多，但也清楚，像他这样的人，轻易不会给出承诺，一旦给了，以他的能力，必能周全。

她站起身，很恭敬地对他鞠了一个躬：“谢谢您，杜总。”

没有楚歌，仿佛连“杜先生”也没有人叫了。

杜慕摆摆手。

曼文走后，秦坤进来，杜慕闭目靠坐在椅子上，淡声问：“什么事？”

“已经查清楚了，年二十九那天，楚小姐在凤凰台遇到蒋成瑞应该是意外。当天晚上他们本来是想要去打牌的，结果蒋成瑞临时起意，说打牌没意思，不如去凤凰台K歌，这才在那里遇见的。”

杜慕“嗯”了一声，问：“纪书记那边怎么说？”

“他说他对顶恒关于湄河治污的方案很感兴趣，这两天有空，希望能够跟您详谈。”

如今讲究可持续发展，环保治污，是官员政绩的保障。

杜慕微微勾唇：“那就约在明天。”

当天晚上，杜慕另外还有一个应酬，完事后已经十点，被尤宇拦截，半路拉去喝酒。

同行的还有季博然、刘明远，嫌人少，后面又拉了几个人来。

其中就有林安和，这样的场合，他竟然把自己两个妹妹带过来了——一个是亲妹林安雅，还有一个堂妹林敏娴。

尤宇都要无力吐槽了，说他：“喂，我们男人喝酒，你拖家带口是几个意思？”他对林敏娴没想法，传说中好基友的未婚妻人选啊，下不了手，倒是多看了林安雅几眼，笑得颇不怀好意，“不会是想把你妹妹介绍给我吧？”

安雅闻言脸都红了，瞪他一眼：“谁要认识你啊？”目光直愣愣地看向杜慕，“喂，我想问你个事。”

杜慕端着酒杯，左腿交叠放在右腿上，闻言连眼皮都没有抬一下。

那漫不经心的模样，把安雅气得够呛，想说话，被林安和喝住了：“安雅！”

就是林敏娴也过来拉她，笑得温柔：“安雅，别任性。”

“谁任性了？”安雅甩开林敏娴的手，虽然听了林安和的话，没有跟林敏娴直接翻脸，但是现在，安雅每每看到林敏娴都觉得她伪善很想作呕好不好？直脾气的她本来要掩饰就很为难了，这会儿急火中烧更是有些不管不顾，当着这么多人面直接吼出来了，“杜慕，你也别装了，楚歌出事了你还来花天酒地，还是不是男人啊？”

“……”

满场俱静。

等反应过来，尤宇趴到季博然肩上“噗噗”憋笑，就是其他人，也都一副忍俊不禁的模样。

长到这么大，这应该是杜慕第一次被人这样喷吧？还是当面，毫不留情地问出“是不是男人”这种话。

杜先生很忌讳这种话的哟。

替林小姐点根蜡！

不过出乎众人的意料，杜慕并没有发怒，晃了晃酒杯，他甚至很真诚地问了一句：“那你觉得作为一个前男友，我应该怎么样？”

安雅一时失语。

她并不知道楚歌和杜慕已经分手了，自从视频事件后，她和楚歌虽有见面，可是楚歌脸上那面具一样的微笑让她难受——她能感觉得出，不管当初是有心还是无意，她们之间，都已经有了隔阂。

虽仍是朋友，却已无法再交心。或许告诉她林敏娴的事，就是楚歌所能做的极限了。

现在乍然听到她出事，安雅很难过也很着急，却发现自己的力量那样单薄，问谁都是：“这事不是你该管的，不要多问。”

那什么又是她该管的呢？像废物一样吃喝玩乐就好？

她觉得很气愤：“你们两个分手了？之前不是还很好吗？还一起去国外玩了。是不是就因为那个东西你才甩了她？！”她越想越觉得应该就是这样，不由得哈地笑了一声，呸道，“杜慕，我真看不起你！你以为你们就很干净吗？一个个的，就跟公共厕所似的，被女人们上了一轮又一轮，还在外人面前装得比谁都道貌岸然，真恶心！”

这话真是太劲爆了，又一扫就是一大片，众人直接听傻。

只有林安和忍不住，用力扯了她一把：“林安雅！”

他这一下用力颇狠，安雅直接被他拉倒了，额头撞在包间华丽坚硬的桌角上，顿时就有鲜血流了下来。

安雅透过血色怔怔地看着面前神色扭曲的哥哥，只觉得又陌生又可怕。

林敏娴见到血，惊叫着扑过去。

安雅甩开她，慢慢地站了起来，一言不发，踉跄着走了出去。

林敏娴看了看室内众人，追出去。

林安和倒是留了下来，和其他人道歉："对不起，我不知道我妹妹会这样……"

被尤宇一下打断："你是不是傻？你妹妹那精神状况明显有问题了，不去追她你在这儿跟我们啰唆什么啊？"

林安和没再说什么，双手合了个十，跑出去。

包间的门被拉开又关上，一下就少了好几个人。

尤宇"哇靠"一句很佩服地说："林家还有这样的奇女子啊？真难得！"

只有刘明远白了他一眼。

尤宇看看大家，摊手："看来今天这酒喝不成了，那我还是去找个女人上一轮吧。"站起来，甩甩手，走人了。

刘明远左右看看，"啧"一声，追了出去。

其余的也各找理由都走了，偌大的房间，最后只剩下杜慕和季博然。

电视的大屏幕里，男女身体交缠，无声地唱着很三俗的一首外国歌："……Baby that's the way I like it,That's the way you like it……Makin love to booty music……"

光影闪烁，投在人脸上，就像是一块块斑驳的铜钱，季博然拿遥控器把电视关了，坐到杜慕面前，和他碰了碰杯子："节哀顺变。"

杜慕看他一眼："博士学位是买的？"

季博然笑："我是理科生。"

杜慕仰头把杯中酒一饮而尽。

季博然问："楚歌那个……问题大吗？"

杜慕哼笑："不知道。"

季博然斜眼一瞥："真不打算管？"

杜慕没说话，房门这时候又被敲响，季博然坐直身体说了声"进"，林敏娴走了进来。

大概是没想到一下子人都走得快没了，她站在门口有些愣怔。

杜慕是不打算理她的，季博然讲究绅士风度，体贴地问了句："有事？"

林敏娴看一眼杜慕："对不起，我能跟阿慕说两句话吗？"

季博然笑笑："当然。"起身走了。

林敏娴走到杜慕身边坐下。

"阿慕，"她柔声轻唤，"我是来替安雅道歉的。"

杜慕没说话也没看她，只是垂目看着手中的酒杯。

"她并不是有心说那些话的，只是担心朋友又不能为她做什么，所以才有些失态。"

"阿慕。"

他抬起眼。

她伸出手，轻轻握住了他放在膝上的指尖。

一双柔荑，十指纤纤，修剪得十分漂亮的指甲，一个一个，涂了饱满而诱人的红色。

[2]

杜慕勾唇，笑得很冷："你想勾引我吗？"

在这方面，他说话一向直接。

林敏娴有些挂不住脸，松开手。

"才没有。"她咬了咬牙，扬起尖俏的下巴，"我等着你来追我。"

杜慕看着她，不得不说，林敏娴长得确实挺漂亮的，细长的柳叶眉，一双眼睛流盼妩媚，雪肌玉肤，唇色鲜艳。

他忍不住一笑，说："那你等着。"放下杯子，整了整衣服，他起身离开了包间。

林敏娴望着他的背影，眸色暗沉。

又坐了半晌，她也才离开。

已过了十五，月亮像是半个影子挂在天空，还没有城市午夜的灯光来得耀眼。林敏娴回味着杜慕临走时那一抹笑和说的话，总觉得他像是在暗示她。

他那么冷的一个人，居然也会对她笑。

如果真爱上，大约他也会很暖很暖吧？眼里心里，此生就只有她一个人。

林敏娴越想越多，心里不由得有几分火热，她怀揣着这样的火热心情愉快地回到家，在看到客厅坐着的人时僵了僵。

“爸爸。”她不太情愿地叫了一声，站在门边停住脚，“你怎么来了？”

自上回她从他的书房拂袖而去，父女两个的关系就有点生硬，春节她只在家里住了一个星期就搬了出来。

以前她乐意扮演一个听话的乖乖女，可如果当乖乖女的下场是什么都得不到，那她还不如任性一点。

唐致远笑了一下，问：“怎么，你不回去看爸爸，也不许爸爸来看你了吗？”

林敏娴这才勉强笑了一下，走过去，坐到他对面的沙发上。

她才不相信他是专程来看她的。

别人家的老头或许会觉得孤单，会需要儿女们的陪伴和关心，但是唐致远肯定不是那一类人。

果然，说了没一会儿话，他就装作不在意地问：“楚歌的事，你听说了吗？”

“当然。今天安雅都还在杜慕面前闹了一场。”

林敏娴答得很坦然，唐致远审视地看着她：“她的事，你没有参与其中？”

林敏娴便笑了：“爸爸你真的是太看得起我了。我才回国多久？连她公司的规模都还没弄清楚呢，能知道她具体做了些什么？”

“不是最好。”唐致远松了一口气。

“怎么了，是有什么问题吗？”

“没有什么，我只是觉得，她这次的事出得有点蹊跷。”

“能有什么蹊跷？”

唐致远解释得很细致：“因为这事正好在换届选举之前。按照以往的经验来说，这时候，应该是最平静的时候。”

新亿隆规模不算小，就算楚歌真的有人为操纵股价的嫌疑，那也不会在这个时候曝出来，因为这很有可能会牵涉更多的人和利益。

没有谁会在这种时候冒险。

林敏娴给两人各倒了一杯水，放到他面前："也许就有人真有证据了呢？"

"你是说蒋家？"

林敏娴没否认。

"我不看好他。"

林敏娴这下是真意外了："为什么？外面都在传，他是最有可能接替一把手位置的人。"

"向前一步也许是天堂，但也有可能是地狱。阿娴，你要记住，行事急躁，不是一个上位者应该有的品格。"

"你是说，蒋家这时候抛出楚歌这步棋太性急了？"林敏娴有点不以为然，"爸爸，你是不是太高看她了？"

这话暴露的信息就太多了，唐致远终于微微变了脸色："其实你是参与了，对吧？"

林敏娴咬唇，没再否认。

"你做了什么？"

林敏娴不想说，但是架不住唐致远一再逼问，只得坦白："是唐运贤给我的资料，他曾经是楚歌最信任的属下，新亿隆的原研发部经理。"

唐致远吸了一口气："上次太古的事，就是他做的？"闭了闭眼睛，他吁出一口气，"你不觉得太顺了吗？从太古，到这次内部交易资料泄露，唐运贤如果真是那么好收买，楚歌如果真这么不堪一击，你觉得，她能把新亿隆做起来？"

"她就是靠的杜慕！我说过，没有杜慕她什么也不是！"

"那你又怎么能确定，杜慕已经抛弃她了？"

"他亲口承认的算不算？"在凤凰台，他自己对安雅说的，"他已经是前男朋友了。"

"阿娴！"

林敏娴有点烦躁，站起来："爸爸，在你眼里，我是不是就真的做不成任何事？”

唐致远看前面前的女孩子，只觉得阵阵无力。

一步错，步步错，当年不留心犯下的一个小错误，让他不但失去了妻子，也丢了女儿对他的信任。

他叹一口气：“不管怎么样，稳妥为上。阿娴，既然蒋家已经接手，这件事，你能撇多清就撇多清。最近这段时间，你就不要再乱跑了。”

林敏娴不敢相信：“你想要关住我？”

唐致远没说话，但是态度已经说明了一切。

唐家父女再次剑拔弩张，杜慕却借着酒精，难得睡了一个好觉。

第二日他在和纪书记详谈了一个下午后，当天晚上，他就见到了楚歌。

在一家不对外开放的宾馆里，除了不能上网不能打电话，看起来，她并没有受到任何薄待。

他去的时候她正坐在床上一边吹头发一边看电视，电视里放的是国际新闻，战火纷飞的异国他乡，到处都是断瓦残垣。

她穿着一套天蓝色的睡衣，长袖落下，露出一截洁白的皓腕，青丝如瀑，被吹风机撩起老高。

听到门口动静她侧过头来，很快地关了吹风，站起身。

神色平静，也未见有半点惊慌。

带杜慕过来的人告诉他说：“半个小时，请抓紧时间。”然后站在门边，没再进去。

杜慕慢慢走到她面前，抬了抬帽檐。

她像见鬼了一样瞪大眼睛看着他：“杜……杜先生？”表情居然有那么一点可爱。

杜慕微微勾唇，浅笑，目光挑剔地在她身上扫了一圈：“你就穿这样？”

楚歌略囧，转身从衣柜里拿出一套衣服：“那你等等。”

她进浴室里面换下睡衣，再出来就穿得就正式多了，衬衣长裤，米白色的风衣外套，漂亮而修身。

还化了一点淡淡的妆，仿佛随时随地都可以外出一样。

杜慕见状说："我不是来接你出去的。"

"这样啊。"她点点头，也没见有多失望，拉过一张椅子请他坐。

房间里的布置很简单，一桌一椅一张小小的单人床，再有就是一个床头小柜，一台挂在墙上的电视机。

把椅子给他后，她就坐在床上，大约是从来没有见过他穿制服——尤其还是检察官制服的模样，她的眼神，总不由自主地往他身上瞟。

杜慕就问她："好看吗？"

她点头："帅！"

一个字，说得杜慕笑了起来，清冷的眸子也因而漾起了柔软的微光。

"你怎么来了？"她问。

"沈曼文去求我了。"

"哎……"她笑叹，眼睛弯弯地同他说，"那还真是辛苦你了。说了要你放开手，却还是要麻烦你帮着奔忙。"

"嗯。"他一点也不客气。

楚歌就又笑，看着他："那再麻烦你，回去告诉曼文，我挺好的。每天就是同人谈谈心，写写材料，然后就是吃饭睡觉看电视，没什么好担心的。"

杜慕眸光深深地望着她。

她脸上带着浅淡的微笑，眸光清澈如水，如果不是里面有着太显眼的一丝疲惫，他大约是真会相信的。

他问她："这就是你想要的吗？"

她怔了怔，笑意终于淡了一些："是啊。"

"同归于尽也不怕？"

她没回答，只是用笑容回答了一切。

杜慕说："这么多年，白教你了。"

楚歌双手合十，细长的指尖轻轻抵在唇边，低声说："对不起。"

很多很多的意思在里面，却并不是杜慕想要听到的话。

半个小时很快就过去，门口站着的人出言催促："时间到了。"

不是牢房，却仍有探监的意思。

杜慕起身，楚歌跟在他后面，她眉眼仍含着笑，低声同他说："杜先生，谢谢你。"

他没有回应，也没有回头。

房门在面前轻轻关上，连点缝隙都没有露。

楚歌没有动。

过没多久，就又有人走了进来，这次的人仍然穿着检察官的制服，笔挺的衣服，正直的大帽檐，脸长得没有杜慕那样帅，神色却是比他还要冷硬。

他们冷冷地说："开始吧，楚小姐。"

她微微颔首，跟着他们去了隔壁的房间。隔壁房间要更加简陋，连电视都没有，只有一张很简单的桌子，桌子前后，分别摆了两张椅子。

她在属于她的位置上坐下，桌上摆着的一盏小灯亮起，灯光直直地射进她的眼睛里，那光线太亮，刺得她眼泪一下就流了出来。

他们问她："想好了要怎么说了吗？"

楚歌说："想好了。"

那人就拿出纸笔，记录。

楚歌一字一句地说："我一向奉公守法，不知道那些资料是哪里来的，所以也没有什么好交代的。"

"咣"的一声，文件夹拍在了冷硬的桌面上，那个这几日就像噩梦一般的声音阴恻恻地在她头顶说："楚小姐，我劝你还是识时务一点，操纵股价，内部交易而已，罪不重的。就算你有行贿的事，只要你说出对象，我保证，法官一定会轻判……老实交代，你好我好大家都好，何苦呢，要受这样的罪？"

[3]

僵持了这么几天，他们也终于忍不住了。

几个人轮番上阵，楚歌几乎连闭眼的机会都没有，强压下她的头开始隐隐作痛，她按住太阳穴，有些艰难地说："我确实……没有什么可说的了。"

"当我们傻呢！"那人冷笑，"新亿隆重组的时候拿下原来的旧址，仅仅出价两百万，这么便宜，没有人在后面操作，怎么可能拿得到？"

楚歌说："那是因为我爸爸是死在那里的，他们都嫌不吉利，所以法院拍卖的时候一再流拍才导致价格偏低，这跟暗箱操作完全没关系！”

“还不肯认？不吉利的地方多了！前头东河岸那一块原来还是个火葬场呢，怎么就没有人嫌不吉利？”

楚歌闭嘴，不再说话。

头越来越痛了，连脖子上的筋都扯得一抽一抽地疼，她拼命地转移注意力，奈何太疼了，钻心入骨的感觉。

终于，楚歌再扛不住，说：“我交代。”

那人眼神一凝，推开鼻帽。

楚歌伸手揉了揉酸胀的脖颈，不小心碰到刚刚折断的指甲，疼得她心脏都跟着抽搐了一下。

她放下手，垂眸望着自己的手指，有几天没剪，指甲都长长了，她的指甲又薄又脆，稍微长一点就很容易被撇断。

小心地把那根手指护在掌心，楚歌苦笑一声说：“我交代。事实上在背后支持我的不是别人，是蒋成瑞。”她抬起头，“蒋成瑞你认识吧？蒋副市长家的公子。”

刺目的灯光终于移开，楚歌偏了偏头，这才觉得好受了一些。

空旷而清冷的房间里一时之间只听到她自己的声音，细细说来，就像是在说一个冗长的故事：“我和他很多年前就认识了，或者说是因为双方父亲的关系，我和他很早就认识了。当年蒋副市长还只是下面一个县里的副县长，我爸爸看中他在政治上的潜质，所以两家来往很密切。”

楚歌说到这里停顿了一下，转而问：“我能喝点水吗？热水。”

那人亲自动手，给她倒了一杯热开水。

杯子是很普通的一次性塑料小杯，热水一倒进去，杯子都有点变形了。

楚歌将它捧在手心，暖热的雾气扑到面上，令得抽痛的额角都暂缓了下来。她吸一口气，又暖了好一会儿，才慢慢地说下去：“前期亿隆的发展就跟蒋副市长的升迁一样，很顺利也很平稳。直到八年前，蒋成瑞在我的房子里跟一帮人玩成人派对被警方突击查获，两家的关系才突然冷了下来。这件事也是有新闻可以查的，就前些日子还有那晚的视频流出来，而拍视频的人就是蒋成瑞。”

“你们收到的举报材料上说我用不到两百万的价格买下亿隆旧址，其中有黑幕操作，这件事也是蒋成瑞在背后帮我运作的。”

“他帮你没有条件？”

“有。”

“是什么？”

楚歌不说话。

“楚小姐，我想那句话不用我再提醒你了。坦白从宽，抗拒从严。”

这样的场合，听到这句话楚歌想起的却是，坦白从宽，牢底坐穿，抗拒从严，回家过年。

很多时候，坦白其实并不能获得原谅和宽待。

不过她并没有打算再抗拒，扛了这么多天，应该也够了。

手中的杯子握得太紧，有水溢出来流到她衣服上，她连忙松开手，对面的人抽了几张纸巾递给她。

“谢谢。”楚歌站起来接了，又坐回去一边擦拭一边说，“他这么帮我，自然是有条件的，蒋公子喜欢做生意，也喜欢玩女人，这些都需要钱，所以我要做的，就是在他需要的时候给他提供一点资金而已。”

“这事和蒋副市长有没有什么关系？”

“我不知道。我并没有直接和他接触过，有什么，也只是去找蒋公子。”

“那新亿隆10%的原始股是怎么一回事？李复兴又是谁？”

“李复兴只是我们公司的一个老员工而已。”

“我们已经查证过，新亿隆并没有一个叫李复兴的老员工。既然要坦白，这么兜来绕去，你觉得有意思吗？”

……

那一夜很长，到天蒙蒙亮的时候，他们才收手结束了这场漫长的审问。

楚歌回到房间的时候只觉得手脚都冻麻木了，她又重新洗了一个澡，滚烫的热水流过身体，有好一会儿都没有任何知觉。

之后她连头发都没有吹干，窝在床上沉沉地睡了过去。

这一次，没有人再来叫醒她要接着审问。

楚歌这一觉睡了很久，期间还做了一个梦，梦的最开始，总是她在不停地跑不停地跑，周围一色是暗沉的，只是这一次，跑着跑着竟然天亮了。

她回到了她读书的时候，气喘吁吁地坐到属于自己的位置上参加了一场考试，完了试卷发下来，上面是可怜的29分。

杜慕执着教鞭挑起她的下巴，冷冰冰地说："你怎么这么蠢？"

楚歌可怜兮兮地看着她，手指顺着他的衣角缓缓往上往上，他目光变得深沉，问："是要勾引我吗？"

她点头。

他便坐到她面前，她挨过去，肌肤相蹭的触感那样温暖，仿佛有爱情在其间滋生。

梦境杂乱无章，她就又看到了成立太古的那个女人。

是在一个衣香鬓影的酒会上，她泼了那个女人一杯酒，鲜红的液体像血一样将她的表情染得五颜六色，她看着特解气。

杜慕却说她："蠢！"

楚歌气不过，问他："难不成看到仇人要笑逐颜开才是聪明吗？在我看来，那才是蠢，把自己憋死，人家都不知道。"

生气了就要发泄出来啊，楚歌在梦里都想，那时候的自己，真是一点掩饰都没有。

杜慕就问她："她和你有什么仇？"

她气势汹汹："她背叛了我爸爸，害得我家公司破产，难道不算是仇？"

杜慕便看着她，那目光，真的就跟在看一个蠢蛋一样。

他也没有多解释，只是要她："这两个月，跟着我。"

那两个月，顶恒在谈一家公司的收购，那家公司规模不大，但是业绩很不错，面对顶恒的收购，半点都不为所动，还放豪言："信不信，十年之内，我让顶恒在这一行也只能屈居第二？"

杜慕闻言，什么也没说，当天回去便宣布成立同类型的子公司，竞争的办法他用得简单又粗暴，就是拿钱砸，然后挖人，挖对方最核心的工作人员，不出两个月，那家公司就落到了杜慕的手里。

非常低的价格。

签约的那天，楚歌也在场，她亲眼看着那个放出豪言的年轻人举手认输。

杜慕侧过头问她："明白了吗？"

楚歌看着他，明亮的灯光下，他的眉眼干净俊朗，漠漠清冷，一如神祇，高贵，而可怕。

她缓缓地点头："明白了。"

"说。"

"弱势的时候，跟强者叫板，只会显得自己又蠢又可笑。"

楚歌睁开眼睛，房间里一片昏暗，不知道已是什么时候。

她坐起来，伸手拉开了一直关着的窗帘，窗帘很大，几乎遮了一整面墙，但其实背后的窗户却很小，开得高高的，像一扇小小的天窗。

透过那扇天窗，楚歌能看到一点外面漏进来的天光，还有，依稀可见的艳阳。

出太阳了，而今天的天，竟也出乎意料地蓝。

楚歌望着那一点点天空，想着梦里的情景，一时都有些分不清自己到底做的是梦，还是只是回忆了一段过去，她习惯自己的梦里总是有杜慕存在，只是颇有点不习惯，梦里开头那一段耳鬓厮磨的辰光。

那样温暖的触碰，仿佛脸边此刻，还残留着柔软的触感。

然后在这一刻，她也忽然明白自己为什么从来就不恨杜慕——明明他对她也做过很恶劣的事，但是她却从来都恨不起他。

不是爱，只因为是真的感激。

他所有的冷与漠视，都只为了教会她一个道理：活着。

有尊严地活着。

而她，在他教了这么久以后，还是把自己送进了这里。

楚歌的日子过得暗无天光，林敏娴其实也差不了太多。只是她其实还算是自由的，除了不能随便出门，她还可以做很多的事。

不过现代人，一旦没了手机跟网络，感觉就像是没有了手和眼睛一样。

这天她试着突围出去，结果不出意外还是被唐致远请的两个保镖堵住了，

她终于忍不住，狠狠地发了一通脾气，难得地用上了自己非常不屑的绝食以示抗议。

晚上的时候，唐致远果然就出现了，但他并不是来安慰她的，而是面色难看地扔给她一沓材料："你自己看。"

林敏娴本不想理的，却在看到楚歌的名字时不由自主地拿了起来。

这竟然是楚歌的口供笔录。

讶然地看了唐致远一眼，林敏娴很快地看了起来，看完后，她的脸色甚至比唐致远的更难看："她这是不是疯了？！"

"你觉得呢？"唐致远问她。

"和蒋家……明明就不是他们楚家。"

"所以，你还没懂她的意思吗？你觉得她为什么要撒这种明显一拆就穿谎言？"

林敏娴确实是不懂。

"因为，"唐致远有些森然地说，"她的目标并不仅仅只是想把蒋家拉下水，还有我们恒盛林氏！所以，现在你知道为什么她跟林家的关系一直保持得不错吗？为什么你回国后她没有跟你翻脸？不是因为她知道的事不够多，而是她做了那么多，就只为了这一刻！"

/ 第十一章

等得太久，难以置信

RANGWOAINIMUMUZHAOZHAO

[1]

楚歌的计划其实很简单，换届选举在即，蒋家也是有竞争对手的。

这个时候，有新亿隆跟蒋家政治对手勾结的资料泄露出来，蒋成瑞又因被踢破蛋而对她恨意正浓，以他的性格，自然是要越快将她“伏法”越好了。

恨得凶，时间又短，就让他没有足够的理智和余力去查证，拿到资料，自然第一时间就动手了。

蒋成瑞大概自己也没有想到，他亲手送进去的人，最后挖的，却是埋自家的坑。

唐致远问林敏娴，楚歌那漏洞百出的谎言是为了包庇谁？

不是别人，就是他们恒盛林氏。

楚歌和林家的关系一直都不错，至少表面上这些年都相当和谐，也许和唐致远夫妇一手创办的恒盛林氏没什么太多经济来往，但她和安雅家却一直都有合作。

而安雅家，从很多年前就是依附于恒盛林氏的。

写一个简单的关系式就是：

新亿隆——林氏——恒盛林氏。

而恒盛林氏，很多人都知道他们家和蒋家的关系，一如楚歌所交代的那样，从很早蒋副市长还没有起来时就颇有来往。

于是，在外人看来，新亿隆不过是恒盛抛出来的替罪羊而已。

为了今天，楚歌其实准备了很多。

天时地利，可惜终究还是差了一点人和。

最终，距离换届一个星期前，× 市主管经济的蒋副市长，在一次会议当中被请走调查。

唐家包袱甩得够快，并没有牵连太深。

或者说，唐致远到底不负他老狐狸的名声，够谨慎，也够机警。

又一个星期后，楚歌终于得见天日。

她拎着一个小包，独自走出了那幢小楼，那天天气不太好，春雨细细如针，春寒瑟瑟，她穿着大毛衣都觉得还是有点冷。

她站在廊下，仰头望着阴沉的天空，忽然听到耳边传来一串连续的汽车喇叭声。

循声望去，看到曼文站在一辆银灰色的小轿车旁，冲她招手："楚总！"

楚歌笑。

她说："等一下啊！"

从后备厢里拿出一把伞，跑过来接她。

楚歌在伞下望着她："嘿，你瘦了。"

曼文眼里有晶莹的光芒闪过，她抽了抽鼻子，说："嘿，老板，你抢我台词了。"

楚歌就笑，曼文也笑了起来。

接过她手中的伞，两人上了车，楚歌问曼文："我家里还好吧？"

曼文说："还好。阿姨应该猜到了，但是她什么也没问。"

楚歌点头，心里却有点疼，妈妈年纪也不小了，但是自己一次一次，就没有让她安过心。

妈妈不问不说，只是不愿意给她添乱而已。

楚歌叹了口气，拉下副驾上的镜子照了照："先送我回五福里，这个样子，太难看了。"

将近二十天不见天日，她哪怕心态再好，可是审讯难熬，她的形容还是很狼狈的，眼袋很深，皮肤都干脱皮了，嘴唇周围还起了一圈细细小小的燎泡。

她伸指轻轻触了触，又问曼文："公司里没什么事吧？"

"除了个别董事有点坐不住。"

楚歌笑："正常。"觉得自己的样子实在是略难补救，干脆把镜子又打了上去，背靠着椅子闭目养神起来。

却忽地听到曼文说："其他都还好，不过还有件事，我想你肯定是很想知道的。"

"什么？"

"你哥哥醒来了。"

楚歌："哦。"过了会儿，才倏地睁开眼睛转过头去，"你说什么？！"

车子赶到医院门口，楚歌都下车了，又忽然转身回到车上来："还是先去梳洗一下吧。"望着曼文，眼里露出一点求认同的神色来，"就是再慢一会儿也没关系的对不对？"

这是曼文第一次在楚歌脸上看到退却的软弱，更多的时候，她都像一个无所畏惧的战士，因为没有缺点，所以悍勇无畏。

她点点头："没有关系的，医生也说，他只要醒来就是奇迹，只会变得越来越好，不会再陷入昏睡当中的。"

楚歌有点想哭，实在是等得太久了，在她快要绝望的时候他醒了过来，她真的有点害怕。

到底还是就近找了一家酒店，楚歌很细致地梳洗了一番，曼文在旁边的店里给她从头到脚都买了新的："质量不太好，先穿着？"

所谓的质量不太好，也只是相对于她之前穿的衣服来说的，楚歌现下的心思完全不在这上面，接过来换上，将头发打理好，化好妆，才对着镜子叹了口气："还是没有完全遮住。"

现在倒庆幸，审讯的时候那些人手法够好够隐秘，身上的除了痛，根本就看不到太多的伤。

曼文不知道她经历过什么，见状安慰说："也说得过去的，出差那么久，吃不好睡不好，有点憔悴很正常。"

楚歌点点头，深吸一口气，这才转身说：“那走吧。”

楚卿是在楚歌失联第十五天醒来的，那天晚上，没有半点征兆，楚妈妈和护士去给他擦澡，然后他忽地就睁开了眼睛。

“他还不能够说话，只是恢复了一点意识，至于具体能够恢复到什么程度，都要往后慢慢看了。”怕她期待太大，曼文在路上还是慢慢地把楚卿的情况说给她听。

楚歌神色严肃地点头。

曼文就叹气，知道自家老板这会儿必然什么都听不进，也就不多说了，引着她往病房方向走。

楚卿住在第十二楼，电梯很快就到。

刚一出电梯，她们就看到了楚妈妈，楚妈妈正送医生们出来，一抬头，就看到了站在走廊深处的女儿。

忽然就觉得腿有点软，还是旁边一个年轻的医生眼疾手快扶住了她：“您还好吧？”

楚妈妈下意识地点头，推开他的手扶住了门框。

这时候楚歌已经走过来了，她微微笑着叫了一声：“妈。”

楚妈妈的眼泪就落了下来，扭过脸，不去看她。

这是生气了。楚歌既心酸也有点无奈，知道眼下不是哄她的好时机，就望向旁边的人，在看到其中一个穿着白大褂头发花白的老医生后，很是惊讶：“凌老？”

凌老矜持地对她点了点头，目光在她身上隐晦地扫了两眼：“你好。”

“您好，没想到能麻烦到您。我哥哥他……没事了吧？”

凌老“嗯”了一声：“醒来了，去看看他吧。”也没多说，带着一众人离开了。

楚歌等他们都走后，转头看了曼文一眼。

曼文无辜地看着她。

楚歌这才收回目光，扶起楚妈妈："妈，我们进去吧。"

近乡情怯，她竟有点不敢独自面对楚卿的感觉。

楚妈妈瞪了她一眼，伸手狠狠在她手上掐了一把："你就作吧！"恨恨地说了这么一句，到底顾虑到她的面子，由着她把自己扶了进去。

病房内到处都是纯白的颜色，楚卿仍像过去一样，闭目沉沉地躺在床上，与以往不一样的是，他身上插了许多仪器，有"嘀嘀"的声音细微地传来。

她在他床边站定，手足无措甚至有些惊慌地轻轻叫了一声："妈妈？"

"你慌什么？"楚妈妈对她还是没好气，"你哥是又睡着了。"

躺太久了，身体虚得厉害，精神头自然也不会很好。

楚歌这才松开她的手，慢慢地走了过去，在床边的凳子上坐下，轻轻握住了楚卿的手。

像是怕惊醒他似的，楚歌低低地唤："哥哥。"鼻子很酸，眼泪几乎是不能控制地流了下来。

多奇怪，她以为自己已经足够坚强，坚强到不会轻易再哭，但是每每到了楚卿面前，她就完全控制不住。

那样委屈，又那样难过。

手心被轻轻挠了一下，楚歌连忙抬起头，看到一双黝黑明亮的眼睛，眼睛的主人正静静地看着她，见她望过来，他努力地扯出一抹微笑的表情，无声张嘴，看唇形，是在叫她："小歌。"

一时间，泪落如注。

杜慕下飞机，秦坤接到他。

路上跟他禀报这段时间发生的大小事宜，末了才顺带一提似的："楚小姐昨日已经出来了。"

杜慕没有什么反应，只是望着车外，但秦坤知道他是在听着的，而且应该听得很认真，就继续说了下去："身上有一些小损伤，不过好好养养问题不大。"

杜慕的眉头皱了起来："有检查过？"

“凌老给她把过脉。”

凌老是资格相当老的老医生了，他既然说问题不大，显见得这么些日子，楚歌在里面并没有受太大罪。

杜慕没再说什么，只是眉间冷意还是很浓。

秦坤就觉得后面的话还是不要说了。

结果杜慕自己问：“她人呢？”

“在医院。”说完这句，秦坤感到车内的气氛更不好了。

杜慕的声音已经可以用冷冰冰来形容了：“楚卿恢复的情况怎么样？”

秦坤硬着头皮回答：“已经能扶着起身，但还不能走路，也不能说话，吞咽能力略有恢复，不过还是只能吃半流质的食物。凌老说他这种情况已经算是很好的了，这些年，楚小姐将他护理得相当好。”

杜慕闻言，冷冷地哼了一声。

秦坤跟他多年，自然知道他这是心情不好的标志，便打住了这个话头没有多说，只是心里狂吐槽：吃自己大舅子，还是个瘫痪在床很多年的大舅子的醋，老板你这样真的好吗？

杜慕是个很典型的工作狂，以前跟楚歌住一起的时候，他每次出差回来，或许还会回去休整一下，但现在，基本是直接回的办公室。

尤宇的电话在他到后没多久就打了过来。

“到了？”

杜慕“嗯”了一声，开电脑，看内部文件。

尤宇说：“晚上一起吃个饭？”

“没空。”

尤宇“啧”了一声，一副意料中的模样，颇遗憾的语气：“那好吧，本来我们是约了楚歌，既然你没空，那就算了吧。”说罢，“砰”一声挂了电话。

杜先生：“……”

[2]

“睡美人，该醒了。”一到饭点，楚歌很准时地骚扰她哥。

睡得太久，楚卿整个生物钟都有些混乱，而现在楚歌要做的，就是要让他慢慢恢复过来。

楚卿缓缓地睁开了眼睛，大约是听到了楚歌对他的称呼，眸光里显出一点不满来。

如果他能说话，如果他还能动，他肯定是毫不留情地捏着她的脸，问："叫谁睡美人呢，嗯？"

不过楚卿的确长得很好，大眼睛、挺直的鼻梁、非常性感的唇线，他一直睡着的时候还不觉得，现下眼睁开了，仿佛是画上的人物被点醒了，霎时就立体而生动起来。

楚歌略花痴地看着她哥，舍不得移开眼睛。

楚卿就在她掌心里戳了一下。

楚歌怕痒，咯咯咯地笑了起来，正好这时候阿姨把楚卿的饭菜端过来，楚歌就把床摇高了一些，顺势接手。

食物很丰富，却都炖得很烂，就跟刚添辅食的小孩子的食物一样。

为此楚歌还特意请了个精通月子里膳食的阿姨帮忙做饭，营养是够了，味道……楚歌自己试着吃了一口，赞道："挺好吃的。"

楚卿嫌弃地撇开了脸。

动作很细微，但是楚歌还是懂了他的意思，将一块布巾垫到他胸前，她笑眯眯地说："哎，别嫌弃啊，等你再好一些，我带你去越香楼吃。越香楼你还记得吧？你最喜欢吃那里的臭豆腐了，跟你说，他们那儿的大师傅现在炸臭豆腐的水平越来越高了，上回我去吃了，哇，超级香。"

楚卿微不可察地咽了口口水。

楚歌把勺子递到他嘴边，他瞪了她一眼，到底还是张开了嘴，眼里的瞪视慢慢就变成了温柔宠溺的微光。

楚歌就笑，低下头给他舀第二勺，说："哥你别这样看着我啊，看得我哭了，等下眼泪就掉到你碗里了，你可别嫌我。"

楚卿是个特讲究的人，也许还没到杜慕那程度，但也相差不离了。

她凑近去喂他，手指又轻轻被他挠了一下，意思是她想哭就哭。

楚歌吸吸鼻子，说："你要我哭我就哭吗？告诉你，这些年，我可勇敢了。"

俯身在他微微抬起的手指上咬了一口，“快点好起来呀，你好起来，我就更加不害怕了。”

楚卿点头。

楚歌把脸埋到他手心里，眼泪没有掉到他碗里，却是落到了他手上，就像梦里很多回那样，温热的液体，沁进他的皮肤中，慢慢地、一点一点地浸入了他的灵魂。

病床前的温馨并没有持续多久，饭只喂到一半，楚歌的电话就响了。

她实在是太忙，出来这段时间虽然没有离开过病房，但是电话却几乎没断过。

楚妈妈在一边看兄妹俩的互动看得伤感，这会儿擦了擦泪走过来：“行了，忙你的去吧，你哥的饭我来喂。”还埋怨她，“一回来就把我挤一边去了，你哥还是我生的呢，就晓得和我抢。”

楚歌笑，不动声色地抹抹眼睛，把位置让给妈妈：“好啦，不和你抢。”走近去在楚卿额头上亲了一下，“哥，等我回来啊。”

楚卿眼里的目光，看得楚歌心头一阵阵发软，又总有几分难以置信的感觉：等得太久，一朝成真，仿佛还是在梦里没醒来。

所以她才不肯离开，哪怕身后事务缠绕。

但是在医院里陪了这么久，也已经是极限，有些事，曼文可以带到医院里来让她解决，但是有些事，却是不能的。

像尤宇给她电话：“听说你成功突围了？来吧，晚上我和阿季请你吃饭。”

尤宇是个人精，看出了她对季博然的“兴趣”，所以差不多专拣她的弱点攻击她。

楚歌没拒绝。

在此之前，她还回了一趟公司，公司里高层都等着，她先开了一个简短的会议，大约议题就是告诉他们：没事了。

有人问她：“到底是怎么一回事？”

楚歌也只是笑着轻描淡写地说："误会而已。"

只把蒋家拉下水没能成功把林氏也带进沟里，略遗憾，不过，楚歌就没打算一次性能扳倒他们，不着急，她有的是机会。

会议过后，楚歌和公司其他高层又聊了一会儿，然后就给唐文安回了一个电话。

唐文安再不管事，但他到底还是唐致远的儿子，身在那个圈子，消息知道的总还是比外人多一些。

所以这段时间，他也很担心她。

楚歌说："明天有空，请你吃饭。"

唐文安说："嗯嗯。"

听声音就知道他很开心。

楚歌笑，然后问他："那些书都看了吗？"

"看了。"

"那好，明天我把账号给你。什么时候拿到赛季的前三，我就给你五百万现实资金，你自己支配和操作。"顿了顿，她又淡淡地补充，"但是我先告诉你，我们的时间不会太多，所以你要努力。"

唐文安很坚定地说："我会的。"

挂了电话，楚歌轻轻吁了一口气。

电脑的屏幕上，显出一个熟悉的财经网站，这是 *FORTUNE* 杂志举办的最权威的网络虚拟投资大赛，当年在她做出选择后，杜慕除了给她一堆书，就是给了这个网站的一个账号，然后告诉她："什么时候拿到前三，那你也就什么时候可以重组亿隆了。"

曾有过没日没夜泡在这家网站上的时候，她法语可以，英文却是一窍不通，于是只能对着翻译软件，一个字一个字地查过去。

也想过要偷懒的，偷偷注册小号，把太深奥自己实在难以理解的地方发给杜慕，结果他回复她的，是更加深奥难懂的文字。然后附加一句："楚歌，你很逊。"

那段很艰难的时间，曾是她最不堪回首的过去，但是现在想来，居然也有了那么一点欢愉。

电话又响起来，尤宇问她："出发了吗？"

她这才想起自己还有个约会。

于是关了电脑，拿起衣服去停车场，一路疾驰赶到约定的地方。尤宇和季博然果然已经到了，她看了看，这次刘明远居然没有在。

哦，杜慕也没来。

这么"清减"，老实说，楚歌很有点意外。

尤宇是那种特喜欢热闹的人，每次不管是吃饭还是出去喝酒，没有十来个都觉得人生寂寞如雪。

她愣了一下，才笑着跟尤宇和季博然打招呼，道歉："对不起啊，我来晚了。"

尤宇说："没关系，罚酒三杯就行。"

楚歌不接话，只是笑。落座后，季博然倒是仔细看了她一眼："气色还不错。"

楚歌点头："嗯，今日我请客。"

尤宇瞥她："有好事？"

楚歌拿他的话回他："突出重围啊，算不算？"

"算。"尤宇笑眯眯地从桌子底下拿出一瓶酒，"所以要好好庆祝庆祝。"

不过楚歌和季博然都没打算响应尤宇，尤宇也不强求，自顾自倒了酒喝得开心。

三个人，场面看起来有些冷清，不过气氛倒是难得安逸，楚歌想的就是这样，慢慢地跟季博然建立起交情，这样某一天，突然找到他，才不会显得太突兀。

倒是尤宇比她直接多了，这段时间，他对她的态度好到诡异，楚卿住院，他甚至都还有专门过去看望过，她从里面出来，他也特意为她设了这个饭局。

她以为他会再过段时间再说出自己的目的，未曾想，季博然出去打电话的空隙，他就和盘托出了："我对你们公司接下来要推出的新产品很感兴趣。"

楚歌略意外："什么新产品？"

尤宇将杯子举到唇边："听说太古一开年就遭遇了退货，退的还是去年他们公司发布的新品。"说着他抬起眼睛看向她，"瞧，你一点也不意外，好像你早就知道，太古必然会遇到这样的事一样。"

谈起生意来，尤宇完全就变了一个人，很锐利，也很精明。

楚歌笑笑，没承认，但是也没有否认。

尤宇接着又说："阿季回国，一向十分低调的你在他面前大出风头，估计就是为了赢得他的好感。让我猜猜，阿季身上有什么是让你十分感兴趣的——他的身份，虽然他是华尔街有名的经济学家，却并不是研发专家，所以你对他本人感兴趣的可能性很小。但是，阿季背后有个非常有名的导师，他是现任 MOO 公司的总裁，今年六月份，他将会作为'大师午餐'中的一员来到中国，而 MOO 公司出产的产品中，最重要的一个零件，就是新亿隆也有生产的玻璃晶片。"

尤宇说着把面前的酒一饮而尽，微笑地看着她："所以我现在有充分的理由怀疑，去年年底那场太古发布会根本就是你有意推动的，资料也是你有意泄露的，为的，就是削弱它的竞争力，让你能顺利拿下 MOO 订单。我有说错吗？"

被人看穿什么的……楚歌叹气："原来我道行这么浅。"

尤宇笑眯眯："不是你道行浅，"说着伸指指向她，跟霸道总裁似的，"而是你成功引起了我的注意。"

楚歌："……"

她抚额无语，过了会儿才问他："那么，有兴趣了的尤先生，你到底想要什么？"

[3]

尤宇正要开口，房门忽地被敲响，两人不得不停下话头，齐齐转头望向门外。

尤宇说了声："进。"

推开门的是酒店的服务人员，他冲着尤宇和楚歌说："尤先生、楚小姐，杜先生说请您二位过去。"

“阿慕？”尤宇睁大眼，过了会儿才笑望着楚歌意味不明地“啧”了一声，起身说，“走吧。”

有时候，楚歌真觉得自己和杜慕的缘分不浅，说来她也没出来吃几次饭，但是似乎十次里头，得有八次能遇到他。

当然，这回就凑巧一点了，是季博然在外面打电话，遇到了和杜慕一起吃饭的人，季博然名气在外，自然就被人热情相邀了。

季博然进了他们的包间才发现杜慕也在，这才干脆打发人，把楚歌他们也叫过去。

和杜慕吃饭的人颇有来头，市府的头号人物，纪书记。

不过在座的也没几个发怵的，他们谈经济大势，推杯换盏，倒是相谈甚欢。

纪书记自然也是认得楚歌的，不过对于她之前遭遇的事，只字未提，他敬她酒，也是一视同仁的模样：“× 城的未来，还希望楚小姐鼎力相助。”

楚歌微微笑：“义不容辞。”

一口干了杯中的……白开水。

她记得，明明别人给她倒的是白酒，不知道为什么，喝下去，居然成了白开水。

她转过头，望了望身边的杜慕，刚刚那人倒酒的时候，他在那人耳朵边说了句什么，所以，是帮她把酒换成了水吗？

他正跟纪书记他们在聊市政建设，侧脸的轮廓，带了点灯光的柔和。

清清淡淡的，很专注，也特别英俊。

楚歌抚着杯沿，轻轻吁出一口气。

和纪书记的饭局并没有持续到太晚，他们散场的时候，这个城市的夜场正是热闹。

尤宇和季博然不出意外又把杜慕扔给了楚歌，她也没有刻意拒绝，载着他行到半路，还下车到鲜奶屋给他买了一杯热的鲜牛奶。

他闭目坐在椅子上，看起来特别累，楚歌把牛奶给他，叹气：“你最近喝太多酒了。”

他伸手，却没有接牛奶，而是握住了她的手腕，昏昧的光线下，他的眸子灼灼明亮，或许是因为酒精的缘故，他的手心温度很高，烫得她整个人都有点发软。

他望着她，声音低喃：“你是在关心我？”

楚歌点头：“是。”想想又补充一句，“就算是一般的朋友，我也关心。”

杜慕的脸色本来有点沉，听到她后面这一句倒是笑了。

“欲盖弥彰。”他说着，脸色一下就缓和了下来，松开她的手。

楚歌假装没有听懂他话里的意思，就又把牛奶往他面前递了递。

“不喝。”他撇开脸。

楚歌微微一顿，也不强求，收回手把牛奶放好，说：“那行，我拿去给我哥喝。”才松开手，就见刚刚还说不喝的杜先生一把将牛奶拿过去，很自然地喝了起来。

楚歌就觉得，喝多了点酒的杜先生，多少有些幼稚。

不过这话她不敢说，看到也当作没看到，重新发动了车子。

又走了没多远，忽然就听到旁边的人说：“看电影去吧。”

楚歌很惊悚地转过头来。

他却没有看她，而是侧头抵在玻璃上，正很平淡地望着窗外。

外面恰是市中心，这天是周末，人潮很汹涌，对面百货大楼硕大的显示屏上，正滚动播放着最新的电影信息。

楚歌简直有点不能想象刚刚那话是杜慕说的，见他这样，只以为自己是幻听了，于是继续慢慢往前开，结果快到停车场入口的时候，很清楚地听到他又说：“前面进停车场。”

这些年听惯了他的话，楚歌几乎是下意识地按照了他说的做，然后等要拿停车卡的时候，她才反应过来：“我送你上去，电影我就不看了。”

他转过头来，望着她：“为什么？”淡淡地笑了一下，带着嘲讽的意味，“不是朋友吗？看场电影有何不可？”

楚歌最终还是和他一起去看了场电影，是个韩国的爱情片，情节非常舒缓，长短镜头间，画面美得如梦如幻。

看电影的人很多，他们身边的男男女女都被打动得眼泪汪汪，只她和杜慕，不知道是不是泪点太高了，全程都很冷漠。

画面的最后，女主角远走他乡，男主角走在两人相逢的城市街角，长长的石凳，只他一个人，孤单而寂寞地坐到最后，镜头拉开，男人修长的影子，也越来越远。

楚歌心里终于生出了一点凄惶的感觉，然后也就是在这时候，她听到杜慕的声音传过来："楚歌。"

她转过脸，灯光乍亮，能很清晰地看到他英俊的面孔，仿佛精雕细琢一样，幽深如海的眼睛，像是要把她吸进去。

周围的人纷纷起身准备离开，喧闹的环境里，他微微凑近了一些，说："你想做什么……我都可以帮你。"

楚歌心头剧震。

她其实已经完全听清楚他说的是什么，却只能装傻，笑着问："什么？"

那么明显的谎言，他又怎么会看不出。

在略有些哀凄的背景音乐中，他垂目沉沉地看着她，最终也只是轻轻一笑，缓缓地退开了一些，本来被灯光渲染得有些柔和的眉目，像是披了一层寒霜似的，慢慢变得清冷而凉薄。

楚歌回到医院，楚卿还没有睡，楚妈妈正在陪他看电视，深夜的新闻台里，正在讲日本人发明的一个拟真机器人。

楚妈妈坐在楚卿旁边，很小声地点评："日本人还挺厉害的。"

听到门响，两人齐齐往这边看过来。

楚妈妈说她："不是要你回家去睡吗？"

楚歌很好脾气地说："不放心，还是想来看看哥。"

楚妈妈便扭头，学着楚歌平素的样子和楚卿说："看，你妹妹也快赶得上我这个啰唆老太婆了。"

楚卿眼里就划过一丝笑意。

楚歌也笑，走过去静静地看了楚卿一会儿，问："感觉怎么样？"

楚卿眨了眨眼睛。

楚歌就靠到他身上："哥，我想你快点好起来。"

她也没回去，最终就那样趴卧在他身边，跟他们一起看电视。

看着看着，楚妈妈扭头，发现楚歌和楚卿不知道什么时候都睡着了，兄妹两个头靠着头睡在一起，前者大半张脸都埋在臂弯里，只露出眼睛，长长的睫毛，安安静静地伏着，就像是一只倦极归巢的蝴蝶。

翌日醒来，楚歌又是元气满满，这回她没有再留在医院，早上陪着楚卿吃了早餐后，就回了公司处理事情。

这么久没出现，事情不说堆积如山，那也够她忙上一阵了。

还要安抚因为她进去而"受惊"的董事，等到晚上，还是曼文提醒的她："不是说要约见一个很重要朋友吗？定的是什么时间？"

楚歌这才拍拍额头："哎呀，完全忘记了！"

翻开备忘录，里面写着文老板也要见她，以及一些很重要的客户都要跟她谈一谈。

楚歌把时间稍作分配，递给曼文："这些人都帮我设个提醒，然后现在，我得走了。"

唐文安没有车，楚歌也不想他走远了，所以约的地方就在他学校附近。

她到的时候他已经在那儿等了有一段时间了，灌了一肚子的白开水。

楚歌颇过意不去，见面便赶紧张罗着："先点东西吃吧。"

点好餐，见唐文安一直在偷偷打量她，不由得摸了摸脸："怎么了，我脸上有什么东西吗？"

唐文安很不好意思地搓了搓手："没有。"

他只是很意外，她的神色会如此平和平静，仿佛什么不好的事都没有发生过一样。

楚歌跟他说起他看的那些书，末了摊开手："把你的手机给我。"

唐文安虽意外，但还是乖乖地把手机递给她。

楚歌摆弄了一会儿，然后凑近了一些，说："就是这个网站，ID 号和密

码我帮你存在个人资料里面，你有空就先登录进去，了解一下比赛的细则和规则。”

唐文安不知不觉地挨近了她，两人离得有点近，能很清晰地闻到她身上的味道，淡淡的，带着一点杏子一样的香味，还有她的发丝，有一缕不小心垂下来，轻轻落到他的指尖。

他很拘束地避开了一些。

楚歌察觉到了，笑一笑，也微微直起了腰，然后把他的手机还给了他。

唐文安就觉得自己的表现逊毙了，脸莫名其妙地红了红，大概是为了打破这种尴尬，他有些仓促地说：“那个……我姐她……好像喜欢上了杜先生。”

楚歌的注意力果然转移了，她抬起头看着他：“嗯？”

唐文安说：“我听到他们两个说话了。她好像对杜先生，很势在必得。”

这个消息楚歌一点也不意外，她停了一会儿，笑着问：“唐文安，你担心的是什么？”

她以为他是怕杜林两家联手，然后他们不好对付，结果唐文安结结巴巴地红着脸只说了一句：“杜先生……是你的。”

/ 第十二章

演好一点，别让我发现你骗我

R A N G W O A I N I M U M U Z H A O Z H A O

[1]

楚歌被呛了下，然后忍不住笑："说什么呢？"

唐文安很认真："她这样做不好。"

楚歌看着他的神色，忽然就明白，他其实不仅仅是在说林敏娴，也有时隔多年，评价自己父母的意思。

或者，这也是他的心结所在。

想到这里，楚歌便敛了神色，同样认真地说："其实无所谓，我跟杜先生已经没有关系了。"

唐文安看起来非常意外，然后就是一脸不知道该如何安慰她的无措。

楚歌很体贴地表示："不用安慰我，我挺好的。"望着他，语气温和，"倒是你，我没有了在外人眼里最大的倚仗，会怕吗？"

唐文安如果愿意安分，最起码的，他这辈子衣食不用发愁，顶多也就是精神上受虐一点。

可如果他要跟她联合，成了一切好说，失败的话，还真的是再没有退路了，唐致远不会放过他，林敏娴就更不会了。

不知道是年轻所以无畏还是别的，唐文安并没有犹豫，他摇了摇头，说："我不担心，最坏也不过是那样了。"还给她加油鼓劲，"没关系的，你这么好，以后肯定会遇到真正珍惜你，爱护你的人。"

楚歌怔住，而后忍不住莞尔一笑，说："嗯，一定会的。"

楚歌觉得唐文安这人挺有意思的，年纪小心思也浅，虽然拘谨容易脸红了一点，但是性格和软，跟他聊天还是挺愉快的。

所以这餐饭，楚歌吃得很舒心。

只是才吃到一半，她就接到林安和的电话。

看到手机上这个名字的时候，楚歌忍不住恍惚了一会儿。

冲唐文安歉意地一笑，楚歌也没走开，直接按了接听。

林安和的声音听起来很无奈："对不起，但是我想请你有空的话，能来凤凰台一趟吗？"

他还没有解释，楚歌就听到了电话里传来了安雅的声音："别管我，我不要你管我！"然后嗷嗷叫她的名字，"小歌呢？小歌！"

楚歌额角微抽，安雅喝醉酒后的破坏力可是原子弹级别的，也难怪，林安和会打电话给她。

她叹口气，说："我会尽快赶过来的。"

挂了电话，发现唐文安仍是在埋头吃饭，不过耳朵竖得尖尖的，显然是听到了她的话。

楚歌便笑了笑说："没事，我们先吃完。"

唐文安点头，但他很懂事，非常自觉地加快了吃饭的速度，饭后也不要楚歌送，乖乖巧巧地说："这里离学校近，我自己走过去就行。"还摸着肚子，"吃得很饱，正好走走路消化一下。"

楚歌抬头看了看，见回他们学校的路都是大路，而且灯火通明行人也多，就说："那好，你小心点。"

"嗯，你开车也慢一点。"

楚歌笑："我的车技，不用担心。"

唐文安说："就是车技好才要更小心呢。"

楚歌不和他争，点头说："有道理。"上了车，冲他挥挥手，"走吧。"

他望着她，说："我等你先走。"

他站在路边，路灯的光芒照在他年轻英俊的脸上，短发清爽，笑容温软，竟有一种很空灵的味道。

楚歌怔了怔，没有再说什么，关上车窗，慢慢地将车子驶上了马路，后视镜里，能看到他一直站在那儿，直至身影越来越小，最终成了一个淡淡的影子。

凤凰台里夜笙歌，这里的夜晚犹如白日，热闹、繁华，有着不动声色的富贵淫靡。

楚歌根据林安和给她发的位置找过去，还没进门就先听到安雅的声音：“滚！滚！我不回去，我要找小歌！给我滚远一点！”

服务人员帮她推开门，险而又险地避过了一个砸过来的酒杯。

楚歌站得远了些，很幸运，没有被波及。

房间走廊上都铺了有厚厚的地毯，所以那个杯子居然没有碎，只是发出一声略沉闷的响声，然后咕噜噜滚到了楚歌的面前。

她捡起来，将杯子递给引路的服务人员，然后慢慢走了进去。

房间就像是被洗劫了似的，各色物品扔得砸得到处都是，里面只有林家兄妹两人，安雅趴在桌子边，林安和站在旁边，脸色非常不好看。

楚歌的到来，让他很明显地舒了一口气。

安雅却没有注意到房间里已经多了一个人，还抱着桌子腿在号：“你才不是我哥，你坏死了，居然打我！呜呜呜，是我错了，我对不起小歌，如果那年我没有带她去认识她就好了……呜呜，害她吃了那么大的亏，她现在都不理我了。”

楚歌听得叹了一口气，走过去，在她身边蹲下来：“安雅，”握着她的手，“说什么呢，我从来就没有想过不理你。”

安雅抬起头来，一张脸哭得花兮兮的，额角还贴着一块小纱布，看起来好不可怜，却仍能睁着朦胧的醉眼控诉她，“骗子，你才不是小歌！”看看她的头发，“小歌的头发才没有你那么长！”又伸手扯扯她的衣服，“还有啊，她才不会穿这样的衣服！”然后猛一把推开她，“滚滚滚，都不要理我！好烦啦你们！”

楚歌没防备，竟被她一下就推倒了，手恰好枕在一块没来得及收拾的玻璃碎片上，当即就见了血。

林安和见状脸色一变，连忙走过来扶住她，握住她的手：“怎么样？”

一个小玻璃片插进楚歌的手，楚歌起身推开他。

“没事。”她伸指拈起玻璃片的一角，眉头都没皱一下，将其拔了出来。

血喷涌而出。

林安和急忙转身按了服务铃，要他们送伤药过来。

呼叫铃没有把服务人员即时喊来，倒是里间的一面墙忽然洞开变成了一扇门，从中走出来好几个人。

尤雨、刘明远、季博然……除了那些女伴，男的尽是熟面孔，当然最熟的还是那个坐在最里面没有出来的人，杜先生。

什么狗屎运！

林安和居然事先也没有告诉她。

楚歌身体微僵，面色倒是没变，低头从包里抽出纸巾把伤按住——但还是晚了，尤宇已经嗷嗷着扑过来：“哇，楚歌你真是太弱了，一来就见了血。”

这一声吼得大，里面的杜慕也听到了，抬头往这边看过来。

目光锐利。

楚歌心塞得不行，当即将手藏到背后不让尤宇看，也没敢看那里面的人，只低声和尤宇商量：“能避避吗？那什么，这里有个神智不太清醒的淑女，大概不适合围观。”

尤宇听得“噗”一下笑出声来：“什么鬼，还淑女？”指着地上还在念念叨叨喊拿酒来的“淑女”安雅，“刚刚她在下面大闹天宫的时候，还是我帮着弄上来的呢。”

楚歌：“……”

再次深深希望，安雅明天醒来不要哭。

不过说是这样说，尤宇还是招呼其他人：“都散了，都散了。”然后自己偏留下来围观。而且，那些人退回去的时候，房间门也没有关。

楚歌不好再计较，正好林安和这时也过来了，他手上拿着服务人员送过来的药水和绷带，楚歌都没要，捏着受伤的手说：“先把安雅带回去吧。”

林安和也是恨不能立马就把安雅带走，但是——

“她一直抱着桌子脚，我什么办法都试过了，没有用。”

除非用蛮力，但那非得弄伤她不可。

尤宇也很配合地点头：“是啊，没想到这位淑女还是个大力士呢。”看来他是要把“淑女”这两个字嘲讽到底了。

楚歌吁出一口气，又从包里拿出一个药片：“把这个喂她吧，路上来时买的，既然号称是全球最有效的解酒药，应该能有点用。”

林安和接过去，但是喂安雅吃药又成了一个大问题，最后还是楚歌把药融在杯子里，蹲到安雅面前：“来，再干一杯？”

安雅已经很迷糊了，却还是豪气干云地接过杯子：“干杯！”

楚歌十分淡定地和她碰了碰杯子。

杯中倒的是水，醉到一定程度，安雅居然也没有喝出来。

地上太乱了，楚歌怕伤到她，便拉起她：“走，我们到那去继续喝。”

说到要喝酒，安雅果然就不反抗了，很顺从地跟着楚歌坐到了沙发上。

楚歌要了一大壶温开水，给两人各倒了一杯，安雅喝着不对劲，大圆眼睛瞪着她：“为什么是热的？”

楚歌面不改色：“最高浓度的Vodka，当然要加热了喝才够劲。”

安雅歪着花猫一样的脑袋，看着那杯水：“是这样吗？”

“嗯。”

两人把水当酒喝得豪气十足，边上的尤宇看得几乎要笑塌了。

药和温开水，解酒的效果还是很明显的，没多久，安雅就清醒了些，虽然还是醉着，但至少，已经认得清人了。

她看着面前和她对坐着的人，张大了嘴：“小歌？”

“嗯。”楚歌应，看看她的神色，“酒醒了吗？醒了我们回家吧。”站起来拉她，没拉动。

安雅仰头望着她：“小歌，”撇着嘴要哭，“对不起。”

楚歌是一点也不想在这里多待，但也知道这时候不能敷衍她，就很认真地说：“嗯，我原谅你了。起来，你喝得有点多，我送你回家。”

她不说原谅她了还好，一说安雅干脆抱着她大声号哭了起来。

哭得楚歌也是真的无奈了，看向林安和，后者忙上前，也帮着劝："安雅，走，我们回家再说。"

安雅听到他的声音，把楚歌抱得更紧："我不！你爱打我，我才不跟你回去。"

楚歌看到林安和的青筋都在往外蹦，突然就有点同情他。

今天晚上，作为哥哥的他没少跟着丢脸，但是还好，他还能保有最后的耐心，很细致地劝安雅："不会了，以后再也不打你了。我保证。"

安雅不哭了，回过头来，抽抽噎噎地问："真的？"

"真的。"林安和抽了张纸巾替她抹了抹脸，"都成花猫了，走吧，回家。"

安雅却拉住他的手，不让他动："那好，那你就娶了小歌吧。哥，小歌很喜欢你的，喜欢你好久好久了，她还在法国为你种了一棵树，许了一个愿呢……是我害了她，害得她名声都没了，杜慕那个王八蛋还因为这个嫌弃她，那你帮帮我，赔给她一个幸福的一辈子，好不好？"

[2]

安雅这话一说完，楚歌就在想，嗯，果然破坏力是原子弹级别的，那么多年前的事，一下就给她挖出来了。

而且还是以这样面对面的方式。

房内房外，一时安静得只听得到他们的心跳声。

林安和有些震惊地看了楚歌一眼，大概是太意外了，两人都忘了要去阻止安雅。

就是旁边的尤宇也不由得低嚷了声："哇哦，大八卦啊！"眼睛在楚歌和林安和之间扫来扫去。

不怪他感到意外，实在是平素里楚歌和林安和在一起的表现太平常普通了——哦，这样想来，其实也不算平常了，两人公司都有合作，但是他们私下里的关系却十分淡薄，楚歌甚至都不怎么和林安和说话。

尤宇在心里啧啧了好几声，见那头林安和已经反应过来了，试图去拉起安雅："起来，我们回家去说。"

安雅挣扎："我不回，就在这里说。哥，其实你也是喜欢楚歌的是吧？我都看到了，你偷偷藏了有她的照片。"

"……"

林安和的脸色已经可以用铁青来形容了，安雅还在那里嚷嚷着："你喜欢她，为什么不和她说？偷偷摸摸的，一点也不男人。"还扑过来拉楚歌，"小歌，你不用担心，我让你做我嫂嫂。"

楚歌都已经放弃去阻止她了，该说不该说的反正都说了，拦又有什么用？

对于已经糊涂了的人，反驳争辩都只会让她更亢奋，所以楚歌反抓住安雅的手，说："好，我会考虑。现在，我们回家好吗？"温言安抚她，"我今天有点晕，你再缠下去，我都要吐了。"

安雅当即爬起来去拍她的背，说："好，我们现在回家。"

三人站起来，林安和接了楚歌的手，扶着念念叨叨的安雅往外走，楚歌也想跟着出去，被尤宇拦住了："嘿，别那么快走啊。既然来了，跟大家打个招呼呗。"然后看向林安和，"你的妹妹，你一个人带回去没问题吧？"

林安和眸色微暗，点了点头，扶着东倒西歪的安雅先走了。

安雅这回倒是听话了，只咕哝着喊了句小歌也就没有别的反应。

楚歌其实挺不想留下来，但是尤宇的态度虽然温和却不容拒绝，于是只得跟着他，进了里面的房间。

这个天外有天的套间里，人居然还挺多的，楚歌甚至在其中还看到了两个影视圈里正当红的明星。

见到楚歌进来，这些人的表情十分丰富，不一而足。

很显然，他们都听到了安雅刚刚说的话。

在座的，除了极个别，大约也无人不知道她和杜慕的牵扯，所以这会儿，气氛才会这么尴尬。

楚歌倒是很平静。

尤宇先给她介绍那两个明星，楚歌不追星，但是他们出现的频率太高了，所以，不认识也认识了。

然后她也终于明白，为什么今天这里会集聚这么多人了——尤宇公司有款新游戏正在进行内测，这些人，都是他拉来帮忙做内测的。

这事他以前就没少干，而楚歌，从来都只是陪客，她根本就不爱玩这个，杜慕也不爱，但是杜慕眼光厉害，总能发现别人发现不了的 BUG，所以他经常是硬拉也要把杜慕拉来。

接着，楚歌跟其他人打招呼，顺便替安雅道歉：“不好意思，我朋友好像打扰到大家了。”

安雅跟这些人不是一个圈子的，估计是她在下面疯的时候被林安和知道了，然后看她状态不对，才把她带进了这个包间。

事情到这儿，基本上就可以没她什么事了，楚歌准备告辞，谁知尤宇忽地拉住她：“你再等等。”对刘明远说，“外面收拾得差不多了，去吧，接着玩去，要吃什么喝什么，随便点。”

等他们都走后，他才伸手一指捧了个游戏机，从始至终低垂了眉眼坐在那儿没有动的杜慕。

“帮个忙，把这位杜先生送回去，你知道的，他这人从来都不自己开车，我们又没空送他，所以只能辛苦你啦。”尤宇说完，丢了句“拜托你啦”自己就跑出去了。

临了还把门也给带上。

“砰”的一声，像是敲在楚歌心上，震得她头皮都有点发麻。

好一会儿，她才听出那一声“砰”不是房门关闭带来的声响，而是从杜慕手上的游戏机里传出来的。

他确实是在玩游戏，玩得还很专注，尽管手指滑动的频率很细微，但是，他确实是在玩。

楚歌就也不催他，自己就近找了个位置坐下。

然后她就不断地听到“咻咻”“砰砰”的声音，还有一个低沉的男声一次又一次地宣告：“Game over！”

最后一声“Game over”传来，杜慕终于丢开了游戏机，抬手揉了揉眉心。

他是个表情很不丰富的人，但是楚歌毕竟跟了他好几年，所以很容易就可以判断出，他这会儿的心情不太好。

她就老老实实坐着，不说话。

杜慕瞥了她一眼。

楚歌没有动。

他眉头皱了起来，冷冷开口："过来。"

楚歌犹豫了会儿，到底还是乖乖走了过去。

"手。"他说。

楚歌把没有受伤的那只伸过去。

"另一只。"

顿了顿，她把另外一只手摊开来放到他面前。

那只手早已经不流血了，纸巾裹在伤口上，连伤处都看不太分明。

杜慕握住她的手腕，一下用力把那纸巾扯掉了。

动作看似粗鲁，但他用力很巧，所以楚歌只觉得像有什么东西扯了一下，并没有多痛。

只是纸巾的抽离仍然破坏了原本的血凝，很快，就又有血慢慢地渗出来。

伤口不太大，但是玻璃片插得有点深，楚歌拔的时候又没注意，因而带得一部分血肉外翻，瞧着还是略难看。

杜慕身上的气息越发冷了，楚歌下意识地想往回缩，但他握得很紧，她挣不脱。

不知道安慰自己还是想要安抚他，楚歌笑了笑说："其实不太痛的。"

"是吗？"他冷笑，手指微微用力。

楚歌立即疼得脸都白了，他看着她，淡声问："痛吗？"

楚歌立即乖顺地点头："痛！"加重语气，"痛死了。"

杜先生"满意"了，让她等着，起身去了外面，没多久，拿了一个药箱进来。

楚歌明白了他的意思，想接过去："我自己来吧。"

他淡淡地看了她一眼，她抿抿唇，就什么都不说了，把手还是伸给他。

只是这样子，真的好怪异啊，明明说是已经放手了的，还有……他应该听到了安雅说的话了吧？但是他如此表现，倒让她越发心惊胆战。

老实说，杜慕处理伤口的动作算不得温柔，但是他做事从来都很细致，先拿双氧水帮她清洗了一遍，又挑开玻璃刺进去的地方检查还有没有碎片残留，确认没有了，再用双氧水消毒，碘酒清洗，然后才是上药，绑绷带。

绑绷带的时候，楚歌一直等着的那只“鞋子”终于落地了。

杜慕问她：“为什么要再回去里昂？”

他没有看她，修长劲瘦的手指轻轻在她腕间绕来绕去，神情专注而认真，仿佛这就是眼前最值得他关注的事情，仿佛这个问题，也只是他随口一问而已。

但楚歌知道他不是。

她也知道他这么问的意思，什么“那棵树是不是为了林安和才种的”都是废话，那时候他们两个连认都不认识，种树许愿纯粹都是扯淡。

最关键的是，她要回去的时机，是在杜慕有意要把两人间的关系更进一步的时候。

她重新回去看那棵树，是要干什么？

是悼念她和林安和永远都不可能再实现的美丽的遇见，还是单纯只是想将往事做一个结束？

楚歌感觉喉咙有点干，她忍不住吞了口口水。

杜慕没有催她，绷带绑完后，他托起她的手仔细看了看，然后就跟个经验丰富的大夫似的，嘱咐说：“最近都不要再见水。”

楚歌呆呆地“哦”了一声。

然后，他才看向她。

他眸色很深，神情偏冷，所以和他对视，很是需要勇气。

楚歌勇气不够，她情不自禁地移开了视线，垂下头。

两人一时都没再说话，过了好一会儿，楚歌才说：“我早就不喜欢他了，八年前，他因为害怕唐致远而把我拒在林家门外的时候就已经不喜欢了。”

所以，也没有什么悼念不悼念的。

她只是想回去看一看，如此而已。

当然，还有个最重要的原因，她不想说，也不能说。

杜慕用指尖轻轻挑起她的下巴，微微抬高："楚歌。"

他倾身过来，在她耳朵边低声说："你知道吗？你实在是个不太高明的演员。"

楚歌微颤，不敢看他。

他微微转了转脸，柔软的唇角掠过她的脸颊，落到了她的唇上，没一会儿，刺痛传来，她很快就尝到了一缕淡淡的血腥味。

咸咸的，像眼泪。

这是个惩罚意味十足的吻。

放开她时，他却温柔地替她舔了舔唇边的血迹。

"我愿意放开你，但是不代表，我会原谅你的欺骗，所以，演好一点，别让我发现你骗我。"

[3]

楚歌觉得身上泛冷，后背发寒，但是她没有避，只是很认真地说："好。"

在他面前，她一向都很乖顺，然而底下究竟如何，大约也只有她自己知道了。

他放开手，她就退开一些，低垂着眉目看他把尤宇叫进来，拿着游戏机指出他新游戏里存在的BUG，然后拿起衣服，离开。

楚歌跟在他后面。

不过他最终也并没有要她送他，两人下到停车场的时候，秦坤已经等在那儿了。

杜慕没再说什么，上了车便走，连个眼神也没再奉送。

楚歌静静地站在那儿，看着他的车子转了一个弯，很快消失在了视线内。

她站了好一会儿，直到感觉到有人慢慢走过来，才转过身。

来人是林安和，他竟然还没走，一直等在这儿。

楚歌望着他，凤凰台地下停车场都修得很大气，空间宽大，光线明亮，所以即便隔着一点距离，她仍能把他看得很清晰。

她少女时代无比迷恋过的男人，依旧眉目隽秀、温和雅致，如青松翠竹，尔雅温文。

只不过，都是表象而已。

楚歌其实挺想问他，为什么明知道杜慕他们在，还要把安雅带去那间房里，安雅喝醉酒喜欢胡说八道的习惯，相信他比她还要更清楚。

但他不但把安雅带过去了，还以搞不定为由，把她也喊了去。

要相信他没有目的，还真是比较难。

楚歌也想问他，安雅说他藏有她的照片的事是不是真的——讲真，这种行为挺恶心人的，既然当年已经明确要划清界限，又何必私底下偷偷摸摸做出深情的样子？

但是，想了又想，这些话，她都没有问。

林安和倒像是专程来道歉的：“对不起，安雅今天好像给你带去了不小的困扰。”

楚歌语气很平常：“还好。”

“杜慕他没生你的气吧？”

楚歌忍不住笑：“这又和你有什么关系？”

林安和说：“我只是关心你而已。”

楚歌很客气：“谢谢。”拿出车钥匙准备离开，“没什么事的话我先走了。”

“有。”

车子解锁的声音响起，楚歌发现了自己的车，她转过头来：“还有什么事？”

“那棵树……还有那个愿望，是真的吗？”

“是真的。”楚歌并不想否认，“然后呢？确认真假以后，你打算做什么？”

“我……”林安和失语。

楚歌偏头一笑，那笑容竟有一种久违的娇俏：“真要像安雅说的那样，娶我吗？”

“如果你愿意，我会。”

林安和的神色，出乎意料地认真。

楚歌看着他，笑了笑，慢慢走到他面前，手指轻轻点在他的胸口上。

“林安和，”她凑过去，在他耳朵边低声问，“我愿意嫁，但你真的敢娶吗？”

林安和的瞳孔微微一缩，楚歌推开他，冷冷一瞥后，迈步离开。

因为安雅闹的这一出，楚歌心情略糟糕，她开着车绕着城中心转了好几个圈，到最后，还是没能平复下来。

不想让妈妈和刚刚醒来的楚卿担心，这一晚，楚歌是回五福里睡的。

房间里清冷得可怕，楚歌进门后竟然有几分不适应，站在门边，恍了好一会儿神，才慢吞吞地走进去。

三月里了，天气已没有那么冷，但夜里温度还是有点低，楚歌窝在床上，被子那么厚，她居然还是睡不热。

早上起来，一身冰凉。

然后头也有点痛，摸摸额头，发热了。

哎，她居然在这个时候感冒。

路上买了点药，到公司的时候精神难免有点萎靡，曼文看出来了，问她：“你不会昨晚上又去医院陪床了吧？”

楚歌说：“没有。”

曼文就又多看了她两眼，得出结论：“生病了。”

楚歌感叹：“厉害！借你的厉眼，今天上午好好帮忙把一下关。”

按照已定的日程，他们上午要见一个合作商，重新商定今年的订购合同，楚歌头疼，今日的状态肯定不会太好。

曼文也叹气：“吃药了吗？要不你还是去医院看看吧？”

楚歌说：“好啊。”

应得好好的，却是一看就没放在心上。

上午谈合同，下午本来楚歌是想抽空休息的，结果尤宇过来了，他这次还一本正经地带来了他身边的团队。

“我可是说真的，我想跟你合作。”他的理由也挺充分，“新亿隆在研发这块比较强势，但是宣发很弱，而我们公司，宣发是强项，你不觉得，合作这件事，很可以考虑一下吗？”

楚歌才吃了感冒药，脑袋晕乎乎的，看着他，半天才能明白他说的什么，如果说之前她多少还以为他是在跟她开玩笑的话，那么这会儿，她是真的很意外了。

“为什么？”她实在是奇怪，虽然之前她跟尤宇的来往仅限于陪杜慕跟他们吃喝玩乐，但是他这个人她还是了解的，有能力有本事也有野心，只不过，他一向对传统的制造业不感兴趣，觉得那是劳心劳力还不一定赚钱的民工活。

这莫名其妙对她公司的业务感兴趣什么的……真是不要太突兀。

尤宇倒是挺坦率的：“因为阿季很看好你。这段时间他仔细研究了一下你们公司的主营业务，觉得发展势头良好，值得投资。”

楚歌眨眨眼：“我应该受宠若惊吗？”

尤宇哈哈大笑：“不用太惊。事实上他在做一个课题，是关于亚太国家经济发展方向和速度的，所以研究的不仅仅是你们一个公司。”

好吧，那是大师的世界，楚歌不懂。她转而问尤宇：“你就凭这个决定投资方向，会不会太草率了一点？”

“不会。阿季可是从来都没有看走眼过的，所以我很信他。虽然我是不太喜欢传统的制造业，但是显然，楚歌你跟传统的商人也不一样。而选在这个时机来跟你谈，也是因为，我有钱，而你，貌似在这方面有点缺。”他说着，从桌边他带来的一个纸袋里拿出一个盒子，递到楚歌面前。

看到他递来的盒子，楚歌额角忍不住抽了抽，感觉头好像是更痛了。

尤宇倒是仍旧笑眯眯的，说：“投名状。”点了点下巴，“不打开看看吗？”

楚歌顿了顿，掀开盒子。

东西特别熟，还真是她拿给文老板寄卖的那条Buccellati祖母绿镶钻项链，此刻在她面前熠熠发光，像是嘲笑。

楚歌看了好一会儿，阖上盖子，说：“这是什么意思？”

她没打算承认，至少不想那么快承认。

只是她运气不太好，像是要专门打她脸似的，这个时候，曼文忽然敲门进来：“楚总，文老板过来了，要不要跟她改一下时间？”

楚歌：“……”

尤宇似笑非笑地看了她一眼。

楚歌轻轻咳了咳，对曼文说："嗯，请她在会客室先坐一会儿，我马上过去。"然后又点了几个人，"让他们跟尤总的人先谈一谈，具体能不能合作，应该如何合作，拟一个可行性方案出来。"

曼文走后，尤宇冲她竖了竖大拇指："痛快。"

楚歌微微笑："好说。毕竟尤先生能够慧眼如炬选中我们新亿隆，我还是很感激的。"

尤宇嘿嘿一笑，用她的话回她："好说。"

楚歌看着他，心里是真的无奈极了——尤宇如果单纯只是想投资合作那她肯定是极欢迎的，但是现下看他那架势，倒不像是要合作，而是想要收购。

即便不是收购，他应该也是想要投资控股。

果然，杜慕这道护身符一撤掉，就什么魑魅魍魉都出来了吗？

不过第一个跳出来的是尤宇，楚歌还是挺意外的。

感冒了还要跟人斗智斗勇，楚歌就一个字，累。

晚上还有个应酬，等完事，楚歌简直是晕晕乎乎地回到五福里自己的住处的。

她一边走一边给妈妈打电话："哥哥今天状态怎么样？最近事比较多，估计这两天都没空去看他，帮我解释解释下，要他别怪我。"

实情是她感冒了，楚卿才醒来身体本来就弱，她怕近了，自己的感冒会传染给他。

楚妈妈的用词倒是挺有意思的，她说："放心，你以为你哥是你呀？他可懂事了。"

楚歌笑，倒有了一点回到以前的味道，那时候也是她顽皮淘气，楚卿懂事，所以妈妈经常叹："肯定是生错性别了，楚卿应该是姐姐，你才是那个不懂事的弟弟。"

正想要说什么，这时候又有电话进来，楚歌便说："妈，你等等，我先接个电话。"

是楼下管理处打来的。

楚歌接通，听到对方说："楚小姐，有个姓林叫林安雅的小姐说要找您，请问您认识她吧？"

楚歌转到楼下，看到安雅蜷缩在管理处的沙发上，身上披了条小花毯子，就跟只没人要的流浪狗似的。

她走过去蹲到她面前，在她手臂上戳了戳："怎么了呀这是？"

"小歌。"

"嗯？"

"我病了。"

楚歌失笑："病了就去医院呀。"

安雅摇头："不去。"

楚歌就伸手在她额头上探了探，没有发热，估计还是昨天宿醉的后劲，便拉起她："行了，先上去再说吧。"

这房子楚歌自己都少回，安雅就更是第一次进，她坐在沙发上四处打量了下，点评："冷冰冰的，没人味。"

这评价很中肯。楚歌以前少女心泛滥，房间布置一律都是粉色系，现在的这套房子，色调却偏冷，家具不多，还收拾得一尘不染，看着真是没多少人间烟火味。

递给她一杯水，楚歌在她旁边坐下，顺手将乱了的抱枕摆弄好——这还是跟着杜慕在一起养成的习惯，他那人，容不得一点点乱——摆弄好了，这才看着安雅，问："你还好吧？昨天喝那么多酒。"

"头疼、恶心，还想吐。"

"那怎么不在家里好好休息？"

安雅望着她，欲言又止。

楚歌挑眉："怎么了？"

"昨天晚上，你去找我了？"

"嗯。"她取笑安雅，"凤凰台都差点被你拆掉了，就嚷嚷着要见我，我能不去吗？”

安雅捂脸，一副没脸看的样子。

楚歌淡淡地笑了笑。

安雅从指缝里看到了她的笑，只觉得嘴里特别苦，放下手，不由自主地说：“小歌，别对我那样笑好吗？感觉上，好像我只是你一个很陌生的人一样。”

楚歌微怔，旋即点头，说：“好。”

没有一点勉强。

这回轮到安雅怔怔地看着她。过了会儿，安雅说：“小歌，我是不是很过分？明明以前，害得你那样惨。”

楚歌略意外，看来安雅这段时间没少经历事，也或者说，她毕竟还是长大了，懂得反省了。

笑了笑，楚歌说：“其实不关你的事。”拍拍她的手，“真的，阴差阳错，和你无关。”

楚歌一点也不想再在这问题上纠缠，站起来：“你要不洗个澡？今天晚上就在我这儿睡怎么样？说起来，我们也已经很久没有一起睡了。”

安雅仰头看着楚歌，楚歌站在那儿，唇畔含笑，眼神温柔。明明是那样温婉动人的模样，可她看着就是想哭，眼前浮现的，是八年前她认识的楚歌。

那时候的楚歌才不懂什么叫矜持，也不懂什么是温婉，她活得恣意，笑得也灿烂，像灼灼阳光，烈烈盛夏，明亮得让人不得不避其锋芒。

何曾，如此隐忍而温柔过？

/第十三章

多年前教训，记忆犹新，不敢或忘

R A N G W O A I N I M U M U Z H A O Z H A O

[1]

“对不起，”安雅咽下眼里的泪意，拉着她的手，“昨天晚上我好像说了好多不该说的话。小歌，我不是故意的，我只是……很难过。”

楚歌坐到她身边，点头：“嗯，我知道。”

“我也没有看不起你觉得你就嫁不出去的意思，我就是挺遗憾的，真的。”

楚歌笑笑，没说话。

安雅深吸一口气：“我知道现在说这话可能迟了，但我还是想告诉你，其实昨天晚上我说了什么做了什么自己也不知道，是我哥告诉我的。然后他还骂我看轻了你，说我那样讲显得你好像没有人要了一样，小歌，我哥他……还是很挂念很在乎你的。”

楚歌的脸上没什么表情，闻言只是淡淡地“哦”了一声。

安雅见状，有些失望。

她不是笨人，自然知道在楚歌这里，和林安和的那段是真的已经永远成了过去，楚歌不会再回头，也自然不会再有任何别的想法。

她没有再说下去，再说就要惹人烦了，便换了个话题：“你听说了吗，我家里给我找了个男人，余柯杰，认识吗？”

楚歌微微张大了嘴。

余柯杰她当然认识，比起这个男人的身家背景，更瞩目的是他有一个众人皆知的秘密——他是一个 GAY。

“你也吃惊吗？”安雅笑得很悲哀，“如果你知道是谁促成的就不会感到意外了。”

“是林敏娴？”

“嗯，看来是我真把她惹毛了，这种烂主意她都能想得出。可悲的是，我家里居然还有人同意了。”

她至今想起自己妈妈说的话都有些脊背发寒，什么婚姻就是那么一回事，感情什么的通通不可靠，与其去争那些虚无缥缈的东西，还不如把利益和地位牢牢抓在手里。

楚歌听到这些，倒没什么感觉，林母的势利和龌龊，她不是头一回见识了。

难怪安雅看起来会那样落魄，那个刚回国时还一脸意气风发的女孩子，是彻底地一去不复返了。

沉默了会儿，她问安雅：“那你以后有什么打算？”

“还不知道。我原本是想要自己开个工作室的，地点都选好了，不过现在有了这么一出，我想家里人想逼我就范，肯定不会那么容易让我弄成的。”

安雅在国外多年，当然也不是一味瞎玩，她也还是拿到了文凭跟学位的。

艺术设计，主攻视觉效果这一新兴的艺术领域，学得多好不敢说，但如果有家族势利支持，她想做强可能有点难，但如果只是想要做起来，还是很简单的。

“我现在总算明白，为什么我就是做个米虫他们也不着急了，很可能老早就想好了，拿我去卖个好价钱。货物嘛，个性一点可以，能干就不必了。但是怎么办啊，我一点也不想按照他们安排的去做，所以我也没打算用他们的钱，走一步看一步，我想没了他们我还是饿不死的吧？”

楚歌很欣慰：“你能这样想，挺好的。”

安雅就又恢复了原来的样子，隐隐地露出傲然的态势来：“好歹，姐也是‘海龟’不是嘛！”

安雅在楚歌这里住了一晚就走了。

临走的时候，她告诉楚歌：“林家最近麻烦不断，我听到他们说了，好像他们把这些麻烦都归咎到了你身上，所以这段时间，你小心一点。”

安雅说得隐晦，但是楚歌还是懂了。

林家的麻烦来源于蒋家倒台，而蒋家倒台，还是楚歌促成的。

楚歌笑着道谢："我知道了。"

事实上，她等这一天也等了很久了。

楚歌的感冒一直持续了好几天，等她感冒好得差不多的时候，楚卿也可以出院了。

他并没有完全恢复，事实上，他现在还没有完全的自理能力，如果说刚苏醒的他是个新生儿，那到他出院，也就是个一两岁的小婴孩罢了。

语言、认知，包括身体协调方面都存在很大的障碍，不过楚歌不着急，只要他能醒来，她相信，假以时日，他一定可以恢复到最好。

为此，楚歌把小镇上的家按照医生的建议标准，建了一个设施相当齐备的康复训练室，还请了医生定期上门进行复健和检查。

出院那天，楚歌亲自去接的。尤宇居然也到了，他送了楚卿一款游戏："这个可以锻炼手指和眼睛的协调能力，适当玩一玩，还是很有好处的。"

楚歌谢了他，很客气。

最近两家在谈判，她和尤宇的来往还是挺多的，越谈她越觉得这个男人没有想象中的那么简单。

她对尤宇戒备很深，尤宇倒是大大咧咧的，公是公，私是私，公事上寸步不让，私底下倒是大方得很。

楚卿康复需要的一款仪器，还是他托人帮忙弄到的，还死活不要钱。

楚歌特无奈，她一点也不想欠他的人情。

看她这样，尤宇笑了："放心，我没打算拿这些来贿赂你，要贿赂，肯定也会拿出让你最心动的价码的。"

楚歌也笑："那我就等着了。"

送完了礼，眼看着楚歌他们一行都上车离开，尤宇并没急着走，而是歪头一笑，上了路边的另外一辆车。

那车停在医院出口不远处的临时停车点上，车身全身黝黑，牌子不显，看起来十分低调而沉默。

杜慕一个人坐在车里的主驾驶位上，眉心微蹙，方向盘上的手指根根扣着，匀称好看的指骨尤为分明。

同为男人，尤宇都很羡慕他有这样一双手，太骨感漂亮了有没有？如果去他的游戏直播室，不凭长相，光这双手就能爆红啊有没有？

可惜这人他永远都请不起。

嗯，非但请不起，他还得帮他做事。

“东西送过去了，也是你们家楚歌不玩，否则她肯定知道，我们公司可不出产那种游戏。”

那游戏是国外专门针对一些特殊的病人康复训练用的，还没有引进到国内，杜慕为了这个，可是花大力气买版权然后找人翻译重新制作，就为了在这个时候送出去。

当然了，尤宇也并非没有得益，这不，现在这国内的制作和宣发权就归他啦。

杜慕没说话，不过神色还是缓和了一些，很显然，那句“你们家楚歌”还是挠到了他的痒处。

忍不住“啧”了一声，尤宇摇头很夸张地感叹：“真搞不懂你们城里人怎么想的，想娶回家就娶啊，顾忌这个顾忌那个的，连送个东西还要偷偷摸摸，阿慕，别告诉我，这就是情趣啊！”

杜慕看了他一眼。

“OK！”尤宇服输，“我不多嘴。啊，对了，入股新亿隆的事僵着了，你把她教得太好，狐狸一样，狡猾得不要不要的，要她那么个算法，最后我就真的只是纯打工的了，所以我打算冷一段时间再和她谈，横竖阿季要回去处理事情，如果事实真像你猜的那样，就看她急不急了。”

杜慕没什么意见：“这个随你。”

尤宇挑眉：“你还真放心？”

杜慕语气很淡：“你坑不到她。”

“啧！”尤宇看他那样，突然觉得胸口有点疼，“我想跟阿季一起去国外看看，你要不要一起？”

“没时间。”

“忙着约会吗？”尤宇笑得很贱，“你们家老爷子真不死心。”

杜慕神情很冷：“他喜欢就行。”

尤宇说的约会，没几天楚歌也知道了。

这还是安雅告诉她的。

安雅正式把工作室给停掉了，新的工作还没有头绪，所以最近闲得很。

那晚上两人一夜卧谈，让她终于确定楚歌虽然变得冷淡了一些，但是真的不怪她，所以没事她就会跑来找楚歌玩。

楚歌仍旧很忙，但十回里还是能应她一回的。

这不这天，安雅又腻到楚歌这儿了。

但楚歌这天却不能陪她。

楚歌晚上有个政府性质的商业宴会要出席，安雅到的时候，她正由曼文陪着在做造型。

正好安雅也觉得自己需要改换形象了，就和她一起。

做到一半，安雅刷手机刷出一条朋友圈的动态，不由得骂了句粗口：“还真是穷嘚瑟！看她这德行，好像就已经飞上枝头成凤凰了一样！我呸！”

楚歌眨眨眼，小幅转头看过去。

安雅想想，还是把手机塞给她看。

安雅的朋友圈里关注了不少这个圈子里的名媛少女，其中有个女孩子晒了张照片：“我们家杜少爷要我陪他出席一个晚宴，这样穿都嫌我露了，嗯，真的很露吗？”

后面附赠一个十分委屈的表情。

楚歌看了倒是没什么想法，唯有安雅和曼文则是气炸，两人强烈要求造型师：“做好看点，不能艳压群芳，起码也得一枝独秀啊，让那个人看到后悔去！”

楚歌忍不住抚额：“拜托，这种场合，庄重就好，你们别添乱了。”

“这怎么能叫添乱？”安雅一脸不赞同，“这叫作杀敌于无形。放心，这种场合我也有经验，保证不会让你丢人。”

曼文也是忙不迭地附和。

楚歌一个人挡不住两个，最后就只能随她们去了，自己淡定地坐在那儿当人偶，认认真真地看着唐文安最近的操作记录。

等到造型师说好了的时候，她抬起头，看到镜子的自己，再不在意，还是忍不住有些愣住了。

[2]

楚歌平素不算邋遢，但也绝对不是一个肯花很多时间和耐性打理自己的人，只要保证端庄得体、干净舒服也就够了。

以往的造型也都是往这方面靠。

所以她一向的形象都是有些偏成熟稳重型的。

看惯了那样的自己，她都不知道她还可以有另一面的：韵致天成、俏丽妩媚。

这回的妆化得非常淡雅，她皮肤这段时间折腾得太过，白得过分，也很显干，然而这会儿，她的脸色看起来特别粉嫩通透，头发仍是绾在脑后，却有两缕很自然地散落在脸侧，挂在纤细的锁骨上，让她干练精明的气质，生生染了些俏皮可爱来。

楚歌愣了一会儿，扯住其中一缕头发：“这个，盘上去吧。”

被安雅拦住:“真没审美观，这样多好看啊！都盘上去，跟个老太婆似的。”

楚歌无奈地看了她一眼。

安雅笑着碰了碰她的脸：“啧啧，以前总说我是美人，哎，现在看你自己，是不是觉得也很美？”

美不美什么的……楚歌以前挺在意，现在嘛，是真的不在乎了。

怕楚歌又折腾回去，曼文在边上适时地提醒：“楚总，时间不多了。”

楚歌想想也就算了，横竖不失礼于人前就好，换上准备好的衣服，不出意外又被安雅一通批：“哎，这么老土，小歌你真是浪费了好身材！”

楚歌这回却不理她了，她有她的身份在，要她真像杜慕他们带出去的女伴一样跟人争奇斗艳，实在是太不合适了。

拍拍安雅的手，她说：“人家负责貌美如花，我要赚钱养家，不一样的，就不要去比较啦。”

她话一落音，后面就响起店里服务小姐的声音："楚小姐，有位先生说是来接你的，问你好了吗？"

安雅闻言睁大了眼，楚歌却说："好了，我马上下去。"

安雅偷偷摸摸地跟在后面，等看到来接楚歌的男人时，不由得失望地说："哎，小歌怎么选了这么个男伴啊？"要是她哥，两人走在一起，多登对。

俊男美女什么的，才能闪瞎其他人的狗眼。

曼文走在安雅身边，听到她这些嘀嘀咕咕的话，不由得哭笑不得："可别乱想，这是我们公司的合作商，楚总和他一起出席，也是搭个伴而已。"

楚歌的装束，安雅看不上，来接楚歌的男人却是只觉得眼前一亮，笑着说："楚总今日打扮得真漂亮。"

楚歌笑得很平淡："谢谢。"

两人一路过去，到达会场不早也不晚，有政府单位的组织，今日的宴会可以说是名流云集，楚歌在其中算不得是如鱼得水，但是多少还是有一些能聊得来的生意伙伴。

因为还没有正式开始，所以大家也是三五成群聚在一起，有的交流经济大势，有的却是八坊间传闻。

楚歌这会儿被人拉着聊的就是后者："太古好像最近日子很不好过，他们的新产品经证实存在严重缺陷，退货的都快要把他们家门槛挤烂了。"话锋一转，还问她，"这件事楚总怎么看？"

楚歌一本正经地说："作为制造业，没有经历过一次两次退货，大概也称不上是制造业吧？"

大家都笑："那倒是。"然后说起自己家什么什么时候也被退过货，严重的时候差点倒闭之类的。

他们都是聪明人，和新亿隆的关系也挺好，试探这种东西，有一回就可以了。

楚歌就听他们改论往日峥嵘，正听得津津有味，忽地，一人说："恒盛的唐总来了……他身边那个，是他女儿吧？长得还真是漂亮。"

楚歌转头望过去，恰好见到唐致远带着林敏娴走进来，后者穿一条露肩的红色长裙，妆容精致，笑意盎然，袅袅娜娜一路走来，仿佛是一块天生美玉，带着莹莹的耀目光辉。

“所谓大家闺秀，大概就是指这样的吧。”

有人在楚歌身边叹。

楚歌笑，看着那两人被人群包围，垂眸晃了晃手中的酒杯，即便麻烦缠身，但是恒盛的影响力，还是可见一斑。

楚歌叹口气，默默地把手中的杯子放下，正要寻个地方坐一坐，就见身边又是一阵喧哗，然后所有人同时回头，默默地闪开。

楚歌下意识地跟着动作，后退了一步，抬头就看到从楼梯上走下来的一群人，除了上次见过的纪书记，还有这次宴会的组织者，以及几个在商界非常有地位的名流巨擘。

杜慕，赫然就在其中。

他走在最后面，跟场上大多数西装革履的男人不一样，他穿得特别简单，衬衣、黑裤，眼神黝黑、神色淡漠，在一群都不怎么年轻的人当中，无疑是相当耀眼的。

等他们走下来，众人都围上去，楚歌慢慢被挤了出来，她寻了个不那么引人注目的角落站定，微笑着看他跟人寒暄。他的气质一如既往地清淡，然而却并不失礼，跟人说话时，眼神很专注。

像是有所察觉，他忽地转过头来望向她所在的方向，隔了那么远，立于层层人群之内的他，眼底浮光掠影，像是漆黑的海面，内里不管如何汹涌，表面看上去却是寂静而淡漠的。

楚歌没有避，她也抬起脸，冲他微微笑了笑。

“楚小姐不过去打个招呼吗？”

突然响起在耳边的声音，让楚歌心里震了震，但她并没有多失态，而是慢慢地转过头来。

连脸上的笑意都没有收敛，眉目盈然地望着来人。

唐致远。

他们在公共场合也碰见过很多回，但是多数是点头而过罢了，那年之后，他们如此正面相逢，还是第一次。

他是前辈，她是后辈，他称得上是巨擘，而她，顶多只算是一个后起之秀而已。

如果不是那些麻烦，也许刚刚和纪书记一起走下来的人当中，也应该有他一个。

而现在，他却来到了她面前，来到了一个他以往从未正视过的人面前。

楚歌笑："唐总不是也在这里吗？"

唐致远的目光微微一缩。

算起来，他和楚歌爸爸的年纪差不多，六十岁，如果楚爸爸还活着，不知道现在是什么样子。但是这个年纪的唐致远还很年轻，他好保养，也爱健身，所以一般中年后的男人该有的发福、秃顶，都跟他没有关系。

他脸上甚至也没见多少皱纹，衣着得体，神情温和，外表上看，这个男人成熟而优雅，风度翩翩，文质彬彬。

年纪不像障碍，而像是他的勋章，让他如醇酒，越久越香。

当然，对于楚歌这种程度的挑衅，他也不至于会真的失态，他很快地敛了神色，同样一语双关地说了句："后生可畏。"

看了不远处的人群一眼，他率先找了个位置坐下："楚小姐要不要坐下来聊一聊？"

"好。"她欣然，坐在了他旁边的椅子上。

他招了招手，自然有侍者端了酒水过来，他给她挑了一杯香槟，递到她面前。

楚歌看着笑笑，没有接。

"怎么，不敢喝？"

"没错。"楚歌很爽快地承认，"多年前有过教训，记忆犹新，不敢忘记。"

唐致远眉目微动："你真是爽快得让我吃惊。"他直起身体，往后靠坐在椅子上，一手放在桌面，一手搭在椅背上，姿势闲散，模样慵懒，仍是那年她求到他面前一样，带着一点居高临下审视的意味，“以前我一直觉得，你就是被楚伯年宠坏的娇娇女而已，没想到，事过境迁，你成长得倒是很快。”顿了顿，他还补充，“蒋家的事，做得很漂亮。”

楚歌一点也不意外他会知道，笑了笑：“承蒙您能看得起，我会更努力的。”

“所以当年的事，楚小姐是真打算追究到底吗？”

楚歌看着他。

老实说，唐致远的直白同样让她感到意外。

她不动声色，只是问：“唐总的意思？”

“我的意思是，人年少的时候谁没有犯过错？阿娴当年会有那样的举动，也不过是因乍然失母之下悲痛太过而已，如果你愿意就此放手，我会补偿你。”

“八年之后的补偿吗？”楚歌笑，“唐先生打算补偿我什么？”

“太古。”

楚歌吁出一口气，笑意更盛了些：“抱歉，这个价码我不接受。”

太古于她而言，就是个对手，诚如杜慕当年和她说的，商场之上，尔虞我诈、背叛与输赢一样，都是再正常不过的事情，所以，她不必恨，也不需要去恨。

这些年，有太古在，新亿隆才能脱胎换骨，有了如今这么快速的发展，不是吗？

“这么说，你是不打算放弃了？”

楚歌微笑：“我只是觉得，因果循环，轮回报应，总还是要有的。”

唐致远看着她，眉目之中，终于有了点上位已久的人该有的威严和凌厉，那目光如有实质，能让人心里发颤。

可楚歌毫不为所动，同样回望着他。

过了好一会儿，他才淡淡地点头：“很好，看起来楚小姐信心十足。不过，如果我是你，既然想当撬动大象的蚂蚁，实在不应该放弃一座现成的好靠山。”说着，他冲着杜慕的方向微微点了点下巴。

这个时候，那里的人群已经慢慢散开，杜慕的身影显出来，他身边也多了一个年轻的女孩子。

还真是安雅给她看过的，那个晒朋友圈嘚瑟的女孩。

那女孩果然弃了朋友圈里那条粉色的露背长裙，取而代之的是一条白色的蓬蓬裙小礼服，头上还戴了一个精致小巧的皇冠，这时候挽着他的手立在人前，眉目如画，巧笑倩兮。

楚歌转过脸来，笑：“唐总这是打算提点我吗？”

“算是，我总是很惜才的，楚小姐年纪轻轻，本事也不小，如果因为不自量力而陨落什么的，实在是很可惜。”

楚歌点头：“受教了。”很认真地说，“不过靠山什么的，不也有不靠谱的时候吗？有句话，相必您比我更清楚，所谓靠山山倒，靠人人跑，这世上，最可靠的，还是自己。所以，即便我没有了靠山，唐先生也大可以再试试看，看一看我还是不是那年的楚歌，可以任人宰割。”

说罢，她站起来，轻轻拂了拂坐皱的衣摆，慢慢地走到他身后，俯身在他耳朵边说：“您要继续好好保养，活得久一点，看一看，这场仗，我能不能赢。还有，顺便提醒您，如果您再敢像当年那样伤及无辜……唐先生，我不怕死，希望，您也不要太害怕。”

[3]

楚歌说罢，施施然地离开。

她表现得特别平静，心里却还是难免生出几分不可言喻的火热来，那么多年苦苦的压抑和等待，其实也不过是为了有一天，走到他面前说一句“因果循环，轮回报应，总是要有的”。

是的，总是要有的。

晚宴有好几个程序，第一个就是今天晚上的重头戏，是关于商业发展和环境保护的论坛，如今湄河污染日益严重，举行这个晚宴最终的目的，还是想要群策群力找到解决之道。

不过，这事情明显大家都没太放在心上，环境污染人人有责，至于治理——反正楚歌一路走过去，都没有听到一个人在说这事。

她举目四望，见和自己一起来的合作商也发现了她，正远远冲她招手，便笑一笑，绕过人群走过去。

他们那一堆人正在聊八卦，楚歌近前就只听到一点尾声："老蒋和老李斗得死去活来，结果倒是便宜了外人，凭空掉下一个空降兵……"

然后就有人"嘘"了一声："政事莫论……你们有没有发现，今天晚上来的淑女特别多？"

"那有什么稀奇的。"旁边的人都很上道地转移了话题，"知道咱们城内最有名的黄金单身汉会出现，淑女们能不积极地过来吗？"

"呵，也不知道这个魅力四射的小杜总最后会看上谁。"

"不是乔家小姐？看那手挽得紧的，明晃晃在宣告所有权啊。"

"那可不一定，先前不还有个楚小姐嘛……"

"咳咳！"把楚歌叫过来的合作商没想到他们会把这火烧到楚歌身上，有些尴尬地咳了咳，扬声笑着说，"楚总刚刚跑哪里去了？"

楚歌也笑，装作什么都没听到的样子，跟周围人颔首致意，然后才说："碰见个老朋友，聊了两句。"问他们，"都说什么呢，聊这么开心？"

"在聊小杜总身边的红颜知己。"也有人并不买账，直勾勾地盯着她问，"传闻楚总也是小杜总身边的红颜之一，今天来了这么多名媛淑女，你不去他身边看着吗？"

这话真是一点情面也不留。

楚歌望过去，很快就明白对方为什么会这样了。

太古的负责人之一啊。

她笑一笑，半点波动都没有："您也说是传闻了，而传闻总是有很多不靠谱的地方。就像外界也在传，您在跟您太太兴办太古之前，只不过是我家的一个小司机而已呢。"

"你……"

"Sorry，"楚歌一摊手，"我是有什么说得不对吗？八卦而已，不就是随便乱聊吗？"

眼看着就要剑拔弩张，旁边人见势不对，赶紧把两人分开了。

楚歌也被合作商拉去了一边，找到他们自己的位置坐下。

彼此关系算是不错，所以讲话也随意了些：“你今天晚上有点失水准啊，要是以往，可不会跟人打这种嘴仗。”

楚歌也反应过来了，点头说：“确实是。”刚刚才见过唐致远，战斗状态没有及时解除，所以看谁都不由得竖满一身刺。

她忍不住扶额叹气：“让您见笑了。”

“其实也没什么，江湖宿怨嘛，这年头，谁能没有一点呀？”

太古和新亿隆之间的是是非非，在圈内也是非常有名了。

楚歌被他逗得笑了起来，伸手招来侍应生：“给我倒杯白开水。”

她话落音，漂亮的女主持人正好上台宣布晚宴正式开始，大家各就各位。

楚歌所在的位置还不错，离主席台并没有多远，和杜慕他们的位置也只隔了两个席位而已。

杜慕身边的乔小姐不见了，倒是林敏娴父女，赫然跟他坐在一起，而且不知道是巧合还是刻意，杜慕和林敏娴两人恰恰好坐在一起。

楚歌转头找了找，发现乔家小姐的席位要落后一点，当然，比楚歌还是要更靠前一些。

乔小姐望着林敏娴的眼睛里都要喷出火来了。

她低头笑，突然有点期待这两位能够掐起来。

乔家的财势可能没有他们林家强，但是这位乔小姐，虽说爱晒了一点，但能力可比只会装腔作势的林敏娴强多了，她是最近非常流行的生态饮食的创始人，而且是出了名的性格火爆。

楚歌托腮准备看戏，结果戏没看成，反倒是自己被迫成了戏台上的角儿。

主持人在感情丰富地讲本地发展史的时候，楚歌要的白开水到了，侍应生站在她后面给她递水。

楚歌见状就伸手去接，正准备道谢的时候，突然“咣”的一声，背后一热，她被侍应生托盘里的另一杯水砸中了。

“哎呀！”

旁边几个人立马同时站起来惊呼出声，一下就吸引了满场视线。

楚歌闭了闭眼，她手里还紧紧地捏着另一杯水。

水温略烫，也许没到开的程度，但温度也绝对不低。

后背被热水淋到的地方火辣辣作痛。

“对不起，对不起。”侍应生不迭声地道歉。

“怎么这么不小心？”是其他人在呵斥他。

只有跟她一起来的男人心细，立马脱下自己的外套披在她肩上，担心地问：“没事吧？”

很多人都围了过来，其中包括纪书记和宴会的组织者，台上的主持人也因为这突发的变故停了下来。

楚歌面色没怎么变，脸上带了一丝笑：“没事，真的没事。”站起来双手合十，“抱歉，打扰大家了。”还和赶过来的纪书记开玩笑，“我这算是要喜事临头吗？”

纪书记反应也很快，很爽朗地笑着说：“哈哈，说得没错。”帮着把其他人都驱散了，然后快速安排，“我找人送你去医院。”他都不用去试就知道水温不低，因为楚歌露出来的脖子上的皮肤都烫红了。

楚歌再次对他道谢加道歉：“谢谢您了，对不起，给您添麻烦了。”

纪书记非常慈和，拍了拍她的肩：“说的什么话，是我们安排欠周到。”

楚歌很快就被送了出去，场内刚开始还有点嘈杂，但随着其他流程的进行，这点嘈点也都不见了。

只有那一个位置一直都空了下来。

杜慕垂眸，拿出手机看到里面发了一条短信过来：“有人故意。”

他手指轻动。

“查！”简简单单的一个字，也有止不住的让人凛然的杀伐之气。

“阿慕，你说小歌不会有事吧？”林敏娴凑过来，低声问。

手上不动声色地把屏幕往下压了压，杜慕转头。

“担心？”他语气很淡，“你可以打电话自己问她。”

林敏娴眨眨眼：“阿慕不担心？刚刚那杯水，好像很烫哎。”

她说着望牢了他，不放弃他任何一个细微的表情。

但是从始至终，杜慕都极为平静，平静到仿佛铸了一张无坚不摧的面具，眼底犹如深不见底的潭水，无风无浪也无任何痕迹。

然后，她就看到他笑了起来，不同于以往见到的浅淡凉薄，而是真正意义上的微微一笑，舒展而轻松，仿佛盛夏暖阳里的一丛大树，突然在阳光下伸展了全部枝叶，唯有勃勃英气，扑面而来。

林敏娴的心跳不可抑制地加快了几分。

但是他却没再说什么，因为主持人已经在请他上台上去了：“……顶恒实业的杜慕杜先生……”

林敏娴有些痴痴地看着他起身，离开，步代凛冽，气质沉稳。明亮而又不失柔和的灯光下，他英俊的脸庞微微绷住，如此好看，却又如此冷清而沉默。

还是唐致远有些看不过眼，忍不住提醒她：“阿娴。”

林敏娴懒洋洋地收回了目光，迎面遇上了对面一双怒火熊熊的眼睛，忍不住粲然一笑。

那人不由得气得更厉害了。

唐致远瞟了一眼，他从一开始就注意到了两人的互动，这时候终于皱眉：“不要去挑衅她，”他低声说，“这个女人可没什么理智。”

“那刺激过度会得失心疯吗？”

“阿娴！”

“好啦，开个玩笑而已。”林敏娴撇撇嘴，“不堪匹敌的对手，我才没那个精力去对付。”

唐致远闻言不由得叹了一口气。

他想起了楚歌，那个女孩子，一开始，他也完全没有把她放在眼里。八年前，她求到他面前，他隔着一扇玻璃看见了她，她很拘束地坐在那儿，看起来狼狈而迷惘。

他没有亲见她，而只是让人传话：“我们恒盛，只投资值得投资的东西。”

她好像也没有多意外，只是呆呆地坐在那儿，可怜极了，就像一只弱小的蚂蚁，吸引不了他更多的眼光。但是现在，她却已经可以坦然地坐到他面前，笑吟吟地告诉他说：“因果循环，轮回报应，总是要有的。”

他在心里回味了一番这句话，忍不住笑了一下，台上纪书记已经开始在讲话了，他动了动嘴唇：“楚歌身上那杯水，真是意外？”

林敏娴没说话，只是握着面前的杯子，笑得很优雅。

“阿娴，”他这回是真的从心里叹气了，“对待对手，不是你这样的。”

林敏娴转过头，眼里有一种故作的天真：“那爸爸觉得应该是怎样的？”

不动则已，动了就要让她永不翻身，但是想想这话自己已经说了很多回了，她未必听得进去，便换了个口吻，温和地说：“这种小手段，没必要。”

“可是我觉得很必要啊。”林敏娴将头靠到他肩上，微微笑着说，“你看，她不再在我面前晃，也不用碍我的眼了。还有，你不是总说杜慕和她之间没那么简单吗？但是，刚刚她被烫得那样惨，可是他却连一点反应都没有。所以，爸爸你错了，他不在乎她了，同时被好几个男人玩的烂货而已，她有什么资格留住他？”

情什么？”干脆把手伸了进去，这一下去势颇猛，他半截手臂插进了她的胸口，指尖轻轻碰到她胸前的柔软，他停了下来，用另一只手搂住她的身体，倾身在她耳朵边说，“都摸过无数回了的，还在乎这一次吗，嗯？”

随着那一声尾音上扬又性感又痞气的“嗯”字，他还微微用力压了压。

耍……耍流氓啊！

[2]

楚歌简直是吓呆了，她从来没有见过这样的杜慕有没有？

如果不是胆量不够，她真的好想问一句“喂，你是不是被调包了”。

但这会儿，她只能默默地黑线，默默地撑起来一些，好让他方便行动，然后还得说一句：“麻烦你了。”

看她这样，杜慕莫名觉得好笑，手底的触感如此温暖，又是如此美妙，他一时倒是舍不得放了，留恋地又捏了捏，直捏得她满脸通红，才依依不舍地放开。

等到包扎完毕，两人都有点气息微喘。

他一说好了，楚歌就跟毛毛虫似的往床里蠕了又蠕，一直蠕到最里面，才闷在枕头里说：“谢谢你了。”潜台词是都包好了，你可以走了。

杜慕笑，慢悠悠地将东西都收拾好，捡起弄脏了的毛巾再次进了浴室。

这一次他在里面洗了好久，水声哗哗，有一种说不出来的旖旎暧昧。

楚歌摸摸脸，觉得自己身上不烫了，倒是脸像是着了火。她努力让自己想些别的，比如说想想背后的伤，这么一来，明天不知道能不能正常起身。应该可以吧？烫伤而已，而且杜慕带来的药，效果是真好，清清凉凉的，就这么一会儿，如果不是裹着层纱布不是很舒服，真的是一点痛感都没有了。

效果这么棒，也许明天就好了。

明天是周末，她有几天没回去了，所以明天肯定是要回去看看的——嗯，楚卿已经能够自己借助外物走几步路了，可惜她很忙，不能陪着他锻炼，下周还要出趟差，手头还有很重要的一个业务要谈，还有唐文安，抽空也要跟他谈一谈了，他眼光还不错，就是胆子太少了……

正乱七八糟地想了一通，“咔哒”一声，浴室门开了，楚歌下意识地松开了一点枕头，从漏出来的缝隙里看到一片洁白的浴巾……以及两条麦色的、结实修长的大长腿。

大长腿！没有穿衣服的大长腿！

楚歌一把将枕头掀开，入目所见，某人果然已经洗过澡了，上身赤裸还沾着没有擦净的水珠，全身上下，只围了一条浴巾，那浴巾略有点小，所以堪堪只能遮住一点要害部位。

“你……”她都失语了。

杜慕倒是挑挑眉，看着她，神情很是平淡：“怎么了？”

楚歌想问他在她这儿洗澡干什么呀，可很清楚自己问了也是多余，便闷闷地重新趴回去，说：“我这儿没有你换的衣服。”

“嗯。”

“所以你还是只能穿脏衣服回去了。”

“没关系，我把原来的都洗了，明天应该能干。”

“明天？！”

“嗯。”

她把脸又扭回来，瞪着他：“我这儿没被子了！”

他瞥了一眼她床上：“够宽。”

所以，说好的放手呢？都已经同意放开了，还同床共枕个毛线啊！

楚歌都想化身咆哮帝了，好在她胆量不足，最后也只能委婉一句：“这就真的不好了。”她神情很严肃，虽然趴在床上的样子让这种严肃大大地打了折扣，但她是真的很严肃的，“杜先生，你女朋友会吃醋的。”

而且吃起醋来很可怕有没有？

虽然还没有消息说林敏娴的事就是乔家小姐做的，但是楚歌直觉事实真相应该是差不离了。

不过再严肃杜先生也没打算理她，掀开被子一角，他径直躺了进来，撑起手肘还摆了一个相当性感的姿势，眼神幽深地望着她：“你吃醋了？”淡淡地扯了扯嘴角，“没必要。她们跟你今天晚上陪着出席的男伴没什么不同。”

楚歌：“……”

离得好近，她都能感觉到他皮肤的温度了，还有那胸肌，肌肉并不大，但是很结实，手感也……非常不错。

他还戴着她送的玉葫芦，小巧精致的白白一团，窝在他陷落的锁骨上，配着他英挺逼人的长相，老实说，真的非常非常有色诱的本钱。

楚歌立马就不敢看了，哪怕已经很及时地转开了视线，她还是感觉脑子抽了一下，好在手没抽，没有真的伸出去摸一摸。

但是她还是忘记声明自己并没有吃醋了，不过胆子抽大发了，她鼓起勇气："可是我们只是朋友而已……"结结巴巴，"也……也没有朋友……"

没有朋友会像他们这样，帮忙上药就算了，还同床共枕。

可惜后半句，她说不出来了。

杜慕伸手扯下了她的浴帽，轻轻揪住了她的一缕头发。

他的神情一如既往地清冷，不过楚歌能感觉得出，他的情绪并不差，非但不差，相反，他还颇有些兴致昂扬的意味。

这才是她不敢再说什么的最大的原因，她不想惹恼他，但是，她更不愿意在这个时候刺激他——她还是伤员啊，泪。

两人虽没有肌肤相贴，但是被窝里某处，都要出火了好吗？！

将她的头发在手上绕了几圈，感觉要扯痛她的时候，他又放开，然后捏住又绕，又放开。

如此玩了好一会儿，他才垂目淡淡地问："你觉得有用吗？"

"什……什么？"

"离开我。"

楚歌说不出话了。

"你不还是出事了？"他抬起眼睛，看着她。

"那是意外。"

但她知道肯定不是意外，在医院里，医生说水里面掺了有热油。

什么样的白开水里会掺有热油？

杜慕嘲讽地笑了一下："楚歌，你没那么笨的。"

楚歌赌气："我一向也不聪明。"

他居然"嗯"了一声，一副"你至少还有自知之明所以不算无可救药"

的模样。

……

每次和他说话，楚歌都有种要放弃人生的绝望。

真的，好难沟通。

杜慕轻轻笑了起来，笑完了，看她不理他，他又轻轻扯了扯她的头发。

“干什么？”她捂住被他扯到的那处，都要无语了，不理也不行。

等她转过头来了，他才说：“这次是我疏忽了，我没想到她会在那种场合闹。”

要知道，那不是一般的商业晚宴，而是有政府机构参与、纪书记亲自出席的宴会，恒盛林氏最近不惜以收缩业务来换取低调求存，他是真没有想到，林敏娴居然还敢出手。

也确实是他疏忽了。

楚歌有些不自在：“确定是她做的？”

“嗯。”没有多的解释，但他既然说是，那就肯定是了。

楚歌叹了口气：“那也跟你没关系。”想想连唐致远都知道她做了什么，那面前这位肯定也瞒不住，就说，“是我急躁了。”

这就是打蛇不死的下场，一不小心就会被反咬。

他抬起眼睛看着她，目光很静，而且隐隐的，有着什么她看不明白的东西。

她有点不自在，问：“为什么这么看我？”

“没什么。”他笑了笑，松开她的头发，把被子往两人身上扯了扯，慢悠悠地说，“楚歌，我好像没法放开你了。”

她睁大了眼。

他就又是一笑，笑容很凉：“和其他人，我没感觉。但是你，”被子里他的那只手捉住了她的，在她还没反应过来时，握着她贴住了他身体的某一处，“你看，你都这样了，我却还是会很想……很想。”

楚歌：“……”

楚歌被杜先生撩到失语，而在林家大宅，气氛已经可以用冰点来形容了。

“嘭嘭嘭”的一声又一声，从林敏娴住的房间里传出来，然后不时还能听到她咬着牙的怒吼声：“乔思懿！”

乔思懿就是自称是杜慕女伴的乔家小姐，谁也没有想到，在那样的场合，这位姓乔的居然敢脑残到当众踩掉林敏娴的裙子。

只要一想到那时的场景，就连唐致远也忍不住怒意上涌。

但是，他比林敏娴要更能控制得住自己，不会做一些无谓的发泄。

不过林敏娴毕竟还小，又一向高傲自矜，发生这样的事，当场能够稳住就已经很不错了。

东西砸了就砸了吧。

重重地叹了一口气，直等到她砸无可砸，终于安静下来的时候，唐致远这才过去。

打开门，里面果然是一片狼藉，几乎没有一样东西能持保持原貌，就连床上的被子也被扯得稀巴烂，扔得到处都是。

林敏娴仍穿着那条裙子，只是长长的鱼尾式裙摆已被撕掉，她赤脚跪坐在房间中央，双目通红地一边撕扯着衣服布料一边咬牙诅咒：“我要她死！我一定要她去死！”见到唐致远，她一下趴过来抱住他的腿，“爸爸，让她去死！让她明天就去死！不，让她死还太便宜她了，我要夺走她的一切，毁掉她，再折磨她，要让她生不如死！”

那样子，已经是形同疯狂。唐致远不得不喝住她：“阿娴！”蹲下身去，搂住她的肩膀，“阿娴，你冷静一点！”

“冷静？你要我冷静？她这样折辱我，爸爸，你居然还要我冷静？”她不能置信，攥紧了他的手，指甲深深地扎进他的肉里。

唐致远痛得皱眉，她却依旧不管不顾地吼着：“我怎么能够冷静？我从来没有丢过这么大的丑！乔思懿，她是婊子、烂货、神经病，她该死，该下地狱，该被油煎火烤永世都不得超生！”

“阿娴，你冷静点先听我说。”唐致远抽出自己的手，用力地钳住她，“她是该死，该下地狱，但是，真正该死的不是她，你知道吗？不是她，她只是被利用了。”

“利用？”

“没错。”唐致远的声音非常冷酷，“你想一想，以往杜慕遇到你，他有什么特别的表现没有？没有，对不对？他一直对谁都冷冷淡淡的，但是你没有发现，他昨天晚上对你特别好吗？”

对着她笑，和她互动，虽未到亲密的程度，但是能让明眼人一眼就看出他对她的不同，还有，在论坛进行的时候直接点林敏娴的名，让她发表看法，那不是提携和欣赏，而是只想要挑起乔思懿的嫉妒之心罢了！

“所以，你还没想明白吗？他为什么会点乔思懿做他的女伴？不是他看上她，而是因为她最疯醋劲也最大！他是用乔思懿在对付你，你还不明白吗？阿娴！”

[3]

“不，不可能！”林敏娴摇头，猛地一把推开他，“你骗我！你只是不想我喜欢他而已，你骗我！”

过去和现在陡然交混在一起，林敏娴一下陷进了一个魔障里，那时候，面前的人也是这样告诉她：“他根本就不爱你，他只是骗你玩而已！”

“不，不是的！他喜欢我的！他一定是喜欢我的！”

看她这样，唐致远眼里满是阴郁，现在不管杜慕是不是真的利用乔思懿，他都一定要让阿娴相信这些都是杜慕设计的。

那个男人，绝非良配。

但是，林敏娴太激动了，她再次捞起地上的东西疯狂地撕和砸，唐致远一不小心就被砸到，不得已，只能退了出来。

现在最要紧的是让她平静下来。

正好这时候，下面的人战战兢兢地来报告：“唐总，刘医生到了。”

“请她上来。”

一个戴着眼镜的中年医生在保镖的陪同下提着药箱走了过来，唐致远挥挥手，他们进去，没一会儿里面传来尖叫声和咒骂声，然后那声音越来越弱越来越弱，他听到她垂死一般地叫了一声：“爸爸！”

那样绝望和愤怒，又是那样依赖。

唐致远恨恨地一拳捶在了墙上。

楚歌惊得差点跳起来，但是杜慕像是早料到了她的反应似的，牢牢地抓紧了她的手。

他就是如来佛的五指山，而她比孙悟空不如多了。

孙悟空还会撒泡尿嚣张一下呢，楚歌她……手指触到的东西太烫，让她连反抗都是弱弱的："不可能，你已经好了。"

"谁说的？"

确实没有人告诉她，但是她会观察啊！

"你不再忌口，会自己开车，还有，差不多有一年多没看到你再犯过了。"

"所以你就觉得我好了？"

楚歌默认。

杜慕轻轻哼了一声："你也认识几个医生吧？那你就没问问，像我这种体感缺失类的运动型癫痫，多久没有复发才算是彻底康复？"

楚歌没话说了。

她确实没有问过，其实也不是不想问，她只是不想让他知道后多心。

她从没有嫌过他，不管他好了还是没有好。

楚歌被自己的想法惊到了，她竟然不嫌他吗？

不，不，她其实是很讨厌他这个病的，因为他有这病，所以她得讨好他，违背自己的意愿，做一些她并不愿意做的事。

但是，她有做过什么不愿意做的事吗？

有做过的吧？可是细细一想，却又不记得了……为了当好这碗药，也许刚开始的时候确实很勉强，但后来，她对两人欢好，也没有特别抗拒。

哪怕不成功，她也从未鄙薄他。

只心里总像是梗了一根刺是怎么回事？

楚歌皱起眉头。

"怎么了？"

"没有。"她一时没能回过神，莫名怅惘的感觉让她实话实说了出来，"我好像忘了什么事……”

杜慕心下一紧，抓着她的手往那处蹭了蹭。

果不其然，楚歌的注意力一下就转移了，俏脸爆红，想要把手抽出来，没抽动，只得低声喃喃：“背上还疼。”

典型的楚歌式撒娇，知道强阻不成，就改成怀柔。

杜慕笑笑。

“知道。”他的声音也放得很低，还带了一点难得一见的柔和，衬着他清清冷冷的音质，就像是夏日松林里的清泉从涧中流过，凉而舒缓，令人陶醉。

但这好听的声音说出来的话却格外不要脸：“不弄你，只摸摸就行。”

之前还隔了条毛巾，蹭着蹭着毛巾都不见了，她的手直接蹭到了他身上，她握着拳头，他干脆仰躺着，两只手捉住她，一点一点掰开，硬要她摸。

“乖。”

他还哄她，真是历史难得一见。以往这人需要了，都是大老爷似的往床头一坐，叫她“过来”。

何曾如此温柔轻哄过？

楚歌说不出心里是什么滋味，不讨厌，但也没有很喜欢，她知道他因为那段经历对这事没什么克制，也估计自己拦不住，就干脆松开手任他作为，只撇开脸，想要来个眼不见为净。

但他又怎么肯？掰过她的脸，凑近就吻了上来。

呼吸相闻，好像比以往任一个时候都要敏感，房间里光线明亮，他离她如此近，近得她的世界里就只有他那双明亮得像要摄人魂魄的眼睛。

她不由自主地闭上了眼，不敢看他，可黑暗中的感觉更加明晰，他轻轻贴过来的唇瓣，薄凉而柔软，他并不急着攻城略地，而像是懵懂的少年，怯怯地小心地吸吮着她，一下又一下，然后试探地挑开她的唇齿，温柔地钩住她的舌尖。

她的头发垂下，轻轻抚在两人的颊边，带来微微的酥痒。

大概是顾虑到她背上的伤，刚开始，他动作的幅度并不大，一边吻她，一边也只是握着她的手慢慢滑动，到后来他才渐渐有些失控，一下抱起她，让她趴到了他的胸口，在她耳边唤："楚歌……"

声音里都像是带着火，烧得人心尖发烫。

这个过程持续的时间并不长，毕竟她还是伤员，只是完事那会儿他激动了些，把她才刚好的嘴唇又咬破了。

感觉到嘴里有血腥味，他赶紧放开她，轻柔地舔了舔。

楚歌倒是没在意这个，她就是觉得右手挺不舒服的，黏糊糊的。

这人还可恶地在最后的时候拿毛巾整个裹住了她的手和他发出来的东西。

太讨厌了！

毛巾有点松开，她报复性地把手伸出去，在他身上抹。

被他捉住："别再撩了！"

楚歌："……"

她闷着不动，他低低地笑，在她耳后吻了吻："等等，我给你洗。"

把她轻柔地放下，看她还是很郁闷的样子，不由得又笑了一声，捧过她的脸在她唇上舔了口："如果你也想的话，嗯，我可以先……"

楚歌用力一个枕头砸过去："滚！"

砸得杜先生一愣，就是她自己也有点吓到了，忐忑地偷望着他。

结果他也没生气，回过神来捉着她咬了一口，起身离开。

楚歌吁了一口气，等他打水来，自己乖乖地蹭到床边，主动伸手出去洗。

他按住她："别动。"

抓住她的手指，撩起水一根一根洗得特别认真。

楚歌从没有被他如此服务过，倒有些不习惯，一直说："我自己来吧。"

被他瞥了一眼，她就什么都不再说了。

杜慕见状忍不住笑，他情绪一般都不会太激烈，清冷惯了的人，笑容也是非常浅淡，可是当他真正开怀的时候，笑容都像是染上了某种魔力，让旁观的人也不由得随之雀跃起来。

楚歌就也跟着笑，被他伸手在头上一揉："特傻。"

她不明白他为什么这么说，懵懂地望过去。

他看得心头发软，手撑在床边，突然矮身吻住了她。

那一吻不带有任何情欲，像年少时喜欢的男孩子从窗口扔下的那颗糖，也像是暗夜行走时某人悄悄牵起的手。

青涩、小心，但满满都是甜蜜。

耳边明明什么动静都没有，但是楚歌依稀觉得自己听到了什么声音，很细微的动静，却悄悄触动了心尖。

后来楚歌才明白，那就是心动的声音。

但这会儿，她只是觉得茫然，被放开时，唇红似火，黑白分明的眸子映着明亮的灯光，晶莹透彻如同透明的水晶。

他好想把她掬起来放进袋里妥帖装好，但是他知道还没到时候，他们还有很长的一段路要走，所以他只是伸指在她饱满的唇上轻轻抚了抚，说："怎么办，又想了。"

一下就将她惊醒，她缩进被子里。

杜慕哈哈笑了起来。

他几乎没有这么放肆地笑过，楚歌就知道，他这是确实高兴了。

于是更加郁闷——她酝酿筹谋了那么久才鼓起勇气请他放手，被他这么一弄，倒像是儿戏一样。

暗暗叹一口气，她硬是没有理会他，埋着头装睡。

时间已经有点晚了，杜慕收拾好再上床也没有闹她，见她似是有些困倦，替她掖了掖被子，然后，半靠在床头打开手机。

秦坤把烫伤楚歌的那个侍应生的口供发过来了——确定是林敏娴雇他在水里做的手脚，而且因为事先知道楚歌不喝任何酒水饮料，所以连那水都是林敏娴准备的。

也幸好是她提前准备，所以淋到楚歌身上时已没有最初那么烫，否则，就不是单单二级烫伤能了了吧？

总觉得林敏娴对楚歌的恨意没有那么简单……杜慕指尖轻滑，将那份口供来来回回看了好几回。

他看得认真，楚歌却睡得没那么好了，或许是因为趴着睡的缘故，一晚上她总觉得心口处像是被什么东西卡住了一样。

还做了个稀奇古怪的梦，梦里她的心被人挖走，她就跟得了失心疯一样，一直跑来跑去，喊着把她的心还回来。

跑着跑着就被什么东西绊倒了，再醒来，她竟然被杜慕抱着，上半身趴在他身上，双手还死死地抠在他胸前……的某两点上。

楚歌满头黑线，就是杜慕也被她给揪醒了，好在灯早已关了，黑暗里谁也看不见谁。楚歌尴尬得不行，松手想要下去，被他搂住了："就这样吧，一晚上都在乱动，把泡蹭破了有得你受。"

楚歌："我不舒服。"

"还痛？"

"不是。"

想了想，他把她放下来，扶着她侧躺着："最多只能这样了，不要乱动。"

楚歌"嗯"了一声。

之后两人都没再说话，房间里的暖气不知道什么时候被关了，窗户开了小半扇，有风从外头吹进来，飒飒地撩动窗帘。

再睁开眼，竟依稀能看见一点光亮，而在这昏昧的光线里，他正目光灼灼地望着她。

她赶紧重又闭上，惹得他轻轻笑了起来。

楚歌脸莫名有点烫，他伸手过来，在她颊边轻轻一抚，说："我知道你担心什么，我答应你，在你想要做的事做完之前，我不会让人发现我们的关系的。"

楚歌猛地睁大了眼。

他的手指摸到了她的眼角，暗夜里，他的声音清凉得有些失真，缓慢地响在耳畔："换个说法就是，我可以当你的地下情人，但是你也得答应我，不能乱来，明白吗？信我，我可以帮你。"

/ 第十五章

谈何爱，又如何爱

R A N G W O A I N I M U M U Z H A O Z H A O

[1]

楚歌好想掏耳朵，她觉得自己一定是幻听了。

或者是做梦还没做醒。

所以她就真的掏了掏耳朵，然后这动作被杜慕看到了，他笑：“要掐你一下吗？”

手在她脸上，真的就掐了一下。

痛！

他还真的用了点力。

楚歌捉住他的手，都不知道该说什么好了。

过了好一会儿，她才问：“为什么？”这段时间发生了什么吗？不然的话，他怎么会讲出这种话？还地下情人，地下就算了，他们以前也没有多高调，但是情人什么的……很明显，他对两人关系的定义和她是不太一样的。

杜慕反问她：“你觉得呢？”

楚歌就沉默了一会儿，然后说：“你没必要这样的。你的病虽然我没有确切了解过，但是我觉得肯定已经好得差不多了，之所以跟其他人没反应，会不会是因为……你太紧张了？”

其实她更想问他是不是不够自信，怕万一没有反应会被其他人知道他的秘密，因为有这样的担心，所以才会越怕越不能人道。

但是她毕竟还是不太敢，而且也觉得强大如杜先生，不自信这样的东西应该是完全不可能出现在他生命里的。

想当年有很长一段时间，他对她的各种勾引也是完全没反应的啊，结果呢，她起初从没有怀疑过他有病，而只是觉得自己做得不够好。

她问得挺小心翼翼的，但杜慕听懂了她的意思，他望着她，几乎是磨着牙问：“你是要我多找几个人试试？”

啊呀，又是那种听不出喜怒的声音，楚歌瑟缩了一下，讷讷道：“我……我没那么说。”

哼，没那么说，但就是那个意思！

“嗷呜”一口，杜慕捉住她的手，猝不及防地塞进嘴里狠狠咬住。

痛痛痛痛痛！楚歌也不敢挣扎，只能可怜巴巴地看着他。

杜先生拿着她的手磨了一会儿牙，总算在破皮前放开她，冷冷一声：“睡觉。”把她往自己面前拢了拢，不理她了。

楚歌没有动，但也没能及时睡着。说实话，她到现在还震撼着，以至于静下来，脑子里一片空白，什么都想不了，而只能垂目看着面前的阴影——那是窗帘飞舞时飘过来的痕迹，若隐若现，存在于两人之间。

看得久了，那晃动的阴影仿佛就成了一块摇动的钟表，而她躺在一个纯白色的房间，有个温和细腻的声音轻柔地和她说：“小歌，那些都不是真的。”

“不，是真的。”

“好，是真的，但是他们并没有真的伤害你，对不对？”

“没有吗？”

她不知道，她忘记了，她努力地想要想起来，但是电话铃声响起，她睁开了眼。

天亮了。

杜慕正拿着手机往被窝里面塞，见她突然睁开眼，略有些诧异，然后装作什么都没发生的样子，把她的手机递给她。

才睡醒，他也笨了，要想手机不响，按断铃声就行了啊。

楚歌有点想笑，但心里莫名又有些发软，接过手机看了一眼，是妈妈打来的。

杜慕反应过来，估计还是有点不好意思的，见她接起电话，就起身上洗手间去了。

楚妈妈是问楚歌回不回家。

楚歌感受了一下自己的情况，还好，应该不会露馅，就说：“回，等下处理一点事情就回去。”

这点要处得的事情就是杜慕，她不知道他什么时候会走。

睡了一觉醒来，杜先生昨晚半夜的冷气早已经发散完了。他并不属于那种爱赖床的人，所以再回到房间时已经穿戴齐整了，他昨天晚上洗的衣服，果然都干了。

楚歌以为凭他的龟毛劲肯定要折腾一会儿，谁知道会这么快出现，所以正在穿衣服的手僵了僵。

还好她里面的衬衫已经穿好了。

杜慕靠在门边，看着她把最后一粒扣子扣上，突然问：“你绷带还好？”

楚歌说：“嗯。”

他想一想：“还是检查一下吧。”走过来就要解她的衣服。

楚歌躲了一下：“不用，我刚看过，还挺好的。”

被他捉住手。

“别闹。”他单手开始解她的扣子，一边解一边还慢条斯理地问，“你眼睛什么时候长后面去了？”讽刺完她，又威胁，“万一你到家的时候散了，是想让你妈帮你吗？”

楚歌：“……”

她不说话了，她屈服。但是杜先生，能麻烦你解扣子的动作快一些吗？胸前的那扣子是有多难解，他的手指已经在那里快要垒出窝来了好吗？！

她试着挣开手：“我自己来吧……”

“不用。”杜慕还是单手解着，曲起的手指轻轻蹭到她的胸口——她今天没有穿正常的胸衣啊，因为怕衣带箍到伤口，所以她刚刚贴的乳贴！

老实说，她虽然瘦了点，但身材还是很不错的，该凸凸，该翘翘，胸不是很大但也不小，而且胸形漂亮，饱满、挺俏，所以他屈指一蹭，就蹭到了她的胸上，蹭得那处轻轻一弹，简直不要太诱人！

楚歌黑线，这是要流氓要上瘾了是吧？

偏某人脸上还正经得很，正经又无辜，见她望过来，很认真地抱怨：“这里的扣子太紧了。”

楚歌：“呵呵，其实我可以自己来。”

“嗯。”再一弹，“解开了。”

楚歌无语。

她扭开了身体，还好他也总算放开了她，而且也没有要求把扣子全部解开，侧身到她旁边，撩起衣服看了看，又动手轻轻扯了扯，说：“还好。”

楚歌忍不住直接翻白眼，当昨天晚上摸索那么久都是玩的吗？就凭他龟毛的性子，不绑好大概也不会消停吧？

他一说好，楚歌就麻利地离他远了一点，自己重新扣好扣子，穿上了外套。

大概是药确实好用，只过了一夜，除了偶尔有些刺痛，她完全感觉不到自己受伤了。

看她轻松的样子，杜慕也松了一口气：“三天后再换一次药，要是觉得不洗澡不舒服，晚上我过来。”

楚歌立即说：“不用了。这几天不热，我忍得住的。”

见她警惕那样，杜慕忍不住勾了勾嘴角，看了她一眼，却也没再说什么了。

早餐是杜慕叫人送过来的，很丰盛，吃完后他把送餐来的人叫到她面前：“他和顶恒完全没关系，这几天你有什么事，就让他帮你。”

楚歌说：“我公司有人。”

“人呢？”

楚歌：“……”

她还得现找。实在是这些年，她习惯什么事都自己搞定，像他那样奢侈地请一个秦坤贴身陪护，真是从来没想过。

她摸摸鼻子，只得说：“谢谢你。”

杜慕擦擦嘴，很冷漠地走了。

哎，这才是真正的杜先生，昨晚和今早那个耍流氓的他，果然是她记忆出错了吧？

事实是，杜先生的心情还是很不错的。

今天天气也挺好，他有点不想做事，所以从楚歌那里出来后，就干脆回了大宅。

老爷子在院子里种花，他最近多了一项爱好，请了个园艺师过来研究花木嫁接，所以只要天气好，他就在研究这个。

杜慕找过来，杜老爷子的目光在他脸上溜了一圈，挥挥手让其他人下去，一边继续在花枝上接枝，一边问："听说你昨天半夜跑凌老家里要药，把人家里搞得人仰马翻的，有这事吗？"

杜慕在旁边的椅子上坐下，拎壶烧水、泡茶，闻言点头："有。"

杜老爷子哼一声："你倒是挺出息。"

杜慕没说话。

"伤得到底怎么样？"

"二级烫伤。"

"啧，死不了嘛。"

杜慕抿了抿唇，明显有点不高兴。

杜老爷子就又哼了一声，慢慢地摸起拐杖走过来，杜慕见状，赶紧起身扶住他。

杜老爷子脸色这才好看了一些，坐下后一边解手套一边说："乔思懿让林家的那位出那么大丑，别人看不穿，唐致远可不一定。阿慕，你这样做，是打算和他直接撕破脸吗？"

老爷子不出门，消息倒是灵通得很，杜慕语气很淡："怎么会？"

杜老爷子挑了挑眉。

这时候，下面的人来禀报："老爷子、杜总，林小姐过来了。"

杜老爷子似笑非笑地看了面前的孙子一眼。

杜慕表情未动，挥手给两人各倒了一杯茶，说："请她在客厅坐，我一会儿就过去。"

茶喝完了，他才起身，走前问杜老爷子：“您要一起吗？”

杜老爷子笑，端起茶杯惬意地舒了一口气：“不了，太阳这么好，我这老骨头，还是多晒晒的好。”

杜慕没再多说，点点头，步伐凛然地穿花越树而过。

等到他人影不见了，杜老爷子咳了咳，一个面相憨厚的中年男人赶了过来，老爷子嘿嘿一笑，扶着拐杖站起来：“走，阿祥，他不准我掺和，我们偷偷找地方围观去。”

林敏娴的礼仪气质是没得说的，哪怕昨晚上才经历了那么“可怕”的一件事，但是现下看起来，她恢复良好，笑容温婉，面色如常。

看到杜慕进来，她站起身，叫他：“阿慕。”

杜慕点点头，示意她坐。

“我是来谢谢你的，顺便，想请你帮我把衣服还给郭先生。”林敏娴说着，指了指面前的一个袋子。

嗯，昨晚上她的裙子被踩脱的时候，其他人都没反应过来，只有坐得离她比较远的郭治明反应过来，冲上前把自己的外套裹在她身上。

她这要求其实是相当突兀的，衣服不还给当事人，道谢也不向当事人道谢，找他算是怎么一回事？

但是杜慕眼也没眨，只说了一个字：“好。”

林敏娴当即红了眼睛，她低下头，露出一截白皙修长的脖颈，温婉美丽，一如湖边安静的天鹅。

她声音低低，微带了点哽咽：“不问我为什么不自己去还他吗？”

杜慕说：“不需要。”

“你是怕我难堪对不对？可是其实我还好，意外而已，人这一辈子，谁能没有点意外？”

说是这样说，她的眼泪还是吧嗒吧嗒地流了下来，一点一点，洇湿了她的衣裳。

她哭得并不动情，但是足够楚楚动人，如果面前坐着的是个对她有好感的男人，大约那眼泪，也能洇湿了对方的心。

[2]

楚歌还没到家，就远远地看到楚卿负手站在自家院子外面的小路上，楚妈妈和护士推着轮椅陪在旁边。

天气正好，阳光透过扶苏的树叶照下来，白屋红墙、绿树蓝衫，就像是一幅刚刚画成的画。

让司机慢一点，楚歌拿出手机把这一刻定格，然后才慢慢驶过去，降下玻璃，把手搭在车窗上，对正因为看到她而露出笑意的楚卿招招手说："嗨，帅哥，要我带你回家吗？"

很多年前，她刚刚拿到驾照的第一天，打电话给楚卿说："哥，今天不要自己开车回家啊，下班了路边等我，有惊喜。"

看到他出现，她把车子开过去，几乎是擦着他的身体停下车，降下车窗，扬着一张青春明媚的笑脸跟他说："嗨，帅哥，要我带你回家吗？"

那时候她自觉自己真帅啊，结果被某人一巴掌呼过来："没事装什么不良少女。"还特紧张地左右看看，"你胆子还真大，没驾照也敢开上路？"不由分说要她下来。

弄得楚歌不得不把新到手的驾照甩给他看，嘀咕说："真是一点也不懂风情！你这个样子，怎么谈得到女朋友嘛？"

楚卿睡得太久，过去的记忆已经完全模糊了，看淑女打扮的楚歌做出小太妹的样子，只是觉得好笑，并没有想起以前的那一茬，但他还是做了一个跟那时候差不多的动作，伸手在她头上一揉，笑着说："坏！"

发音已经很清晰。

楚歌很高兴，在他手底下蹭了蹭。

楚妈妈在边上看到兄妹两个的互动很欣慰地笑，等到楚歌下车，她才"偷偷"告诉她："盼你回来呢，昨天就开始问啦。"

楚歌抬起头，见楚卿站在那儿冲着她笑，瘦削的脸庞上，是她所熟悉的温柔与宠爱。

突然就觉得自己挺幸运的。

有生之年，还能看到他再醒来，看到他对自己这样笑。

楚歌就也笑，楚妈妈说他们：“笑得跟两傻子似的。”走上前一手拉一个，“回家吧。”

楚卿已经能独自站立，但是独立行走，还是有困难，所以最后，是楚歌把他推回去的。

进门便闻到了浓浓淡淡的花香，最打眼的是门口那棵榆叶梅，一团一团开得浓烈稠艳，让人见着就是眼前一亮。

树下此时放着一张小桌，四方小凳，桌上还散乱地堆一桌麻将。楚歌看了觉得有点好笑，想他们家人还真是大俗人，如果是杜慕在，如此光景，不说下棋对弈，起码也得是品一壶清茶吧？

他们就这么大剌剌地摆了一桌麻将。

楚歌扶着楚卿坐过去，问：“你们在打麻将呢？”

楚妈妈帮着她把楚卿扶住，说：“好久没打了，是你哥，拿这个练手感的。”

“嗯？”楚歌不明所以，却见楚卿已经伸手去拿麻将了，比起刚醒来那会，他肌肉有力多了，拿东西的时候，手几乎不会抖。

把麻将放在手里细细抡了一会儿，楚卿冲她一笑：“一……条。”

“一”字说得很清楚，但是“条”就略费了点劲。

楚歌也不相让：“哎，这个我也会。”

自取了一个麻将也拿着摸，摸了半天。

“八万。”她打开一看，却是个条子，三条。

她吐了吐舌头，楚卿伸手在脸上刮了刮。

“嘿，说我不如你是吧？那要不我们两个比赛？”

于是兄妹俩就坐在那里比猜麻将，十回里，楚歌顶多只能中一回，但是楚卿却差不多次次都能猜中。楚歌很惊奇，抓着他的手：“有诀窍吗？嗯，还是你手里装了有探测仪啊，我看看。”

楚卿笑，点着她的脑袋说她笨。

楚歌不满：“我才不笨。”

楚卿点头：“笨笨。”

“你才笨。”

“笨。”

“楚卿笨。”

“……歌……笨。”

“楚卿是个大笨蛋。”

“小……歌……大……笨……蛋！”

她看着他，眼里涌上了一点潮意，就是楚卿，也不由自主地湿了眼眶。

楚歌慢慢地靠到他肩上，轻轻叫了声：“哥。”

他低低地应：“嗯。”

“哥。”

“嗯。”

“哥哥。”

他不应了，只是努力伸手，轻轻抚了抚她的脸。

不出意外，摸到了一手眼泪，就像梦里无数次，他手心被她眼泪打湿。

“辛……苦……你……”他费劲地安慰。

“嗯，真的好辛苦。”她哭着微笑，抱住他，“所以哥哥，快点来帮我。”

时隔八年，不管她看上去已经有了多大的变化，但楚歌还是楚卿熟悉的那个楚歌，会矫情地喊苦叫累，也会把所有担子都扛到肩上，柔弱，但也勇气十足。

突然响起的电话铃声打断了兄妹二人之间的温馨时光，楚歌不想接，但是楚卿却放开了她，刮刮她的鼻子，从她衣袋里掏出手机，微笑着塞到她手里。

意思已经不言而喻。

楚歌撇撇嘴：“今天我休息呢。”倒也乖乖地接过了手机。

看到屏幕上现出的来电名字，楚歌忍不住挑了挑眉。

748，去死吧。

这是林敏娴存在她手机里的名字代号。

嗯，她一直就是这么小气，喜欢暗戳戳地诅咒别人。

楚卿看到那三个数字，忍不住又羞她，还问：“追……追……你？”

他问的是不是追她的男人。

楚歌翻白眼，做了一个敬谢不敏的表情。

电话这时候挂断了，她松口气：“没接到。”结果话没落音，又响了起来。

楚歌心里很是厌烦，但想了想，还是起身走开，按了接听。

“小歌。”

温柔婉转的声音，熟悉的那个调调。

楚歌没有应，等着看她会说出些什么来。

她以为经过自己和唐致远的那场谈话，她和林敏娴之间不说撕破脸，也应该差不多都心知肚明对方是什么货色了。

可惜，她还是低估了林敏娴，林敏娴像是个没事人似的，先对她进行慰问：“听说你昨天伤得很厉害，还好吧？”然后谴责了那个“无良”的侍应生，“真的是没见过这么差劲的人。”末了表示，“你在哪儿？我想来看看你。”

楚歌重重地吁出一口气，回过头，榆叶梅下的青年，一袭蓝衫，虽清癯瘦削，却不损其俊朗，脸如雕刻，眼若星辰，见她望过去，他手撑着下巴，冲她微微一笑。

楚歌便也回了一个灿烂的笑容，淡淡地说：“行啊，我在镇上。你要过来吗？”

林敏娴微微窒了窒，过了会儿才说：“好。”

挂掉电话，林敏娴沉默了会儿，才勉强笑着对眼前的男人说：“她说她在镇上，你有空去吧？”

然后她这才想起，她忘了和楚歌说最重要的一句话了，她是要和杜慕一起去看她。

那时候，她想的只有，听说他醒了……也住在镇上……不知道现在怎么样了……

迎面对上杜慕似笑非笑的眼神，林敏娴有一瞬间的慌乱，她努力地回过神来，问：“要去吗？”

杜慕懒洋洋地说：“去啊。”起身上楼，“我先去换件衣服。”走了两步，他又突然回过头来，一副沉思的模样，“听说她哥哥昏迷八年多后醒来了，我还没见过他，你呢？”

不等她回答，他又淡淡一笑，迈步离开。

他步子大走得快，上到楼上的时候，杜老爷子还没能躲进书房，刚好在门边。

他瞥过去一眼，顾自进了自己的房间。

老爷子摸摸鼻子，扶着阿祥进去，坐下后感叹说：“原来他也是会哄人的嘛。”

尽管没什么大看头，但是杜慕刚刚确实是有在哄林敏娴，人家哭的时候主动递上纸巾了呢，要搁以往，他才不会干这种事，没有扭头就走算好的了。

可一想到他为什么哄她，老爷子就气：“他还真就为了那么一个人豁出去了！”不但会帮着应付他根本就看不上眼的女人，还知道使手段了。

那什么林敏娴之所以会想到去看楚歌，是他暗戳戳地引导的吧？至于嘛，想去看人家就去啊，还拿别人作伐子，啧啧，真不要脸！

他扭头问阿祥：“你说，楚家那小姑娘有什么好？”

阿祥老老实实地回：“楚小姐挺好的。”

被老爷子一拐棍杵过去，粗口都爆出来了：“你知道个屁！她……”唉，不想说了，只能说这世间很多事，都是债，全是债！

欠了债的杜先生在隔壁房里给楚歌打电话：“她大概还是有点不相信我跟你没关系了，所以，我答应她，和她一起过去。”

楚歌只说：“好。”

收了手机，楚歌慢慢走到楚卿身边，他又在猜麻将，一个一个的，很快面前就摆了一小堆。

他从来就不笨，一眼便看出她神色不同，不由得问：“怎……么？”

他说话，还是如此费劲。

他的肌肉还很无力，甚至于楚歌也不知道，他的心理状况，是怎么样的。

一睡八年，再醒来人事全非，如果是她，她会怎么样？

楚歌本来想把他藏着养起来，养得好好的，再让他去面对过去、现在，甚至还有往后的风风雨雨。

但很显然，那不可能。

所以在接到林敏娴的电话时，她下意识地没有拒绝，也不想替楚卿拒绝。

八年前，她自作主张地想要他们两个复合，以至于酿成大错，八年后，她不愿意再这样了。

楚歌握住他的手，慢慢蹲到他膝前，仰起脸望着他问："哥，这辈子，你最喜欢的人是谁？"

楚卿没有犹豫，伸指点在了她的额上。

楚歌笑，抓住他的手指把玩了好一会儿，才轻声问："那林敏娴呢？你还爱她吗？"

[3]

听到这个名字，楚卿的瞳孔微微一缩，眼里浮光掠影，一下子涌上来好多东西。

"你是楚卿，楚歌的哥哥？"

"你真的喜欢我吗？"

"楚卿，你会不会一直宠着我？"

"你骗我！"

"我会毁掉她的，你信不信？"

就像是混剪的电影片段，他只听得到声音却看不到人影，阳光细细碎碎地在面前晃，他突然觉得头有些晕。

"哥，你没事吧？哥。"看他脸色不对，楚歌连忙站起来，扶住了他。

楚卿愣了一会儿，摆摆手。

"对不起。"楚歌很内疚，她还是太急了一点。

楚卿笑了笑，摇头。

"没……事。"他喘了口气，舌头发僵，气息不顺，说不好话实在是急死人，但看楚歌这样，他还是很认真地又说，"不……不爱了。"

楚歌睁大了眼，哥哥已经恢复了？

楚卿笑，伸手揉了揉她的头发，八年，一梦睡醒，有种沧海桑田的错觉，他连那个人，也已经记不清了。

谈何爱？又如何爱？

不管楚卿实际是怎么想的，他这样说，楚歌还是松了一口气。

她笑了笑，说：“行，不爱就不爱了，但是有客人来，我们还是要准备准备。”退后一步，打量了他一眼，“哥，我们回房去，给你打扮打扮怎么样？”

楚卿挑眉，那样子仿佛在问，我这样见不得人吗？

楚歌笑：“当然不是你见不得人，而是我想你用最好的样子去见他们……我的哥哥，自然是天底下最好也最帅气的哥哥，无与伦比，无可替代！”

楚卿被她说得笑了起来，点头：“好。”

扶他坐上轮椅，两人回房，楚歌给他挑了件深蓝色的外套，然后拿了自己的化妆品，给他稍微化了一点妆。

毕竟八年亏损，一时难得养回来，楚卿长得再好，可脸色却绝对称不上健康。

过于瘦削、苍白，就像一张漂白过度的纸，看着就很脆而且薄。

楚歌绝对不愿意让林敏娴看到这样的楚卿，她不会让林敏娴有机会对他表现出哪怕是一点的同情。

所以，等到林敏娴他们过来，见到的就是一个和林敏娴想象中完全不一样的楚卿。

跟着楚家的阿姨走进来，林敏娴第一眼就看到了他，他靠坐在沙发中，支手撑额，微笑着看着面前的人。

听到动静，他抬起头来，然后林敏娴就直直地望进一双明亮的眸子里。

清澈的眼神，黑白分明的眸子干净而纯粹，像是世间最美的清泉，不曾沾染过一丝尘埃，明媚得好似阳光的微笑。

她不由自主地捧住了心口，望着他，一直望着他。

记忆纷杂，似乎又回到了第一次见到他的时候，他啰啰唆唆地对着楚歌说这说那，回过头来，冲她一笑。夜总会里的光线那么昏昧，可他的笑，如

冲破乌云的光，刹那就照进了她的心里。

“楚卿。”她喃喃地唤。

楚卿却收回目光，和楚歌说了一句什么。

楚歌回头，看到走进来的两人，她似乎有些不能置信，本来带着笑意的脸上瞬间变得苍白了起来。

然而林敏娴却完全关注不到楚歌。她只是看着楚卿，然后慢慢走了过来，一直走到他面前。

楚歌见状有点意外，她琢磨了好久，才琢磨出乍然看到自己喜欢的男人和自己痛恨的女人一起出现应该是什么表情的，结果，她是演好了，但看戏的完全不在状态。

她不由得有些无奈，目光不禁意间扫到杜慕——另一个看戏的男人眼里的笑意时，不由得僵了僵，若无其事地扭过脸去。她木着声音给楚卿介绍：“哥，这是杜慕，杜先生，还有这个，林敏娴，林小姐，你还记得他们吗？”

楚卿也已经站了起来，他的目光从两人身上扫过，先对林敏娴客气而礼貌地一笑，然后停在了杜慕面上：“顶……恒！”

他出事前，早已经帮着打理家里生意，所以杜慕的名字是听说过的，当然，人却是第一次见。

不愧是能打败叔伯上位的男人，只看通身气质，就知道此人足够出色。

一路走过来，他步伐从容，带着一种从骨子里渗出来的优雅和自信。

杜慕点头，神色平淡地说：“你好。”

两个男人握手，一触即分。

林敏娴简直不能相信，楚卿看到她居然没有任何多余的反应！

他变了很多，瘦了，然后话也不多了，楚歌倒是如她想象中的脸色难看，说了没一会儿话，甚至直接站起来，勉强笑着说：“杜先生，我能和你单独说两句吗？”

是要质问他为什么会和她一起出现吗？林敏娴想要刺她两句，可是目光触到楚卿的视线，又不由得顿住了。

杜慕挑挑眉，和楚歌一起走了出去。

看他们两人走出客厅，而楚家的阿姨这会儿也不在，林敏娴终于忍不住，看着楚卿问：“你，不记得我了吗？”

楚卿抬眸静静地看着她，唇边仍挂着一丝淡笑，然而眼神却陌生得可怕。

仔细看了她一会儿后，他歉疚地说：“抱歉。”

清晰、简单。

林敏娴脸色一片雪白。

楚歌并不敢离得太远，所以走到廊下，她也就停住了脚。

杜慕也站到了她身边。

两人一时都没说话，楚歌努力竖起耳朵，可惜身后客厅里的声音隐隐绰绰，听不分明。

她望着外头的阳光，杜慕就望着她，直望得她耳朵根开始发烫了，不得不转过头来，咳了一声：“谢谢你过来。”

他竟打趣她：“不是该哭着质问吗？”

楚歌扭脸，假装没听到，对着他的这边脸却是瞬间红透了。

气氛尴尬到爆，好在楚妈妈回来也算是解脱了她。

看到站在门口的杜慕，楚妈妈惊讶地问：“阿慕？”狐疑地看了楚歌一眼，内里的意思十分清楚：不是说分手了吗？现在又来家里是几个意思？

楚歌郁闷得不行，妈妈是被邹阿姨叫走的，她还以妈妈是去打麻将，所以也就没说杜慕跟林敏娴要过来的事。

这会儿突然被撞上了，她只得道：“妈，杜先生是来看哥哥的。哦，对了，还有林小姐。”

楚妈妈一下就“明白”了她的意思，心道合着这两人是狼狈为奸勾搭到一起了不够，还要跑到女儿面前来现一回呀？当即扔给了杜先生一个白眼，冷冷地说：“哦。”

进去了。

杜慕哭笑不得，看一眼楚歌。

楚歌却不看他，跟在楚妈妈背后低眉顺眼地进去了。

客厅里林敏娴和楚卿之间的气氛似乎也很僵硬，楚卿倒还好，神色如常，但是林敏娴的脸色就绝对称不上是好看了。

但她并没失礼，站起来，客客气气地跟楚妈妈打招呼："阿姨好。"

楚妈妈自然也不肯失礼于人前，见她这样也只能把暗恼藏进心里，虽然冷淡到底还是给了回应："你好。"甚至还习惯成自然地问了句，"快中午了，在这里吃午饭吧？"

楚歌闻言睁大了眼，差点脱口说出"喂，妈，不用这么好客的"。

就是林敏娴也很意外的样子，看一眼楚歌，又看了眼没什么表情的杜慕，声音柔婉："阿慕觉得呢？"

杜慕的神色很深沉："给阿姨添麻烦了。"

老实说，楚妈妈问完那句话也是内心略崩溃的好吧？看一眼神色哀怨的女儿，只得说："不麻烦。"叹口气进厨房去了。

饭菜阿姨早就开始准备了，多两个人，也不过是添两副碗筷的事。

而且杜慕他们到的时候已近饭点，所以这饭很快也就吃上了。

因为是有专门犒劳楚歌的意思，楚妈妈拟的菜谱相当丰盛，唯有饭桌上的气氛怪怪的，很有些影响食欲。

楚妈妈注意到楚歌吃得很少，一桌的好菜，除了楚卿吃了些，其他差不多全都进了那对不受欢迎的"狗男女"嘴里了。

楚歌就夹了几筷子青菜，然后默默地扒了小半碗水果沙拉在那儿啃。

啃得楚妈妈心疼得不得了，忍不住给她夹了一筷子鱼肉："这是河鱼，你不是最喜欢吃的吗？多吃点。"

楚歌想起杜慕跟自己说的"医嘱"，用药期间不能吃荤腥，就笑着说："这两天不想吃这个，妈你多吃点。"把那鱼又夹回了妈妈碗里。

楚妈妈那个心塞哦，瞪一眼不速之客，叫阿姨："脑花好了吗？小歌胃口不好，盛一碗来给她吃。"

其实有客在的时候这样端菜上来是很不礼貌的，但是楚妈妈气不过嘛，没人疼我女儿是吧？我疼啊。

端最补的给她吃。

脑花端上来，白白嫩嫩的盛在白瓷碗里，上面撒了一点葱花和枸杞，红白嫩绿，倒是很诱人。

楚歌一时脑抽，只以为这脑花是豆腐脑，见量不多又不在禁忌之内，就接过来吃掉了。

饭后楚妈妈再不讲那些虚头巴脑的了，直接替楚歌他们赶人："不好意思，下午我们还有事，就不多留你们了。"

林敏娴闻言脸色微变，她看一眼楚卿，有诸多不甘心，却也不得不离开。

然后说不清是什么心思，她挽住了杜慕的手。

杜慕看了她一眼，没有甩开她。

楚家三口人，心思各异地看着两人由阿姨送出去，等人影不见了，楚妈妈才呸一声："狗男女！"

回头见楚歌神色苍白，正想好好安慰安慰，却见她声音发飘地问："妈，刚那碗脑花是什么做的呀？"

楚妈妈有些莫名，但还是回答说："猪脑啊，很补的咧，你阿姨特别会做这个，好吃吧？"

话未落音，楚歌就捂着嘴扑到旁边的垃圾桶上"呕"了起来。

楚妈妈 & 楚卿："……"

楚歌这一吐吐得花容失色，搜肠刮肚把胆水都给呕出来了。

看她痛苦成那样，楚妈妈先是担心，而后像是想到什么，神色一变。

等楚歌恢复过来了，楚卿在沙发上休息，楚妈妈一把把楚歌拉住："你来，我问你几句话。"

神色郑重又严肃，楚歌以为她是要问杜慕的事，就也乖乖跟着走了。

怕楚卿听到，楚妈妈特意把人带开了一些，两人跑到了院子里。

站定后，楚妈妈上上下下把楚歌看了好一会儿，直看得她心里发毛了，才咬着牙问："死丫头，多久了？"

楚歌想了一会儿："没多久吧……"事实是他们根本就不算在一起，林敏娴会作戏，又不是头一回了。

楚妈妈却是差点急坏，盯着她仔细问："没多久到底是多久，一个月，两个月？"

楚歌敷衍："也就一两个月吧……"

楚妈妈倒松了一口气："还好，月份比较短。妈妈以前也认得一两个好的医生，等下我就带你去找她们，早点解决早好，回家来，妈再好好给你补补。"

"哦。"楚歌不太上心的样子，看着她后面拍拍她的手，正要说"有事等会再说"，突然反应过来，"妈，你刚说啥？"

看她这样，楚妈妈简直愁死，忍不住就掐了她一把，掐到的尽是骨头，到底舍不得，只轻轻揪了她一下，忍不住低骂道："你就傻吧！怀孕这么大的事你也不上心，等肚子再大点，我看你怎么办！"

楚歌："？！"

她还蒙着，倒是后面去而复返的两个同时惊道："她怀孕了？！"

楚妈妈："……"

/ 第十六章

我是你妹妹的男朋友，地下的

R A N G W O A I N I M U M U Z H A O Z H A O

[1]

楚妈妈受惊，转头看着突然又冒出来的两个简直是气不打一处来：“你们不是走了吗？”还来我家干什么呀？一个一个的糟蹋我女儿还糟蹋不够是不是？

要是手边有趁手的东西，她都很想学一学狗血电视剧里的泼辣老妈，捡起一根柴火棍就朝这两人抽上去。

杜慕明显还惊着，目光惊疑不定地在楚歌肚子上扫来扫去，倒是林敏娴特激动，上前几步抓住楚妈妈的手：“阿姨你刚说什么，小歌真的怀孕了？”

楚妈妈没好气，一把甩开她，冷着脸说：“你听错了，怀孕的不是她！”

她想得很好，就算楚歌真有了，那也不能在这两人面前嚷嚷，打落牙齿和血吞，再苦再难的结果，他们自家咽了也就咽了，没道理还要给外人看笑话。

哪晓得林敏娴根本不放过她们，硬是说：“不，我没听错，你刚刚确实是说小歌有了。”看看楚歌，后者不知道是不是被这事情给吓到了，面无表情地站在旁边看着他们，故作了然地一笑，“这是好事啊。这么说小歌你是有新男朋友了，是谁呀，昨天陪你一起出席晚宴的那个？”

楚歌本来是不想理她的，这会儿却不能不说：“林敏娴，饭可以乱吃，话却不能乱讲，裴先生有妻有子，就是新亿隆的合作对象而已。你想让杜先生彻底厌弃我，有的是办法可以用，但是麻烦不要随便攀扯上别人。”

林敏娴叫屈：“小歌，你冤枉我了，我没有！”

楚歌扭开脸，真是见不得她那副委屈样子。

可是转头就见楚妈妈一脸惊恐地望着她，不由得又头疼了，忙伸手去扯她："妈，你先进去。"

楚妈妈却突然爆发，冲着杜慕和林敏娴吼："你们走，快走！我家不欢迎你！"她去推两人，推了两推见效果不大转着圈圈在地上找东西，好不容易在一棵花树底下找到一根干树枝，扬起来就打，"滚滚滚！以后不要来我家里，我们不欢迎你们！滚！"

看也不看往那两人身上抽，树枝都给打断成一截又一截，林敏娴到底怕伤到自己，一边躲一边跑出了门外，倒是杜慕，几乎没有挪动过步子。

所以最后楚妈妈的矛头全都对准了他，直到被揍了好几下，他才像是反应过来似的，深深地看了楚歌一眼，转头走了出去。

他步伐很快，林敏娴只得跟上，两人走得远了，楚歌和楚妈妈都还能听到她的声音："阿慕，我的包还没拿……"

楚妈妈关上铁门，拉着楚歌闷头冲回了屋里，果然就看到沙发上放着一个陌生的包包，以及一个包装精致的果篮，上前去通通捞起来，又闷头冲出去。

楚歌站在客厅的窗前，看到她妈就跟个小炮弹似的，把那包"咻"一下从铁门里丢出去："拿走你们的东西，滚！"

楚歌："……"

哎，这样的老妈，她还是头一回见到。

一直都以为妈妈挺好脾气的，嗯，果然人不可貌相。

她摸着下巴叹了叹，一转头，就见楚卿已经醒了，正半坐在沙发上望着她。

"吵醒你了？"她走过去，问。

楚卿看了一眼外面："妈？"语气颇有点不可思议的样子。

楚歌的表情也很奇妙："嗯。"

楚卿挑眉，满脑袋都是问号。

楚妈妈刚刚发脾气可是半点没有掩饰，声音尖厉地叫人滚，就是楚卿，也是从来没有见过这样的妈妈的。

楚歌望着他，哭笑不得，完全不知道该怎么说。

这时噔噔噔的脚步声又响起来，楚妈妈跑进来，看到楚卿已醒，不由得有些懊恼："吵到你了？我就说你该到床上去睡，沙发上，怎么睡得好。"

楚卿摇摇头，看看楚妈妈又看看楚歌，问："怎……么了？"

楚妈妈脸色还是很不好看，但她并不想惊扰到儿子，就硬压了气，说："没事，就是先前来的那两个人，你妹妹的朋友，说话不中听，让我给赶出去了。"

楚卿有点被呛到："赶？"

赶林敏娴也就算了，赶杜慕吗？看向楚歌，后者冲他眨眨眼，摇了摇头，用口型说："别担心。"起身拉着楚妈妈，"妈你来，我有话和你说。"

这回不去院子里了，两人去了楚妈妈的房间。

楚歌解释："妈，你弄错了，我真没怀孕。"

"你还骗我？"

"真的！我大姨妈才结束没两天。不信我等下去买支验孕棒来，我保证，肯定没有中。"就差要说自己得有好几个月没过 × 生活了，就是想怀也怀不上。

不过这话虽然没说出口，但是她的表情已经表明了一切。

楚妈妈不由得无语，过了会儿，忍不住又爆："那你为什么鱼肉荤腥一点也不吃，吃到脑花还吐？！"

"呕……"楚歌又要呕了，"妈，别提脑花，我听不得……"只要一想到那玩意她胃里就翻腾。

楚妈妈指着她："你看你看，就是这样，以前你不挺爱吃的吗？"

楚歌很惊悚，擦擦嘴："我什么时候喜欢了？"

"你小时候，可爱吃了，一顿可以吃半个猪脑。"

也是楚卿要补，楚妈妈才想起买这个来给兄妹两个补补的。

楚歌默然，无力地抚了抚额，不说话了。

所以这就是个乌龙误会，但楚妈妈还真不信楚歌，让楚歌开车，绕了老远的路找了个不可能有熟人的药店里买了验孕棒回来让楚歌验。

一条红线，果然没有中。

楚妈妈顿时没话讲了，丢开楚歌，咕哝一句："还真的没有啊。"也不知道她是高兴还是失望。

楚歌忍不住笑，一边洗手一边问："妈，我要真有，你真让我打掉啊？"

因为没中，所以这个话题还是比较轻松的，楚妈妈又看了一眼验孕棒，回答说："当然了。"

"为什么？"

楚歌以为她会让她生下，毕竟楚妈妈可是很喜欢孩子的。

楚妈妈白了她一眼："我再想要抱孙子也不能这样。"顿了顿，叹一口气，"你已经过得够辛苦了，我不想再有别的拖累你。"说完，她就走了出去。

楚歌眼尖，看到她眼里已经呛满了泪。

楚歌顿住，到底没有追出去，拿过毛巾慢慢地擦干净了手。

手机这时候响起来，楚歌看看号码，没有接。

但是电话一直响一直响，她又不能真挂断关机，只得摁了接听。

杜先生冷沉冷沉的声音："出来！"

楚歌："……"

杜慕的车这回停得远了些，在她家屋后的那条小马路上，她转了两圈才发现他。

他双手抱胸靠车而立，一身笔挺的衣装，只见长腿。

此时他正淡淡地望着这边，即便隔了那么远，她甚至看不清他脸上的表情，却仍能感觉到两道清冷锐利的目光，无所不在，让她无法遁形。

楚歌很怕他这样看她，哪怕她知道之前的事是个误会。

慢慢走过去，杜慕看她一眼，打开了副驾驶的门。

楚歌没有动，讷讷地说："那是个误会……"

"先上车。"

"可是……"

"上车。"杜慕一点耐性也没有，目光灼灼地盯着她，"要我抱你上去吗？"

楚歌："……"

吁口气，最终她还是坐上了车。

车子一路疾驰，眼看着就驶出了小镇，楚歌不得不问："这是去哪儿？

我跟我妈说只是出来走一走的。”

杜慕握着方向盘，瞥她一眼，目光从她的脸落到她的肚子上，吐出两个字：“医院。”

楚歌哭笑无能：“都说了是误会，我刚刚才验过的，没有那回事。”

真是失策，刚刚出来的时候忘记把那东西带出来了。

关键是，她也没想到聪明如杜先生，居然相信那么乌龙的事啊。

可现实就是这样，杜慕就真的信了，否则，他不会一进城就立刻掉头往这边赶。

所以这会儿，他说了一句让楚歌有点目瞪口呆的话，他说：“那谁知道呢，验孕棒也不是百分百准。”

楚歌无语半晌，看他是真没打算停车，也只能豁出去了：“那就算有也跟你没关系啊……我们已经很久没有……”

车子“吱”地停了下来，杜慕转头望着她：“什么意思？”

很平淡的一句话，却立即让楚歌如坐针毡，满身都是不自在。

只得赶紧改口：“不是，我的意思是我真的没怀孕，就算有那也得四五个月了，你觉得我像吗？”

说着，她拢紧了衣服，挺起肚子给他看。

让她感到惊悚的是，杜先生还真伸手过来摸了摸，动作很温柔，好像那里真的有个小 Baby 似的。

楚歌张了张嘴，那句“没有吧？”再也问不出口了。

她不知道杜慕会对孩子有期待，他们在一起多年，从来没有讨论过这个话题，但这一刻，她能感觉得出，他确实是很希望她肚子里是真的有个孩子的。

但……那怎么可能？

“去检查吧。”他再度开口，手也离开了她的肚子，望着她，淡淡地说，“瘦的人不显怀也是有的。”

楚歌：“……”

她就觉得，杜先生是真疯了！

“她怎么样？”

“身体都还好。她很敏感，脑部CT的结果显示并没有什么器官性的病变，所以如果想在不惊动她的情况下探查到她的精神情况，很难。”

“那你觉得？”

“阿慕，我以前就说过，那个方法很冒险，能保持这么多年已经是奇迹了，会慢慢恢复也正常。再说了，她终究得学着走出来，逃避不是解决问题的办法。你真要问我看法的话，我觉得楚小姐自己好像也意识到了一点什么，如果真有什么不妥，我建议你尽快说服她，重新接受治疗。”

“如果不能会怎样？”

韩医生沉默了会，说：“不知道，也许更好，但也许，会更坏。”

杜慕取下耳塞丢到一边，他看到了楚歌的车子，果然是往镇上方向开去。

他和她本只隔了一个红绿灯的距离，但他等在这头，而她，却已经越驶越远了。

她的速度并不慢，想来背上的伤已经影响不到她了，所以，她毫无顾忌，大约，也不会再有什么顾忌。

楚歌也确实是没觉得背上的伤需要顾忌什么，当一个伤口没什么感觉的时候，哪怕它依旧触目惊心，可也着实没能有什么存在感。

就像，她一心想要快些赶回家，所以也没有发现，有一辆车一直跟在她后面，看着她驶上高速，驶出国道，最后，驶进了小镇。

也看着她把车停在外围的一个停车场，然后假装只是出来散了一个时间比较长的步一般，慢慢地走回了家。

楚歌还没进门，就又接到了杜慕的电话，他没说什么，只淡淡提了一句：“注意你背上的伤。”

她这才想起，嗯，原来自己还是伤员，刚应了一声“好”，他就挂了电话。

莫名地，她觉得他似乎有点恼？

歪头一笑，楚歌不愿意多想，放下手机脚步轻快地进了家门：“妈、哥哥，我回来啦！”

小镇平素都挺安静的，但是临近五一，这里也渐渐热闹了起来。

晚上楚家包括阿姨全体出动，带着楚卿去看了百花节——没有错，作为古镇，这里还保留着一些比较古老的习俗，像是赏百花、做百花糕，还有，选百花仙子什么的。

楚卿胃没好，百花糕吃不成，但是花倒是赏了不少。楚歌还买了许多花，什么郁金香、月季花、单瓣牡丹，以及一些邻近老农从山上挖来的野杜鹃，连植株带花的，一大堆，大有要把自家园子种成大花园的架势。

楚妈妈早已经从白天的刺激里回过神来了，看她不停地买买买，对阿姨咕哝：“让她买，买了让她自己种，我们再不帮忙的。”

阿姨笑她：“怕是你自己比她还要上心些。”

楚妈妈铁齿：“你就看吧。”

可第二日楚歌有事真没能及时栽下那些花，还是楚妈妈看不过眼，到底默默挖坑把它们都种下了。

当然，这是后话。

那天晚上，楚歌还是买得很尽兴的，自从家里出事后，他们就很少这样出来逛和买过了。

楚卿也很高兴，八年，他确实错过太多东西了。

所以楚歌叫了车要送东西回家的时候，楚卿还不肯走：“你先送回去，完了我们到时候自己回家也行。”

楚妈妈也不想走，她和阿姨喜欢听戏，这会儿，铿铿锵锵，戏台子上敲锣打鼓，好戏正要开场了。

楚歌没法，人越来越多，又怕挤到他们，便就近找了个茶楼，要了个小包间，让楚卿他们先进里面坐一会儿。

楚妈妈坐没一会儿就出去听戏了，楚卿倒是很喜欢，坐在窗边看外面人来人往：有孩子骑在爸爸的肩上欢喜笑闹，有恋人手牵着手笑容甜蜜，还有一对中年夫妻在争吵，女的揪着男的衣服骂得面红耳赤，男的同样一脸通红，但却扬起了手，到底没有舍得打下去。

玻璃隔断了外面的声音，让他就像是在看一场又一场的默剧电影，或许是一个人沉睡太久，哪怕无声，可能重新看到如此鲜活的世界，还是让他很高兴。

因为只有这样，他才不会有自己只是在做梦的错觉。

包间的门这时候被敲响，楚卿以为是送茶点进来的服务员，也没在意，却忽地听到陪护护士的声音：“杜……杜先生？”

他惊讶地转过头来。

见敲门进来的果然是杜慕，脸色不由得微微沉了沉。

他已经从楚妈妈那里听了一些此人和楚歌的事，对着有可能抛弃自己妹妹的男人，他很难摆出欢迎的模样来。

杜慕也是神情复杂地看着他。

杜慕很清楚楚卿在楚歌心目中的分量，她自己才从那种地方出来呢，伤痕累累，却在听到他苏醒过来后，跑去医院连轴照顾他一日一夜——可以说，如果没有他，大约楚歌的状况会更糟糕。

她对他有崇拜、有信任、有钦慕、有愧疚，以及满满的爱与护，只除了爱情。

嗯，也幸好，除开了爱情。

杜慕缓缓地吁出一口气，神色终于缓了缓：“你好。”

那张和楚歌有着七八分相似的脸上露出了十成十相同的戒备。

杜慕淡淡笑了一下，知道他话说得还不是很利索，便主动说：“楚先生，我是来找你的。”

楚歌的眉头皱了起来，意思很明显，他和他不熟。

杜慕也不在意，自顾自地说：“所以，在我正式表明我的来意之前，请允许我先自我介绍一下，我是杜慕，就职于顶恒集团股份有限公司，今年三十五岁，是你妹妹楚歌的……男朋友。”

在门边装壁柱的护士以及本来不想理会他的楚卿都一副“这人还要不要脸”的表情中，杜先生相当淡定地又加了三个字：“地下的。”

……

[3]

楚歌早上起来，陪着楚卿做了一会儿锻炼，然后就发现，他情绪有点不对劲，整个人有种特别紧绷的感觉，康复锻炼还不断给自己加码。

楚歌之前没有陪楚卿做过康复，但是她只陪了一会儿，就知道他心态太急了。

所以等到他力竭休息后，楚歌把护士叫到一边："我哥之前就这样？"

护士也很无奈："不是的，之前他都是很遵守医生拟订的训练计划的。"

"那就是说今天才这样了？"

护士默认。

楚歌冷不丁就问："昨天晚上我们走了后，我哥是不是遇到什么人或者什么事了？"

护士没想到她一下就把话题转到这上面，心头一紧，想起楚卿和杜慕两人的警告，忙不迭地摇头："没有。"

楚歌看着她。

明明年纪比楚歌都要大，但是护士还是被看得隐隐冒汗，差一点就要扛不住。

所幸楚歌没再问下去，只是淡淡地说："梅姐姐，我请您来，因为我觉得您是个很有爱心也很懂得真心待人的人，我哥现在身体还没有恢复，如果在外面有遇到什么人或者不好的事，我希望您可以告诉我，能处理的，我都会处理的，而不是帮他瞒着，让他一个人胡思乱想。"

护士不住点头："好。"她本来还想要解释一二的，但想着言多必失，就还是什么都不要说了吧。不告诉楚歌，只要她能把楚卿照顾好，楚歌还不会把她怎么样，可是一旦告诉楚歌，楚卿立马就能开了她。

以楚歌对楚卿那百依百顺的劲儿，但凡楚卿要开掉她，楚歌可是不会再念什么旧情的了。

所以说，护士也是看得很透彻的，她在楚歌这儿把嘴巴闭得牢牢的，回了房里还很主动把这事告诉了楚卿，其实也有委婉地劝他不能太着急的心思在里头。

一般的亲笔签名。

而她……甚至还没有得到这场午餐会具体定在何时的消息。

她用力捏紧了手指，看了那邀请函好一会儿，才轻轻放下。

杜慕只手搭在沙发背上，静静地看着她，见状淡淡一笑问：“不高兴？”

楚歌摇头：“没有。”

“撒谎。”杜慕淡淡地揭穿她，“不过你做的也不是没有效果，这张请柬，就是季博然原本准备给你的，只是我把它要过来了。”

楚歌的睫毛抖了抖。

“不问我为什么要这么做？”

楚歌：“……”

她一点也不想问！

他微微一笑，凑过来在她耳朵上浅浅咬了一口，说她：“胆小鬼。”

她不问，他就自己说了，只是像怕吓到谁似的，他声音很低：“我只是想让你欠我一个人情，然后，用这个人情，跟你换一个人。”

他说着把下巴搁在她肩上，手指轻轻落到她的肚子上：“一个属于我也会属于你的人……我们的孩子，怎么样？”

番外之杜慕

“什么事？”杜慕趴在汤池边上，懒洋洋地问。

秦坤缩了缩脖子，感觉特苦逼：“是尤总，他，咳，给您送了个人过来。”

杜慕没说话，只是淡淡地看了他一眼，看得秦坤悚然一惊，立刻说：“那我现在就把人退回去。”

杜慕轻轻挥了挥手。

秦坤走后，房间里又恢复了安静，杜慕看着微动的竹帘，目光清冷如霜。

他自然知道尤宇送来的是什么人，今天几个人一起过来玩，只有他是独身前来，他们怕他不自在。

只不过，他们却是不知道，送个人来他会更不自在。

杜慕吁一口气，起身裹好浴巾，温泉对他还是有好处的，至少泡过后，身体的感觉确实是灵敏了一些，四肢也没有觉得那么冷了。

他随手掀开帘子，迈出去的脚却微微一顿。

房间里居然还有别人，一个年轻的女孩子，她正背对着他在脱衣服，上衣刚刚掀起，外套和长靴很随意地丢在一边，打眼便是一截笔直修长的小腿。

嫩生生白盈盈的。

听到动静她回过头来，异常震惊地看着他。

杜慕皱起了眉头，只觉得秦坤办事特别不靠谱，不是让他把人退回去吗？

想也没想，他喝了一句：“滚！”

女孩子瑟缩了一下，张了张口，这时，敲门声响起，她突然快跑两步扑了上来。

虽然回国后他的病情已有所缓解，但身体仍处在虚弱的时候，因此她不杜慕没兴趣，见他们人手足够就把秦坤叫进来，给了他一个名字："想办法，查一查她。"

纸上写着两个字：楚歌。

秦坤有些犹豫："有具体方向吗？"

杜慕想了想，就又从手机里给他调出了一张照片，照片上的女孩子看起来还很年轻，巍巍青山上，她双手虚虚拢着初升的太阳，唇红齿白，笑靥如花。

秦坤领了命令出去了，杜慕却看着那张照片有些发愣。他突然发现时间过得还挺快的，从那时事发到现在，两年悄没声就过去了。

他欠了照片上女孩一份人情，本以为这辈子大约没机会还了，却没想到，会在今日又遇见她。

也不知道她顺利跑出去了没有——是的，他现在已能确定，先前唐致远说的"不长眼的小贼"应该就是她，根据以前季博然帮他查到的资料，楚歌家境只是小康，按道理，她连金顶山庄的门都进不来，也不知道是怎么闯进来，然后还惹到了唐致远。

偷东西？她吗？

秦坤的动作很快，楚歌的一些基本信息，没多久就拿到了他的面前。

大约是误解了什么，秦坤调查的方向多是她感情方面——她感情还挺单纯的，目前为止，就只疯狂地喜欢着一个人。为了那个男人，她还追去了法国，也是为了他，连大学都没读，于今年初一起回国。

至于和唐致远的恩怨，秦坤没查到，但他查到，楚歌的男朋友，正是唐致远的侄子。

林安和。

杜慕面无表情地看了那个名字半晌，把资料收起来。

过了几天，杜慕又在新闻上看到了楚歌。

是和尤宇他们在一起吃饭，大家没事刷手机玩，然后就听到有人"靠"了一句，说："现在的小孩子，玩得可真大！"

尤宇他们争相传看着新闻，杜慕抬头瞟了一眼，余光便看到了她的照片。

灯光下，她那样狼狈，脸部虽然被打了马赛克，但是很奇异地，他还是一眼就认出了她。

他打开那条新闻，看了好几遍，也没有办法把新闻里的人和那个一心一意追着一个男孩子跑去法国又追着跑回来的女孩子联系到一起。

他吩咐秦坤："去查查是怎么回事。"

上了新闻的事件并不难查，秦坤很快回来告诉他："嗑药嗑多了然后就玩大了。警方是近最在搞什么百日整治活动，有人举报，他们就摸了过去，也算是撞在枪口上了。"

杜慕不知道心里是什么滋味，他想起自己孤立无援倒在巴黎街头，意识模糊中，有一只温软的手轻轻握住了他的，焦急而担忧地问："你没事吧？"

还有那天，她突然闯进他的汤池，将他扑倒在地上，淡淡的杏子香味传过来，她在他耳朵边说："对不起，我不是故意的啊……"

说不清就有些恼，他对秦坤说："找人把这新闻撤下来，还有……将她尽快保释出来，能销了案底就销掉。"

秦坤很意外，他不明白他为什么要这么帮她。

杜慕却没有解释，只又淡淡地嘱咐了一句："不要让她知道是我们在帮她。"

不让她知道，是不想和她再有什么交集，而帮她，也只是为了还她欠下的人情。

她帮了他，他也帮了她，自此，应该就可以两清了。

只是很奇怪，彼此不认识的时候似乎隔了天远地远，便是同住一幢楼也未必会认得，可一旦认识，又总会时不时再遇见。

那天下很大的雨，冬日里居然还有雷声阵阵，杜慕本来是懒得出门，结果尤宇告诉他说："林家今日宴客，据说很热闹，我们要不要一起去玩玩？"

他问："哪个林家？"

"阿远的同学，林安和家，去不去？"

杜慕记性一向很好，尤宇一说林安和他就记起是谁了，想了想，他说：

“好。”

尤宇张大了嘴巴：“我随便说说的啊！你真要去？”

杜慕就只是看着他。

因为还有些事处理，他没有和尤宇他们一起去，等他忙完赶到时，雨下得更大了。

还未驶近，他便看到林家大铁门外站了一个人，她撑着一把伞，孤零零地站在那儿，很有几分凄惨的味道。

见到有车驶近，她转过头来，雨伞只稍微抬高一些就被风吹跑了，她跌坐在泥地里。

车灯明亮，照见她一头凌乱的短发和苍白的面容。

比起在金顶山庄那会，她瘦得惊人，一张脸就只有巴掌大，眼神里已没有了那股子他熟悉的勃勃生气。

她很麻木地看着他的车慢慢驶近，然后像是想起什么似的，爬了起来，展臂挡在了他们前面。秦坤将车子停下后，她走过来，敲了敲车窗。

秦坤说：“杜总……”

杜慕已经摁下了车窗。

风雨透进窗户，冷得浸骨，他看着她扣在车窗的手指，纤细素白的手指上，沾满了泥泞。

大约是察觉了他的目光，她收回手，用湿淋淋的衣袖擦了擦车窗，讨好地看着他：“您好……”她神情悲哀而恳切，嘴唇冻得发紫，整个人都在风雨里瑟瑟发抖，“我……我是林安和的朋友，我有点事想要见他，您……您能带我进去吗？我保证，不会给您惹麻烦的，我……”

“我可以帮你，不止进到林家。”他打断她，问，“但是你能给我什么？”

杜慕自己也不知道为什么会那么说。

他并不需要她给他什么，但是，他就是那么说了。

楚歌愣了一下，下意识地问：“您想要什么？”

他转开脸，把车门打开：“进来吧。”

“我……”她透过打开的车门，看了看干净温暖的车厢，又看了看自己，“不用了，我跟在……”

他不耐烦：“进不进？”

她犹豫了会儿，到底还是坐了进来。她浑身都湿透了，一进来便沾得到处都水淋淋的，她很识趣，并没有往座位上坐，而是小心地蹲在座位前面的空隙里。

杜慕没有勉强她。

他把她带进了林家，来接他们的林家人看到她，都是一脸震惊的表情，杜慕却只看向林安和，林安和站在林父林母的背后，望着她的目光哀伤难过。

杜慕跟着林父进去，她就站在廊下和留下的人说话，他听到林母略有些气急的声音：“……姑姑被气死，安雅也被连累得赶出了国……现在你还想要怎么样？”

然后便是她细弱的声音：“安和哥哥……”

雷声炸响，他进门之前不经意地回头，看到她跪倒在那两人面前，他没有看到她的表情，只看到她的手指紧紧地攥在那个男人的裤腿上，姿态卑微而可怜。

林家那天是真的很热闹，高朋满座，歌舞升平，只是杜慕多少有些心不在焉。

尤宇说他：“你该不会这会儿都在想生意上的事吧？”

杜慕没理他，目光落在进门的林安和身上。林安和一个人进来的，裤腿上还留了一些痕迹，但他像是没有注意到，神色看起来颇有些失魂落魄。

杜慕指着他问刘明远：“他就是林安和？”

刘明远说：“是啊。虽然他只是唐致远的侄子，但本人还是很出色的。”他招手，把林安和叫到了面前。

林安和确实算是出色的，很快便收敛了心神，趁着空，还问他：“杜总认识小歌？”

杜慕淡淡地说：“不认识。”

林安和噎了一下："抱歉，我没有打探什么的意思，只是很奇怪，她会和您一起进来。"

杜慕看着他，面前的男人长得还算不错，温润斯文的模样，该是许多女孩子喜欢的样子。

他冷冷地回："你有意见？"

林安和就终于不敢问了。

杜慕觉得没意思，提前退场。秦坤过来接他，说："楚小姐在酒店，您要去见见她吗？"

他散漫地"唔"了一声。

到了酒店，发现她仍穿着先前的湿衣服，像只可怜虫似的蜷缩在床脚下。

杜慕很是烦躁，伸手解了两颗衣服扣子，站在她面前问："要我教你怎么洗澡换衣服吗？"

她像是吓到了，抬起头愣愣地看了他好一会儿，才像是反应过来似的，去了浴室。

她在里面洗了很久，久得杜慕都以为她打算就那么洗到天亮。

在他耐性差不多告罄之前，她终于出来了，穿着酒店宽大的浴袍，慢吞吞地挪了出来，垂头站在他面前。

杜慕抬起她的下巴，还好，像是终于暖过来了，虽然眼神依旧麻木，但脸色已经好看了许多。

他放开了她。

她仍低着头，半晌才从兜里掏出手机，翻了翻，然后默默地将之递到他面前。

杜慕瞥了一眼，见她给他看的是两个月前的那个新闻，她指着图片里那个狼狈的女孩说："这是我。"然后她问他，"我的名声不好，你确定吗？"

杜慕没有答，只问了一句："会勾引人吗？"

她在他面前瑟瑟发抖，很艰难地说："会。"

他微微后仰，双手撑在床上，看着她。

她犹豫了会儿，到底慢慢跪坐到他面前，解开了他的衣服。

她说她会，但是杜慕看得出，她并不会，亲吻的模样、抚摸的动作，都很青涩。

当他的手抚上她的身体的时候，她抖得很厉害，他便没再勉强她，放开了她。

反倒是她紧紧地抓住了他的手："杜先生……"

他心底一跳："你认识我？"

她点头，旋即又摇头："秦先生告诉我的。"她声音很低沉，和那时那个眉目飞扬的楚歌真的差了很多很多，"不过我以前听说过您，顶恒公司……很大。"

杜慕说不出为什么，他居然觉得有点失望。

她没有认出他。

她在巴黎救过他的命，后来还路遇过几回，但是她对他，是真的一点印象也没有了。

杜慕也没打算提，他伸手，轻轻在她脸上抚了抚，她怕得发抖，却还是温顺地蹭了蹭他的手心。

她说："我想求您帮帮我……不管您要什么。"

他没有拒绝，问她："你要什么？"

她说："钱。"

他心下微冷，她又说："我想要赚很多很多的钱。"

她说的是"赚"，杜慕顿了顿，问："怎么个赚法？授人以渔或者授人以鱼，你要哪种？"

她连这个都听不懂，茫然地看着他："什么？"

他眉头皱了起来，却还是耐着性子淡淡地解释："教你赚钱的方法，或者一次给你多少钱。"

她沉默，神色黯然，片刻后问："我要做什么？"

"当然，前提是，你属于我，所有的，全部，除了钱。"

他提了条件，她倒是不怕了，很快选好："我要赚钱的方法。"

"可以。"她的选择倒让他高看了一点，但也仅只一点而已，他伸出手，

起过去玩。

杜慕想了想，把楚歌也带上了。

那天林安和也在，尤宇他们看到楚歌还只是有些意外，但林安和，他则是震惊了，甫一见面便失态地打碎了一只杯子。

楚歌倒是很平静。

后来杜慕听见她对林安和说：“如果不想我恨你，不想我觉得和你相识一场是件恶心的事，那就什么也不要问，什么都不要说。”

玩到中途，林安和找了个借口先行离开了。

杜慕后来问楚歌：“不喜欢他了？”

楚歌略意外，但也没有解释什么，只是点了点头。

杜慕看着开得纷纷扬扬的白色梨花街，笑着说：“因为他不肯帮你？”

她说：“是啊。”

那样直白。

杜慕笑，问她：“那我帮你了，你会喜欢我吗？”

彼时她正好立在一树梨花树下，闻言颊边生了一点红，就像是梨花枝头插了一朵粉桃花，盈然欲滴。

杜慕看得愣了愣，而后说：“我的错，是我忘了提醒你，我帮你也是要你付出代价的，所以不要喜欢我。你今年二十二，最多三十岁，我会给你你想要的东西，也会给你自由。”

她脸上红晕更甚，眼里不期然地蓄了一眶泪，却倔强地不肯让它们落下来，只是扶着梨花树，笑着对他说：“好。”

杜慕感觉自己心颤了一下，但他没有更改主意。

他这样的身体状况，谈恋爱或者结婚都是奢望，把关系弄简单一些，不管对谁都要好一些。

所以后来杜老爷子听说了楚歌，把他找过去：“为什么是她？”

他也只是说：“因为她让我想。”

老爷子看着他，皱眉：“你知道她是什么样的人吗？”

杜慕不语，老爷子就给他看了许多资料，难为老爷子，这才几天，几乎把她整个人都从里到处扒了一遍。

杜慕低头看着那些资料，资料上的楚歌同样很陌生，她不止学业一塌糊涂，个人生活也乱七八糟，爱酗酒爱玩闹还嗑药，害了哥哥气死父亲，差不多是声名狼藉。

老爷子说："名声太差了，你要喜欢，找谁不是找？"

他合上文件，没说话。

出来后他径直去找了楚歌，亿隆正在破产清算，她今日在那边忙着。

他过去的时候，所见之处一片狼藉，院子里摆了几张桌子，几个男人正在愤愤不平地砸东西。

她试着阻拦："别砸……求求你们了，我知道资不抵债让你们白费了心血，但我保证，只要给我时间，我肯定会还钱的。"

她拦了这个没拦住那个，人反被拨了滴溜溜转，像是找到新玩具似的，那些男人对视一眼，将她推过来挤过去，手在她身上占尽了便宜。

她吓得面色苍白，想要躲出去却已经迟了。其中一个男的将她堵到门口，手指猥亵地摸上她的脸："行了，看你长得也不差，我们也不要你赔钱了，就陪我们玩玩怎么样？"

她避开，努力板着脸："请你放庄重一点！欠钱我会还你钱……"

"哈！"男人们都笑了起来，"你和我们谈庄重？哎哟喂，楚小姐，别搞笑啦，你跟几个男人一起那什么的新闻还热着哪，怎么，难不成你只能免费玩的，不能用钱买啊？"

"不用钱也行，你让我们玩开心了，我们也愿意给你时间让你还钱。"

男人说着俯下身去，有人看得眼热，也跟着凑了过去，动作猥琐下流，话也说得难听至极。

杜慕没有再看下去，转身退开时只示意秦坤："看看她有什么要帮忙的。"

晚上，秦坤把她带过来时她已经恢复了平静，只神色间还有些怔忡，话显得特别少。

因为当天晚上要去外地，他没有留她下来，临走的时候她很有礼貌地对

医生说："是啊。"

她呆了几秒，然后问："那你能治好我吗？"

医生说："能。治好了你再杀我，那就肯定会判你死了。"

就这样，心理医生用一个诡异的角度开始了介入治疗，她有时也会喋喋不休地和医生说："我不害怕那些债，我只是觉着活着没意思透了。我想去找我爸爸和我哥，跟他们说一句对不起，真的，我只是想追上他们，和他们说句'对不起'而已。"

她说着又开始狂躁，头不停地撞在桌面上："滚开，你们都滚开！别碰我！"撕心裂肺。

医生和他说："这样不行，那件事对她的伤害太大，她想不开，就只能伤害她自己。"

杜慕第一次正视她遭遇的那件事，然后很快，他就查到了真相。

没有什么嗑药嗑大发，也根本就不是什么聚众淫乱，她只是无辜被牵连，被设计。

他把查到的东西给她看，但那会儿她已经整个都有些不清醒了，偏执得只想要去死，去追着她爸爸和哥哥说上一句"对不起"。

医生说她这种情况，必须住进精神病院，接受更正规的治疗。

杜慕没有同意，他完全不能想象她被关进那里面的样子。

他最终找上了另一个心理医生，一番商谈后，他决定帮她做催眠治疗，他相信，只要给她短暂的清醒，她会知道怎么选择的。

毕竟，她曾经活得那么灿烂阳光，也那样肆意自由。

番外之唐文安

R A N G W O A I N I M U M U Z H A O Z H A O

这个学期一结束，唐文安就会转去国外读书。

一所很老牌的商学院，是楚歌托有名的经济学家季博然帮他推荐的。

分别来得太快，张天翊他们都有些傻眼，最后决定在圣诞节的时候办一个派对，算是为他送行。

宿舍里四个人，除了唐文安，其他人人脉交际都很不错，他们拿到了系里的资源，轰轰烈烈把班会办成了系里的活动，节目组织得有模有样。

定节目单的时候，张天翊来问他："除了我们四兄弟表演的，你要不想单独来一个？"

唐文安性格内向，以往这样的时候总是宁站在人后绝不往人前去的，但这会儿，他想了想，说："可以。"

张天翊来了兴趣："你要表演什么？"

"唱歌。"

"哇，不错，虽然没什么新意。"张天翊说着笑，问他，"那你要唱什么？"

"《我要你》。"

他双手抱胸："啊，好可怕，原来你一直暗恋我吗？"见唐文安丝毫没有买账的意思，他摸摸鼻子，挤眉弄眼，"行了，这歌不错，是唱给那谁听的吧？不错不错，以歌传情，兄弟我支持你。"

唐文安只是笑笑，叮嘱他："办好一点，多少钱，我来出。"

张天翊一挥手："知道你现在有钱了，不会和你客气的。"

张天翊说的不客气，还真是一点也不客气，本来热热闹闹的一个派对，

唱的歌。

我要 你在我身旁
我要 你为我梳妆
这夜的风儿吹
吹得心痒痒
……

唱着歌，他仿佛又回到了眉山那一晚，她在耀目的灯光里对着他伸出手：“你信我吗？”

自此天堂和地狱，都在她的手里。

台下静寂一片，很久才响起掌声，他有些怅惘地从往事的迷梦里醒来，发现她身边已站了另外一个人。

那个人，气宇轩昂、眉目俊朗，说话间余光扫过来，有一种不动声色的凛然与威严。

那也是他修炼一生或许也修炼不出来的从容与自信。

唐文安在众人的掌声里走下台，慢慢地，走到了他们面前。

楚歌笑着对他说：“你唱得很好。”

她身边的男人只是瞟了他一眼，没说话。

看到这边的情景，张天翊他们都赶过来，助威似的站在他身边。

张天翊很不善地问：“你是谁？”

那男人微笑，说：“我是杜慕，楚歌的先生。”

那样理所当然、理直气壮。

张天翊他们都微微张大了嘴。

唐文安苦笑。

那男人便不再理他们，低下头对楚歌说：“差不多了吧？再待下去，肚子里的孩子该闹腾了。”

张天翊他们的嘴巴张得更大了，就是唐文安，也很是意外。

他看得出，杜慕这次说得很认真，就是楚歌，也没有否认。

外面关于楚歌和杜慕的传闻很多，其中最出名的也许就是杜慕不举。

虽然知道无稽，但唐文安心里，的确是盼着这个传闻是真的。

不过今夜之后，他知道，他什么都不用盼了。

楚歌终究没有再多待，唐文安也没有挽留，他仍像来时一样，把她送出了门外。

他站在台阶上，看着那个男人替她打开车门，小心地将她扶进车内。然后他转过头来，深深地望了他一眼。

唐文安读懂了他的眼神，里面只有三个字：别妄想。

是的，一切只是他的妄想而已。

张天翊后来问他："她真的结婚了的，是有夫之妇？"

唐文安说："是啊，元月一日就结婚。"

说这话时，他心里有种恶意的痛快。

元月一日，她和他结婚，唐文安没有去参加，只看到了新闻，很简洁的一条：顶恒杜慕与现恒盛董事会主席楚歌喜结连理。

然后上面说了婚礼在哪里哪里举行，很低调，但是奢华十足，还有新娘的婚纱，是新郎花了多大代价在哪里哪里订制的。诸如此类。

唐文安没有关注，只是看着手机新闻里的那张照片，久久没有回过神来。

新闻上放的是她和他的婚纱照，绿树掩映的小道上，他朝她走过去，她回头看着他，阳光穿过树叶的空隙落在她脸上，眉目飞扬，眼睛还是那样亮，如盛了最美的星辰，只是，那光华灿烂，从来都不会为他。

唐文安阖上手机，同学们都在忙着备战期末考，他不需要，便显得很是无事。

干脆回了一趟林宅。

这个家，一如既往地冷清，像是一幢精致华丽的坟冢，便是阳光普照，仍然让人觉得森冷。

唐致远在家里宴客，他是还想着要重新夺回恒盛的控股权的。

听到唐文安说要回来，唐致远专门在廊下等着他。

“你勇气不错，还敢回来。”

唐文安就笑：“这是最后一次。”顿了顿，他又说，“我不喜欢不告而别，这次来也只是想告诉你，我要出国了。”

他告诉唐致远他的学校，他所学的专业，末了微笑着说：“你们当初百般阻挠的，现在，有人亲手奉到了我手上。相信我，最多两年，我就会回来。”

唐致远的瞳孔微微一缩：“你就这么听话，她要你我父子相残，你也愿意？”

“也可以不残的啊，只要你肯放弃。”

他很少做出这样嚣张的样子，唐致远显然还不太适应，冷冷地看着他，顿了半晌才说：“希望你以后不要后悔。”

唐文安说:“我后不后悔不知道，但是你肯定已经后悔了。”他看着唐致远，笑了笑，“你穷尽一生，想要攀到最顶峰，但是到最后，你又得到什么了呢？”

唐致远脸色铁青，唐文安其实也没有觉得多高兴。

他突然发现，来见唐致远真不是个让人愉快的决定，他们之间，还有什么好说的呢？

他转身便走。

唐致远没有叫住他，他也没有回头，新年第一天的阳光明亮却不热烈，淡淡地洒在脚边，路旁的梅花树儿开了，在阳光下迎风起舞，闪着粉莹莹的光泽。

所有的一切都充满生机，像是生活，不管是寒冬凛冽还是春日暖阳，总是一如既往地缓缓往前，不断延续。